Diogenes Taschenbuch 20293

Werkausgabe
in zehn Bänden

Band 2

Dashiell Hammett

Der Fluch des Hauses Dain

Roman
Neu übersetzt von
Wulf Teichmann

Diogenes

Titel der amerikanischen Originalausgabe, 1929
›The Dain Curse‹
(Alfred A. Knopf, Inc., New York)
Copyright © 1957 by Dashiell Hammett
Umschlagfoto: Bette Davis

Alle deutschen Rechte vorbehalten
Copyright © 1976
Diogenes Verlag AG Zürich
40/94/36/15
ISBN 3 257 20293 8

Für Albert S. Samuels

Inhalt

Erster Teil: Die Dains 9

  1 Acht Diamanten 11

  2 Langnase 20

  3 Etwas Obskures 28

  4 Die schemenhaften Harpers 41

  5 Gabrielle 47

  6 Der Mann von der Teufelsinsel 62

  7 Der Fluch 69

  8 Wenn und Aber 81

Zweiter Teil: Der Tempel 87

  9 Der Blinde im Dunkeln 89

10 Tote Blumen 99

11 Gott 112

12 Der unheilige Gral 125

Dritter Teil: Quesada 139

13 Der Klippenweg 141

14 Der zerknautschte Chrysler 153

15 Ich hab ihn umgebracht 164

16 Die nächtliche Jagd 175

17 Unter der Stumpfen Spitze 188

18 Die Bombe 198

19 Die Degenerierte 207

20 Das Haus in der Mulde 221

21 Aaronia Haldorn 235

22 Beichte 249

23 Die Zirkusvorstellung 264

Erster Teil
Die Dains

Acht Diamanten

Tatsächlich, es war ein Diamant, was da zwei Schritt vor der grünlichblauen Backsteinwand im Gras geblitzt hatte. Er war klein, wog bestimmt nicht mehr als ein viertel Karat, und war ungefaßt. Ich steckte ihn in die Tasche und begann den Rasen so gründlich abzusuchen wie ich konnte, ohne geradezu auf allen vieren zu kriechen.

Ich hatte vielleicht so zwei Quadratmeter abgegrast, da ging die Tür des Leggettschen Hauses auf.

Eine Frau trat auf die oberste der breiten Steinstufen hinaus und sah belustigt und neugierig zu mir herunter.

Die Frau hatte etwa mein Alter, vierzig, dunkelblondes Haar, ein freundliches, molliges Gesicht mit rosigen Grübchenwangen. Sie trug ein weißes, mit Lavendelblüten bedrucktes Hauskleid.

Ich hörte auf, im Gras herumzupuhlen, ging auf sie zu und fragte: »Ist Mr. Leggett zu Hause?«

»Ja.« Ihre Stimme war so seelenruhig wie ihr Gesicht. »Sie möchten ihn sprechen?«

Ich sagte ja.

Erst blickte sie *mich* lächelnd an, dann sah sie lächelnd zum Rasen hinunter.

»Sie sind auch wieder ein Detektiv, stimmt's?«

Ich gab das zu.

Sie führte mich hinauf in ein Zimmer im ersten Stock, das in Grün, Orange und Schokoladenbraun gehalten war, ließ mich in einem brokatbezogenen Sessel Platz nehmen und ging ihren Mann aus seinem Labor holen. Während ich wartete, sah ich mich im Zimmer um und gelangte zu der Überzeugung, daß der satt orangefarbene Teppich wahrscheinlich sowohl echt orientalisch als auch echt antik war, daß die Nußbaummöbel nicht maschinell gearbeitet und die japanischen Bilder an der Wand von keinem prüden Auge ausgesucht waren.

Mit den Worten – »Es tut mir leid, daß ich Sie habe warten lassen, aber ich konnte nicht eher abbrechen. Haben Sie etwas in Erfahrung gebracht?« – kam Edgar Leggett herein.

Seine Stimme war unerwartet grob und rauh, obwohl er sonst durchaus freundlich war. Er war Mitte vierzig, von dunkler Hautfarbe, aufrechter Haltung, muskulös schlanker Figur und mittlerer Größe. Er wäre ein gutaussehender Mann gewesen, wenn sein braunes Gesicht nicht so tief von scharfen, strengen Falten quer über die Stirn und von den Nasenflügeln über die Mundwinkel hinab gezeichnet gewesen wäre. Dunkles Haar, ziemlich lang, fiel lockig über und um die breite, gefurchte Stirn. Hinter einer Hornbrille leuchteten rotbraune Augen ungewöhnlich hell. Seine Nase war lang, schmal, mit stark gebogenem Rücken. Die Lippen über einem kleinen, knochigen Kinn waren schmal, fein geschnitten, ungemein lebendig. Die Kleidung, schwarz und weiß, war gut gearbeitet und gepflegt.

»Noch nicht«, sagte ich auf seine Frage. »Ich bin kein Polizeidetektiv – von der Continental Agency – im Auftrag der Versicherungsgesellschaft – und ich fange grade erst an.«

»Versicherungsgesellschaft?« Anscheinend überrascht, zog er dunkle Augenbrauen über die dunklen Hornränder seiner Brille hoch.

»Ja. Wußten Sie nicht . . .?«

»Natürlich«, sagte er lächelnd und mit einem kleinen Schnörkel einer Hand mir ins Wort fallend. Es war eine lange, schmale Hand mit überentwickelten Fingerspitzen, häßlich wie die meisten kunstfertigen Hände. »Natürlich. Sie müssen ja versichert gewesen sein. Ich hatte nicht daran gedacht. Die Diamanten haben nicht mir gehört, wissen Sie; sie haben Halstead gehört.«

»Halstead und Beauchamp? Einzelheiten habe ich von der Versicherungsgesellschaft nicht bekommen. Sie hatten die Diamanten zur Ansicht hier?«

»Nein. Ich habe sie zu Experimenten gebraucht. Halstead hatte von meiner Arbeit mit Glas gehört – ich koloriere, töne oder färbe es in fertigem Zustand –, und so begann er sich dafür zu interessieren, ob es möglich ist, auch Diamanten diesem Prozeß zu unterziehen, besonders um nicht ganz lupenreine Steine zu verbessern, gelbliche und bräunliche Schlieren zu entfernen, die Blaus zu intensivieren. Er bat mich, es zu versuchen, und vor fünf Wochen gab er mir diese Diamanten als Arbeitsmaterial. Es waren acht, keiner besonders wertvoll. Der größte wog nur eine Kleinigkeit mehr als ein halbes Karat, ein paar andere bloß ein viertel, und bis auf zwei waren sie alle nicht ganz lupenrein. Das sind die Steine, die der Einbrecher erwischt hat.«

»Dann hatten Sie also keinen Erfolg gehabt?« fragte ich.

»Offen gesagt«, antwortete er, »ich war nicht einen Schritt vorangekommen. Es handelte sich hier um eine heiklere Angelegenheit, noch dazu an einem Material, dem weniger leicht beizukommen ist!«

»Wo haben Sie sie aufbewahrt?«

»Meistens hab ich sie offen herumliegen lassen – immer im Labor natürlich –, aber jetzt sind sie mehrere Tage im Schrank eingeschlossen gewesen – seit meinem letzten erfolglosen Experiment.«

»Wer hat von den Experimenten gewußt?«

»Alle, jeder – es gab keinen Grund, ein Geheimnis daraus zu machen.«

»Sie sind aus dem Schrank gestohlen worden?«

»Ja. Heute morgen stand unsere Haustür auf, das Schrankfach war aufgebrochen, und die Diamanten waren verschwunden. Die Leute von der Polizei haben Spuren an der Küchentür gefunden. Sie sagen, dort sei der Einbrecher hereingekommen und durch die Haustür habe er sich davongemacht. Wir haben nichts gehört letzte Nacht. Und sonst ist nichts weiter mitgenommen worden.«

»Die Haustür stand halb offen, als ich heute morgen die Treppe runterkam«, sagte Mrs. Leggett, die in der Tür stand. »Ich bin wieder nach oben gegangen und hab Edgar geweckt, und dann haben wir im ganzen Haus gesucht und festgestellt, daß die Diamanten weg waren. Die Polizei meint, der Mann, den ich gesehen habe, muß der Einbrecher gewesen sein.«

Ich erkundigte mich nach dem Mann, den sie gesehen hatte.

»Es ist gestern abend gewesen, so um Mitternacht, als ich die Schlafzimmerfenster aufmachte, bevor ich mich hinlegte. Da sah ich einen Mann an der Ecke stehen. Ich kann nicht sagen, auch jetzt nicht, daß er mir irgendwie verdächtig vorkam. Er stand da, als würde er auf jemand warten. Er schaute hierher, aber nicht so, daß ich auf den Gedanken gekommen wäre, er würde unser Haus beobachten. Der Mann war über vierzig, würd ich sagen, ziemlich klein und stämmig – so ungefähr Ihre Figur –, aber er hatte einen struppigen braunen Schnurrbart und war blaß. Er trug einen Schlapphut und Mantel – dunkel –, ich glaube, beides war braun. Die Polizei meint, es ist derselbe Mann, den Gabrielle gesehen hat.«

»Wer?«

»Meine Tochter Gabrielle«, sagte sie. »Als sie eines Abends spät nach Hause kam – Samstagabend war's, glaub ich –, hat sie einen Mann gesehn und gedacht, er käme von unserer Haustürtreppe; aber sie war sich nicht sicher und hat sich auch nichts weiter dabei gedacht bis jetzt nach dem Einbruch.«

»Ich würde sie gern mal sprechen. Ist sie im Hause?«

Mrs. Leggett ging hinaus, um sie zu holen.

Ich fragte Leggett: »Waren die Diamanten lose?«

»Sie waren natürlich nicht gefaßt und steckten in kleinen hellbraunen Tüten – von Halstead und Beauchamp –, jeder in einer extra Tüte, auf die mit Bleistift eine Nummer und das Gewicht des Steines geschrieben war. Die Tüten fehlen auch.«

Mrs. Leggett kam mit ihrer Tochter zurück, einem Mädchen von zwanzig oder weniger in einem ärmellosen weißen Seidenkleid. Von mittlerer Größe, wirkte sie doch schlanker und länger als sie eigentlich war. Ihr Haar war ebenso lockig wie das ihres Vaters und auch nicht länger, aber von einem viel helleren Braun. Sie hatte ein spitzes Kinn und extrem weiße, glatte Haut, und in ihrem Gesicht waren nur die grünbraunen Augen groß; Stirn, Mund und Zähne waren auffallend klein. Ich stand auf, um mich ihr vorstellen zu lassen, und erkundigte mich nach dem Mann, den sie gesehen hatte.

»Ich bin nicht sicher, daß er vom Haus her gekommen ist«, sagte sie, »oder auch nur aus dem Vorgarten.« Sie war ein wenig mürrisch, als wäre es ihr unangenehm, sich ausfragen zu lassen. »Ich dachte nur, vielleicht ist er von da gekommen; aber gesehn hab ich lediglich, wie er die Straße hochging.«

»Wie sah der Mann denn ungefähr aus?«

»Ich weiß nicht. Es war dunkel. Ich saß im Wagen, er ging die Straße hoch. Ich hab ihn mir nicht genau angesehn. Er war etwa so groß wie Sie. Von mir aus könnten Sie's gewesen sein.«

»Ich war's nicht. Das war Samstagabend?«

»Ja – das heißt Sonntag früh.«

»Um welche Zeit?«

»Ach, so gegen drei oder nach drei«, sagte sie unwirsch.

»Waren Sie allein?«

»Wohl kaum.«

Ich fragte sie, mit wem sie zusammen gewesen sei, und kriegte schließlich einen Namen aus ihr heraus: Eric Collinson hatte sie nach Hause gefahren. Ich fragte, wo ich Eric Collinson finden könne. Sie runzelte die Brauen, zögerte und sagte, er sei bei Spear, Camp und Duffy beschäftigt, Börsenmaklern. Sie sagte noch, sie habe gräßliche Kopfschmerzen und hoffe, daß ich sie jetzt entschuldigen werde, denn sie wisse, daß ich nun wohl keine weiteren Fragen mehr an sie haben könne. Dann, ohne eine Erwiderung abzuwarten, die ich darauf hätte geben können, drehte sie sich um und ging aus dem Zimmer. Ihre Ohren, so bemerkte ich, als sie sich umdrehte, hatten keine Ohrläppchen und liefen oben eigentümlich spitz zu.

»Was ist mit Ihrem Hauspersonal?« fragte ich Mrs. Leggett.

»Wir haben bloß ein Mädchen – Minnie Hershey, eine Negerin. Sie schläft nicht hier, und ich bin sicher, daß sie nichts damit zu tun hat. Sie ist nun fast zwei Jahre bei uns, und ich kann mich für ihre Ehrlichkeit verbürgen.«

Ich sagte, ich würde gern mal mit Minnie sprechen, und Mrs. Leggett rief sie herein. Das Dienstmädchen war eine kleine, drahtige Mulattin mit dem glatten schwarzen Haar und braunen Gesicht einer Indianerin. Sie sagte sehr höflich und sehr bestimmt, sie habe mit dem Diamantendiebstahl nichts zu tun und von dem Einbruch erst erfahren, als sie heute morgen ins Haus gekommen sei. Sie nannte mir die Adresse ihrer Wohnung, im Negerviertel von San Francisco.

Leggett und seine Frau führten mich hinauf ins Labor, einen großen Raum, der bis auf ein knappes Fünftel den ganzen dritten Stock einnahm. Zwischen den Fenstern hingen graphische Darstellungen und Tabellen an den weißgetünchten Wänden. Der Holzfußboden war unbedeckt. Ein Röntgenapparat – oder etwas Ähnliches –, vier oder fünf kleinere Apparate, eine Esse, ein breites Spülbecken, ein großer Zinktisch, ein paar kleinere mit gekachelten Platten, Gestelle und Regale für Glasgefäße, siphonförmige Behälter aus Metall – mit solchem Zeug war der Raum zum größten Teil ausgefüllt.

Der Schrank, aus dem man die Diamanten entwendet hatte, war ein grüngestrichenes Stahlding mit sechs Schubfächern, die nur gemeinsam zu verschließen waren. Das zweite

Fach von oben – das, in dem die Diamanten gewesen waren – stand offen. Der vordere Rand hatte Kerben, wo ein Stemmeisen oder Meißel zwischen ihn und den Rahmen gezwängt worden war. Die anderen Fächer waren noch immer verschlossen. Leggett sagte, durch das Aufbrechen des Diamantfaches habe sich der Verschlußmechanismus so verklemmt, daß er erst einen Mechaniker kommen lassen müsse, um die anderen zu öffnen.

Wir gingen wieder nach unten, und durch ein Zimmer, in dem die Mulattin einen Staubsauger herumschob, kamen wir in die Küche. Die Hintertür sowie der Rahmen wiesen ganz ähnliche Spuren auf wie der Schrank, anscheinend vom selben Werkzeug.

Als ich mit der Untersuchung der Tür fertig war, holte ich den Diamanten aus der Tasche und zeigte ihn den Leggetts. »Ist das einer davon?« fragte ich.

Leggett nahm ihn mit Daumen und Zeigefinger von meinem Handteller, hielt ihn gegen das Licht, drehte ihn von einer Seite auf die andere und sagte: »Ja. Er hat diese wolkige Kohle unten an der Spitze des Körpers. Wo haben Sie den her?«

»Draußen im Gras gefunden.«

»Ah, unser Einbrecher hat also in der Eile einen Teil seiner Beute fallen lassen.«

Ich sagte, daß ich das bezweifelte.

Leggett zog hinter seiner Brille die Brauen zusammen, sah mich mit verengten Augen an und fragte scharf: »Was meinen Sie denn?«

»Ich meine, er ist da mit Absicht hingelegt worden. Ihr Einbrecher wußte zu viel. Er wußte, an welches Fach er gehen mußte. Er hat sich mit nichts weiter aufgehalten. Detektive tippen leicht auf ›Innendienst‹, denn es spart Arbeit, wenn man gleich am Tatort ein Opfer finden kann; aber ich kann hier nichts weiter sehen.«

Minnie kam an die Tür, den Staubsauger noch in der

Hand, und begann zu heulen, sie sei ein ehrliches Mädchen und niemand habe das Recht, ihr irgendwas vorzuwerfen, und wenn man wolle, könne man sie ja absuchen und ihre Wohnung auch, und bloß weil sie eine Farbige sei, das sei noch lange kein Grund, und so weiter und so weiter, und es war nicht alles ganz zu verstehen, weil der Staubsauger in ihrer Hand noch brummte und weil sie schluchzte beim Sprechen. Tränen liefen ihr über die Backen.

Mrs. Leggett ging zu ihr, klopfte ihr die Schulter und sagte: »Aber, aber! Nun weinen Sie doch nicht, Minnie. Ich weiß ja, daß Sie nichts damit zu tun haben, und alle andern wissen's auch. Aber, aber!« Bald hatte sie die Tränen des Mädchens zum Versiegen gebracht und schickte es nach oben.

Leggett setzte sich auf eine Ecke des Küchentisches und fragte: »Sie haben jemanden hier im Hause im Verdacht?«

»Jemanden, der hier gewesen ist, ja.«

»Wen?«

»Noch niemanden.«

»Das« – er lächelte, wobei er weiße Zähne zeigte, die fast so klein waren wie die seiner Tochter – »bedeutet jeden – uns alle?«

»Sehn wir uns doch mal den Rasen an«, schlug ich vor. »Wenn wir noch mehr Diamanten finden, würd ich sagen, ich habe mich mit dem ›Innendienst‹ vielleicht doch geirrt.«

Als wir in Richtung Eingangstür gingen, kam uns in braunem Mantel und violettem Hut Minnie Hershey entgegen, die sich von ihrer Herrin verabschieden wollte. Sie könne nicht mehr in einem Haus arbeiten, wo jeder denke, sie habe etwas gestohlen, sagte sie unter Tränen. Sie sei genauso ehrlich wie jeder andere und ehrlicher als so mancher und habe dasselbe Recht auf Achtung, und wenn sie das hier nicht haben könne, dann eben woanders, sie kenne nämlich Häuser, wo man sie nicht beschuldigen würde, etwas gestohlen zu haben, nachdem sie zwei Jahre lang dort gearbeitet habe, ohne jemals auch nur eine Scheibe Brot zu nehmen.

Mrs. Leggett flehte sie an, redete ihr mit Vernunftgründen zu, schalt sie aus, versuchte es mit Befehlston, aber es nützte alles nichts. Das braune Mädchen hatte es sich nun einmal in den Kopf gesetzt, und los ging sie.

Mrs. Leggett sah mich an, wobei sie ihrem fröhlichen Gesicht einen so strengen Ausdruck gab, wie sie nur konnte, und sagte vorwurfsvoll: »Da sehn Sie, was Sie angerichtet haben!«

Ich sagte, es tue mir leid, und ihr Mann und ich gingen hinaus, um den Rasen abzusuchen. Wir fanden keine weiteren Diamanten.

2

Langnase

Ich setzte ein paar Stunden daran, die Nachbarschaft durch-
zukämmen, um den Mann ausfindig zu machen, den Mrs.
und Miss Leggett gesehen hatten – doch vergeblich. Dafür
brachte ich etwas über einen anderen Mann in Erfahrung.
Eine Mrs. Priestly – eine blasse Halbinvalidin, die drei Häuser vor den Leggetts wohnte – gab mir den ersten Hinweis.

Mrs. Priestly saß nachts, wenn sie nicht schlafen konnte,
oft an einem Vorderfenster. In zwei von den letzten Nächten
hatte sie den Mann gesehen. Sie sagte, es sei ein großer Mann,
jung, wie sie glaube, und er ginge mit vorgestrecktem Kopf.
Die Straße sei zu schwach beleuchtet, um über Farben und
Kleidung etwas sagen zu können.

Das erste Mal hatte sie ihn vor einer Woche gesehen. Er
war fünf- oder sechsmal auf der anderen Straßenseite auf
und ab gegangen, im Abstand von fünfzehn oder zwanzig
Minuten, wobei er das Gesicht so gewandt hatte, als ob er auf
der Straßenseite von Mrs. Priestly – auf der auch die Leggetts wohnten – etwas beobachte oder suche. Sie glaubte, es
sei zwischen elf und zwölf gewesen, als sie ihn in dieser
Nacht zum ersten Mal gesehen habe, und so gegen eins das
letzte Mal. Ein paar Nächte später – Samstag – hatte sie ihn
wieder gesehen. Diesmal war er nicht auf und ab gegangen,
sondern hatte weiter unten an der Ecke gestanden und die
Straße hinaufgeblickt, so um Mitternacht herum. Nach einer
halben Stunde war er weggegangen, und sie hatte ihn nicht
wieder gesehen.

Mrs. Priestly kannte die Leggetts vom Sehen, wußte aber
sehr wenig von ihnen, außer daß die Tochter als ein bißchen
wild galt. Sie schienen nette Leute zu sein, lebten aber ziem-

lich abgekapselt. Er war 1921 in das Haus gezogen, allein, nur mit einer Haushälterin – einer Mrs. Begg, die, soviel Mrs. Priestly gehört hatte, jetzt bei einer Familie namens Freemander in Berkeley war. Mrs. Leggett und Gabrielle waren erst 1923 zu Leggett gezogen.

Mrs. Priestly sagte, die vergangene Nacht habe sie nicht am Fenster gesessen und deshalb den Mann, den Mrs. Leggett an der Ecke gesehen hatte, nicht gesehen.

Ein Mann namens Warren Daley, der auf der anderen Straßenseite wohnte, weiter unten, in der Nähe der Ecke, wo Mrs. Priestly ihren Mann gesehen hatte, hatte, als er Sonntagabend das Haus abschloß, einen Mann – anscheinend denselben Mann – auf der Veranda überrascht. Daley selber war nicht zu Hause, als ich ihn aufsuchen wollte, aber seine Frau erzählte mir dies und holte ihn mir dann ans Telefon.

Daley sagte, der Mann habe auf der Veranda gestanden, entweder um sich vor jemandem zu verstecken oder um jemanden weiter oben auf der Straße zu beobachten. Als Daley die Tür aufmachte, rannte der Mann weg, die Straße hinunter, ohne sich um Daleys »Was wollen Sie denn hier?« zu kümmern. Daley sagte, es sei ein Mann von zweiunddreißig oder dreiunddreißig gewesen, recht gut gekleidet, in dunklem Anzug, und er habe eine lange, schmale und scharfe Nase gehabt.

Das war alles, was ich den Nachbarn aus der Nase ziehen konnte. Ich fuhr zum Büro von Spear, Camp und Duffy in der Montgomery Street und fragte nach Eric Collinson.

Er war jung, blond, groß, breitschultrig, sonnengebräunt – wie aus dem Modejournal – und hatte das gutaussehende unintelligente Gesicht eines Menschen, der vielleicht alles über Polo oder Schießen oder Fliegen oder etwas dergleichen weiß, vielleicht auch über zwei Dinge dieser Art, aber sonst nicht viel Ahnung hat. Wir saßen auf einem speckigen Ledersofa im Kundenraum, der jetzt, nach Geschäftsschluß, leer war bis auf einen spindeldürren Jungen, der an einer Tafel

mit Zahlen herumjonglierte. Ich erzählte Collinson von dem
Einbruch und fragte ihn nach dem Mann, den er und Miss
Leggett Samstagnacht gesehen hatten.

»Ein ganz normal aussehender Bursche, soweit ich sehen
konnte. Es war dunkel. Klein und klobig. Meinen Sie, der
hat sie geklaut?«

»Ist er vom Haus der Leggetts her gekommen?« fragte ich.

»Von deren Vorgarten jedenfalls. Er kam mir reichlich
zappelig vor – deswegen hab ich gedacht, der hat vielleicht
irgendwo rumgeschnüffelt, wo er nichts zu suchen hat. Ich
meinte zu Gaby, ob ich ihm nachgehn und ihn fragen soll,
was er im Schilde führt. Aber sie wollte das nicht. Hätte ja
ein Bekannter von ihrem Vater sein können. Haben Sie den
mal gefragt? Der hat was übrig für so komische Hühner.«

»War es nicht ein bißchen sehr spät für einen Besucher?«

Er sah von mir weg, und so fragte ich: »Wie spät war es
denn?«

»Mitternacht, würd ich sagen.«

»Mitternacht?«

»Ganz recht. Die Zeit, wo die Toten den Gräbern entstei-
gen und die Geister ihre Stunde haben.«

»Miss Leggett hat gesagt, es wär nach drei gewesen.«

»Bitte, da haben Sie's!« rief er freundlich triumphierend,
als hätte er einen Streitpunkt bewiesen. »Sie ist halb blind,
aber eine Brille will sie nicht tragen, weil sie Angst hat um
ihre Schönheit. Sie macht dauernd solche Fehler. Spielt grauenhaft Bridge – hält eine Zwei für ein As. Wahrscheinlich
war es viertel nach zwölf, und sie hat auf die Uhr geguckt
und die Zeiger verwechselt.«

Ich sagte »Schade« und »Danke« und fuhr zum Laden von
Halstead und Beauchamp in der Geary Street.

Watt Halstead war ein höflicher, blasser, kahlköpfiger,
dicker Mann mit müden Augen und einem zu engen Kragen.
Ich sagte ihm, womit ich beschäftigt sei, und fragte ihn, wie
gut er Leggett kenne.

»Ich kenne ihn als einen Mann, den man gern zum Kunden hat, und weiß, daß er ein angesehener Wissenschaftler ist. Warum fragen Sie?«

»Bei seinem Einbruch ist was faul – stellenweise wenigstens.«

»Oh, da irren Sie sich. Das heißt, Sie irren sich, wenn Sie meinen, ein Mann von seinem Format wäre in so eine Geschichte verwickelt. Eine Hausangestellte natürlich; ja, das ist möglich, so was soll ja vorkommen, nicht? Aber Leggett nicht. Er genießt als Wissenschaftler einigen Ruf – er hat recht beachtliche Arbeiten mit Farben vorgelegt –, und ist, sofern unsere Kreditabteilung nicht falsch informiert wurde, ein Mann von mehr als bescheidenem Vermögen. Ich will nicht sagen, daß er wohlhabend ist im modernen Sinne des Wortes, aber doch zu wohlhabend, um so was zu machen. Und, im Vertrauen gesagt, ich weiß zufällig, daß er bei der Seaman's National Bank momentan mehr als zehntausend Dollar auf dem Konto hat. Na – und die acht Diamanten waren nicht mehr wert als tausend oder zwölf- bis dreizehnhundert Dollar.«

»Ladenpreis? Dann haben Sie fünf- oder sechshundert dafür bezahlt?«

»Na«, lächelte er, »sieben fünfzig kommt eher hin.«

»Wie sind Sie dazu gekommen, ihm die Diamanten zu geben?«

»Wie gesagt, er ist ein Kunde von uns, und als ich davon hörte, was er mit Glas gemacht hatte, dachte ich, es wäre doch eine tolle Sache, wenn man dieselbe Methode auch bei Diamanten anwenden könnte. Fitzstephan – der ist es in der Hauptsache gewesen, durch den ich von Leggetts Arbeit mit Glas erfuhr – war skeptisch, aber ich dachte – und denke das immer noch –, daß es einen Versuch wert ist, und so habe ich Leggett überredet, es zu versuchen.«

Der Name Fitzstephan war mir vertraut. Ich fragte: »Welcher Fitzstephan war das?«

»Owen, der Schriftsteller. Sie kennen ihn?«

»Ja! Aber ich wußte nicht, daß er jetzt hier an der Küste ist. Wir haben früher sozusagen aus einer Flasche getrunken. Haben Sie seine Adresse?«

Halstead suchte sie mir im Telefonbuch heraus, ein Apartment in Nob Hill.

Von dem Juwelierladen aus fuhr ich in die Gegend, wo Minnie Hershey wohnte. Es war ein Negerviertel, wodurch es doppelt so unwahrscheinlich wurde wie sonst, einigermaßen genaue Angaben zu kriegen.

Was ich dann schließlich doch herausbekam, läßt sich so zusammenfassen: Das Mädchen war vor vier oder fünf Jahren aus Winchester, Virginia, nach San Francisco gekommen und lebte seit einem halben Jahr mit einem Neger namens Rhino Tingley zusammen. Einer sagte mir, Rhino hieße eigentlich Ed, ein anderer sagte Bill, aber alle stimmten darin überein, daß er jung sei, groß und schwarz und leicht zu erkennen an einer Narbe am Kinn. Außerdem ließ ich mir sagen, er lebe von Minnie und dem Kartenspiel und sei kein übler Kerl – nur wenn er in Wut gerate, dann sei er, wie es hieß, »der heilige Schrecken«; und daß ich ihn mir so ziemlich jeden Tag am frühen Abend entweder im Barbierladen von Bunny Mack oder bei Bigfoot Gerber im Zigarettengeschäft ansehen könne.

Ich informierte mich, wo diese Treffs waren, und fuhr dann wieder in die Stadt zu den Fahndern der Kripo im Justizpalast. Im Büro des Pfandhauskommandos war niemand. Im selben Gang auf der anderen Seite fragte ich Kommissar Duff, ob jemand auf den Fall Leggett angesetzt worden sei.

Er sagte:

»Sprechen Sie mal mit O'Gar!«

Ich ging in den Versammlungsraum, hielt nach O'Gar Ausschau und wunderte mich, was er – ein Fahnder des Morddezernats – mit meinem Fall zu tun haben mochte.

Weder O'Gar noch sein Mitarbeiter Pat Reddy war da. Ich rauchte eine Zigarette, versuchte zu erraten, wer umgebracht worden war und beschloß, Leggett anzurufen.

»Irgendwelche Polizeidetektive dagewesen, seit ich gegangen bin?« fragte ich, als seine rauhe Stimme mir ins Ohr schnarrte.

»Nein, aber angerufen hat die Polizei; ist noch gar nicht lange her. Meine Frau und meine Tochter sind aufgefordert worden, in ein Haus in der Golden Gate Avenue zu kommen, um dort möglicherweise einen Mann zu identifizieren. Vor ein paar Minuten sind sie gegangen. Ich habe sie nicht begleitet, weil ich den vermutlichen Einbrecher ja nicht gesehen habe.«

»Wo denn in der Golden Gate Avenue?«

Er hatte die Hausnummer vergessen, wußte aber, in welchem Block es war – nach der Van Ness Avenue. Ich dankte ihm und fuhr dort hin.

An dem angegebenen Block fand ich einen Polizisten in Uniform, der im Eingang eines kleinen Apartmenthauses stand. Ich fragte ihn, ob O'Gar drin sei.

»Oben – drei zehn«, sagte er.

In einem wackligen Fahrstuhl fuhr ich hinauf. Als ich im dritten Stock ausstieg, sah ich mich Mrs. Leggett und ihrer Tochter gegenüber, die im Weggehen begriffen waren.

»Hoffentlich sind Sie jetzt davon überzeugt, daß Minnie nichts damit zu tun hat«, sagte Mrs. Leggett in scheltendem Ton.

»Die Polizei hat den Mann gefunden, den Sie gesehen haben?«

»Ja.«

Zu Gabrielle Leggett sagte ich: »Eric Collinson sagt, es wär erst Mitternacht gewesen oder ein paar Minuten später, als Sie Samstagnacht nach Hause kamen.«

»Eric«, sagte sie leicht gereizt und trat an mir vorbei in den Fahrstuhl, »ist ein Esel.«

Ihre Mutter, nach ihr in den Fahrstuhl tretend, tadelte sie freundlich: »Aber Liebling!«

Ich ging den Gang entlang auf eine Tür zu, wo Pat Reddy stand und mit ein paar Reportern redete, grüßte, drückte mich an ihnen vorbei in einen kurzen Flur und gelangte durch diesen in ein ärmlich möbliertes Zimmer, in dem ein Toter auf einem Wandbett lag.

Phels, vom polizeilichen Erkennungsdienst, blickte von seinem Vergrößerungsglas auf, nickte mir zu und setzte dann seine Untersuchung der Kante eines Tisches von der Inneren Mission fort.

O'Gar beugte sich mit Kopf und Schultern durch das offene Fenster herein und knurrte: »Mit Ihnen müssen wir uns also auch wieder rumärgern?«

O'Gar war ein stämmiger, schwerfälliger Fünfziger, der nach Art der Film-Sheriffs breitkrempige schwarze Hüte trug. In seinem harten Kugelschädel hatte er eine ganze Menge Grips, und es arbeitete sich angenehm mit ihm.

Ich sah mir die Leiche an – ein Mann von etwa vierzig, grobes, blasses Gesicht, kurzes angegrautes Haar, struppiger dunkler Schnurrbart, kurze kräftige Arme und Beine. Dicht über seinem Nabel war ein Einschußloch, ein weiteres hoch oben auf der linken Brustseite.

»Es ist ein Mann«, sagte O'Gar, als ich die Decken wieder über ihn zog. »Er ist tot.«

»Was Sie nicht sagen! Und was haben Sie sonst noch rausgekriegt?« fragte ich.

»Sieht so aus, als hätte er mit noch so 'nem Typ die Kiesel eingesackt, und dann ist der andere auf die Idee gekommen, den Reibach alleine zu machen. Die Tüten sind hier« – O'Gar holte sie aus der Tasche und fächerte sie mit dem Daumen auseinander – »aber die Diamanten nicht. Die sind vor 'nem Weilchen mit dem andern Typ die Feuerleiter runtergemacht. Ein paar Leute haben ihn gesehn, als er sich verdünnisieren wollte, aber sie haben ihn aus dem Auge verloren, wie er durch die Toreinfahrt abgehaun ist. Großer Kerl mit langer Nase. Dieser da« – er deutete mit den Tüten auf das Bett – »hat seit einer Woche hier gewohnt. Heißt Louis Upton, New Yorker Papiere. Bei uns unbekannt. Keiner in dem Stall hier wird sagen, er hätte ihn je mit wem andern gesehn. Keiner wird sagen, er kennt Langnase.«

Pat Reddy kam herein. Er war ein großer, fröhlicher junger Bursche, der so viel Köpfchen hatte, daß es seinen Mangel an Erfahrung beinahe ausglich. Ich erzählte ihm und O'Gar, was ich in der Sache bis jetzt zutage gefördert hatte.

»Ob Langnase und dieser Knabe hier etwa abwechselnd Leggetts Haus beobachtet haben?« meinte Reddy.

»Kann sein«, sagte ich, »aber es gibt da auch noch einen Innendienst-Haken. Wieviel Tüten haben Sie da, O'Gar?«

»Sieben.«

»Dann fehlt die von dem Diamanten, der mit Absicht draußen hingelegt worden ist.«

»Was ist mit der Achtelschwarzen?« fragte Reddy.

»Ich werde mir heute abend mal ihren Kerl ansehn«, sagte ich. »Und ihr fragt in New York mal an wegen diesem Upton?«

»Hm-hm«, machte O'Gar.

3

Etwas Obskures

In dem Apartmenthaus in Nob Hill, das Halstead mir angegeben hatte, nannte ich dem Jungen an der Vermittlung meinen Namen und bat darum, ihn Fitzstephan durchzusagen. Ich hatte Fitzstephan als einen langen, hageren Mann von zweiunddreißig Jahren in Erinnerung, mit rotbraunem Haar, müden grauen Augen, einem breiten, lachfreudigen Mund und nachlässig getragener Kleidung; einen Mann, der sich fauler gab als er war, der lieber redete als sonst etwas tat, und eine ganze Menge anscheinend genaue Kenntnisse und originelle Gedanken über jedes gerade anfallende Thema hatte, solange es nur ein bißchen ausgefallen war.

Ich hatte ihn vor fünf Jahren in New York kennengelernt, wo ich einer Bande von falschen Medien, die der Witwe eines Eis- und Kohlenhändlers hunderttausend Dollar abgegaunert hatte, auf ihre schmutzigen Schliche zu kommen suchte. Auf der Suche nach literarischem Stoff ackerte Fitzstephan das gleiche Feld durch. Wir wurden miteinander bekannt und spannten uns vor denselben Pflug. Ich hatte mehr von dieser Verbindung als er, denn er kannte den ganzen Spukrummel bereits in- und auswendig, und so hatte ich meinen Fall mit seiner Hilfe in ein paar Wochen klar. Danach waren wir noch ein oder zwei Monate ziemlich dicke zusammen, bis ich New York wieder verließ.

»Mr. Fitzstephan sagt, Sie sollen gleich raufkommen«, sagte der Junge an der Vermittlung.

Sein Apartment war im fünften Stock. Er stand vor dem Fahrstuhl, als ich ausstieg.

»Tatsächlich«, sagte er, »du *bist* es!«

»Und kein anderer.«

Er hatte sich kein bißchen verändert. Wir traten in ein Zimmer, in dem ein halbes Dutzend Bücherregale und vier Tische kaum noch Platz ließen für etwas anderes. Überall lagen Zeitschriften herum, Bücher in verschiedenen Sprachen, Zeitungen, Ausschnitte, Korrekturbögen – alles genau wie früher in seiner New Yorker Wohnung.

Wir setzten uns, suchten zwischen Tischbeinen Platz für unsere Füße und erzählten uns, was wir erlebt hatten, seit wir uns zuletzt gesehen. Er war erst seit etwas über einem Jahr in San Francisco – abgesehen von den Wochenenden, sagte er, und von zwei Monaten Klausur auf dem Lande, als er einen Roman abgeschlossen hatte. Ich war seit fast fünf Jahren hier. San Francisco gefalle ihm, sagte er, aber gegen etwaige Bestrebungen, den Westen den Indianern zurückzugeben, hätte er nichts einzuwenden.

»Was macht die Schreiberei?« erkundigte ich mich.

Er sah mich scharf und forschend an: »Sag bloß nicht, du hast was von mir gelesen!«

»Nein. Wie kommst du denn auf *die* Idee?«

»Es war etwas in deinem Tonfall, so was von Besitzerstolz – wie in der Stimme von jemand, der sich für ein paar Dollar einen Autor gekauft hat. Es ist mir noch nicht so oft vorgekommen, daß ich dagegen abgestumpft wäre. Lieber Gott, weißt du noch, wie ich dir meine Gesammelten Werke verehren wollte?«

Das war so die Art, wie er gerne redete.

»Ja. Aber ich hab's dir nie übelgenommen. Du warst betrunken.«

»Von Sherry – dem Sherry von Elsa Donne. Erinnerst du dich noch an Elsa? Sie zeigte uns ein Bild, mit dem sie gerade fertig geworden war, und du hast gesagt, es sei hübsch. Lieber Gott, was wurde die wütend! Du hast es so schlicht und einfach gesagt, als wärst du fest davon überzeugt gewesen, sie würde sich darüber freuen. Weißt du noch? Sie hat uns rausgeschmissen, aber wir hatten beide schon einen sitzen von ihrem Sherry. Du warst aber noch nicht so voll, daß du die Bücher angenommen hast.«

»Ich hatte Angst, ich würde sie lesen und verstehen«, erklärte ich, »und dann hättest du dich beleidigt gefühlt.«

Ein chinesischer Boy brachte uns kühlen Weißwein.

Fitzstephan sagte: »Und du hetzt bestimmt immer noch hinter unglücklichen Missetätern her, was?«

»Ja. Sonst wär ich dir ja nicht auf die Spur gekommen. Halstead erzählte mir, du kennst Edgar Leggett?«

Durch den Vorhang seiner müden grauen Augen drang ein Schimmer, und er setzte sich ein wenig auf in seinem Sessel, als er fragte: »Leggett hat was ausgefressen?«

»Warum sagst du das?«

»Ich sage das nicht, ich frage das.« Er fläzte sich wieder in den Sessel zurück, aber in seinen Augen schimmerte es weiter. »Nu los, raus damit! Versuch mir nicht subtil zu kommen, mein Sohn; das ist gar nicht deine Art. Versuch's, und du gehst baden. Also raus damit – was hat Leggett ausgefressen?«

»Auf die Tour läuft das nicht«, sagte ich. »Du bist ein Geschichtenschreiber. Wie soll ich mich darauf verlassen können, daß du nicht auf dem aufbaust, was ich dir erzähle? Ich hebe meine Geschichte erst mal auf, bis du deine erzählt hast, dann kannst du sie nämlich nicht mehr so drehen, daß sie zu meiner paßt. Wie lange kennst du ihn schon?«

»Ich hab ihn kennengelernt, kurz nachdem ich hierhergekommen bin. Er hat mich immer interessiert. Es ist etwas Obskures an ihm, etwas Dunkles und Verlockendes. Er ist zum Beispiel körperlich ein Asket, raucht nicht und trinkt nicht, ißt frugal, schläft, soviel ich gehört habe, nur drei oder vier Stunden die Nacht – aber geistig, oder spirituell, ist er sinnlich – sagt dir das was? – bis zur Dekadenz. Du warst doch immer der Meinung, ich hätte einen abnormen Hang zum Phantastischen. Da müßtest du ihn erst mal sehn! Seine Freunde – nein, er hat keine – seine auserwählten Gefährten sind diejenigen, die die exotischsten Ideen zu bieten haben:

Marquard mit seinen verrückten Figuren, die nicht Figuren sind, sondern als Grenzbereiche im Raum Figuren darstellen; Denbar Curt mit seinem Algebraismus; die Haldorn mit ihrer Heiligen-Gral-Sekte; die irre Laura Joines; Farnham . . .«

»Und du«, warf ich ein, »mit Erklärungen und Beschreibungen, die nichts erklären und nichts beschreiben. Du glaubst doch wohl nicht, was du da erzählst, sagt mir irgendwas.«

»Ja, ich seh es jetzt wieder: du bist immer noch der Alte.« Er grinste mich an und fuhr sich mit schmalen Fingern durch sein rotbraunes Haar. »Erzähl mir, was los ist, und ich werde versuchen, mich dir zuliebe auf simple Worte zu beschränken.«

Ich fragte ihn, ob er Eric Collinson kenne. Er sagte ja und es sei weiter nichts Bemerkenswertes an ihm, außer daß er mit Gabrielle Leggett verlobt sei, daß sein Vater der Holz-Collinson sei und daß Eric aus Princeton, Aktien und Dividenden und aus Handball bestehe – ein netter Junge halt.

»Kann schon sein«, sagte ich, »aber er hat mich angelogen.«

»Typischer Spürhund – gleich witterst du Unrat!« Grinsend schüttelte Fitzstephan den Kopf. »Du mußt den Falschen erwischt haben – jemanden, der sich für ihn ausgegeben hat. Der Chevalier Bayard lügt nicht; und außerdem gehört zum Lügen Phantasie. Du hast – aber warte mal! Ist bei deiner Frage eine Frau mit im Spiel?«

Ich nickte.

»Dann hast du recht«, versicherte mir Fitzstephan. »Entschuldige. Der Chevalier Bayard lügt immer, wenn eine Frau mit im Spiel ist, selbst wenn es gar nicht nötig ist und sie dadurch eine Menge Schwierigkeiten bekommt. Das gehört zu den Gepflogenheiten des Bayardismus – die Ehre der Frau schützen oder sowas Ähnliches. Wer war denn die Frau?«

»Gabrielle Leggett«, sagte ich und erzählte ihm alles, was ich von den Leggetts, den Diamanten und dem Toten in der Golden Gate Avenue wußte. Die Enttäuschung auf seinem Gesicht wurde immer größer, während ich redete.

»Das ist trivial – langweilig«, beschwerte er sich, als ich fertig war. »Leggett war für mich immer so was wie eine Gestalt von Dumas, und du kommst mir mit Kinkerlitzchen à la O. Henry. Du hast mich schwer enttäuscht mit deinen kümmerlichen Diamanten. Aber« – und seine Augen leuchteten wieder auf – »aus der Sache kann ja noch was werden. Ob Leggett nun kriminell ist oder nicht, jedenfalls hat er das Zeug zu mehr als einem billigen Versicherungsbetrug.«

»Du meinst«, fragte ich, »er ist einer von diesen ganz großen Fischen mit Riesengehirn und so? Du liest also Zeitungen? Was glaubst du denn, was er ist? König der Schnapsschmuggler? Chef eines internationalen Verbrechersyndikats? Boss des Mädchenhandels? Kopf eines Rauschgiftrings? Oder die Fälscherkönigin in Verkleidung?«

»Sei kein Idiot«, sagte er. »Aber er hat Grips. Und irgendwas Obskures ist an ihm, etwas, woran er nicht denken will, das er aber nicht vergessen darf. Ich habe dir erzählt, daß er nach den schwindelerregendsten Gedanken lechzt, und dabei ist er kalt wie ein Fisch; aber von einer bittertrockenen Kälte. Er ist ein Neurotiker, der seinen Körper fit, reaktionsschnell und einsatzbereit hält – wozu? –, während er seinen Geist mit Wahnsinnsideen unter Drogen setzt. Und doch ist er kalt und klar. Wenn ein Mensch eine Vergangenheit hat, die er vergessen will, so kann er seinen Geist am leichtesten durch seinen Körper gegen die Erinnerung abtöten – mit Sinnlichkeit, wenn nicht gar mit Narkotika. Aber angenommen, die Vergangenheit ist noch lebendig und dieser Mensch muß sich fit halten, um ihr gewachsen zu sein, falls sie in die Gegenwart tritt – nun, dann wäre es das Klügste von ihm, seinen Geist direkt zu betäuben, während der Körper kräftig und einsatzbereit bleibt.«

»Und diese Vergangenheit?«

Fitzstephan schüttelte den Kopf und sagte: »Wenn ich's nicht weiß – und ich weiß es nicht –, so ist das nicht meine Schuld. Ehe du die Sache hinter dir hast, wirst du schon noch merken, wie schwer es ist, aus dieser Familie was rauszukriegen.«

»Hast du's versucht?«

»Aber na sicher. Ich bin Romanschreiber und beschäftige mich von Berufs wegen mit Seelen und was in ihnen vorgeht. Er hat eine, die mich anzieht, und ich habe mich immer ungerecht behandelt gefühlt, weil er mir nicht sein Innerstes nach außen gekehrt hat. Weißt du, ich bezweifle, ob er überhaupt Leggett heißt. Er ist Franzose. Er hat mir mal erzählt, er stamme aus Atlanta, aber er ist Franzose, nach seinen Anschauungen, seiner Geisteshaltung, nach allem – nur daß er's nicht zugibt.«

»Und was ist mit der übrigen Familie?« fragte ich. »Gabrielle spinnt ein bißchen, was?«

»Das hab ich mich auch schon gefragt.« Fitzstephan sah mich neugierig an. »Sagst du das nur so hin, oder meinst du wirklich, sie ist nicht ganz richtig?«

»Ich weiß nicht. Sie ist seltsam, irgendwie ein unheimlicher Mensch. Und dann, sie hat Tierohren, fast gar keine Stirn; und einmal sind ihre Augen grün, dann wieder braun, ohne mal bei einer Farbe zu bleiben. Was hast du denn bei deiner Schnüffelei schon alles rausgekriegt über sie?«

»Du, der du mit der Schnüffelei deinen Lebensunterhalt verdienst, machst dich lustig über mein neugieriges Interesse an den Menschen und über meine Versuche, es zu befriedigen?«

»Das ist was ganz anderes«, sagte ich. »Ich tu es mit dem Ziel, die Leute ins Gefängnis zu bringen, und dafür werde ich bezahlt, allerdings nicht so, wie sich's gehört.«

»Das ist doch nichts anderes«, sagte er. »Ich tu es mit dem Ziel, die Leute in Bücher zu bringen, und dafür werde ich bezahlt, allerdings nicht so, wie sich's gehört.«

»Ja ja, aber was kommt Gutes dabei raus?«

»Weiß der Himmel. Und was kommt Gutes dabei raus, wenn man sie ins Gefängnis bringt?«

»Ist gut gegen Verstopfung«, sagte ich. »Bring genug Leute ins Gefängnis, und die Städte haben keine Verkehrsprobleme mehr. Was weißt du über diese Gabrielle?«

»Sie haßt ihren Vater. Er betet sie an.«

»Wie kommt es zu diesem Haß?«

»Ich weiß nicht; vielleicht weil er sie anbetet.«

»Das ist doch Unsinn«, beschwerte ich mich. »Du machst wieder Literatur. Was ist mit Mrs. Leggett?«

»Ich nehme an, du hast noch nie etwas gegessen, das sie gekocht hat, stimmt's? Sonst könntest du keine Zweifel mehr haben. Nur ein heiteres, klares Gemüt bringt solche Kochkünste fertig. Ich habe mich oft gefragt, was sie von den unheimlichen Wesen denkt, die sie als Mann und Tochter hat, aber ich kann mir vorstellen, daß sie sie einfach hinnimmt wie sie sind, ohne sich ihrer Unheimlichkeit überhaupt bewußt zu sein.«

»Das ist ja alles ganz schön und gut«, sagte ich, »aber du hast mir immer noch nichts Konkretes erzählt.«

»Nein, allerdings nicht«, erwiderte er, »und das, mein Junge, ist es ja. Ich habe dir erzählt, was ich weiß und was ich mir denke, und das ist alles nichts Konkretes. Das ist es ja eben – ein Jahr lang versuch ich es nun schon und habe noch nichts Konkretes über Leggett in Erfahrung gebracht. Reicht das nicht – wenn du dir vor Augen hältst, wie geschickt ich sonst meine Neugier zu befriedigen verstehe –, um dich zu überzeugen, daß der Mann etwas zu verbergen hat und weiß, wie man das macht?«

»Reicht das? Ich weiß nicht. Ich weiß nur, daß ich reichlich viel Zeit vergeudet habe, um nichts in Erfahrung zu bringen, weswegen man einen ins Gefängnis stecken kann. Essen wir morgen abend zusammen? Oder übermorgen?«

»Übermorgen. So um sieben?«

Ich sagte, ich würde ihn abholen kommen, und ging. Mittlerweile war es fünf durch. Ich hatte nichts zu Mittag gegessen, und so ging ich zu Blanco, um mir etwas einzuverleiben. Dann fuhr ich ins Negerviertel, um mir Rhino Tingley anzusehen.

Ich fand ihn in Bigfoot Gerbers Zigarrengeschäft, wo er eine dicke Zigarre im Mund herumschob und den andern Negern im Laden – vier waren es – etwas erzählte.

».... sag ich zu ihm: ›Nigger, du redst dich noch um deine Haut‹, und ich lang hin, und bei Gott, da war nix mehr da von ihm als wie die Fußabdrücke in dem Zementpflaster, drei Meter auseinander, heim zu Mama.«

Ich schätzte ihn ab, während er redete, und kaufte dabei ein Päckchen Zigaretten. Er war ein schokoladenbrauner Mann von knapp dreißig Jahren, an die zwei Meter lang, der wohl so seine zwei Zentner wog. Er hatte gelbe Glubschaugen, eine platte Nase, einen breiten Mund mit blauen Lippen und blauem Zahnfleisch, und von seiner Unterlippe lief eine ausgefranste schwarze Narbe unter den blau-weiß gestreiften Hemdkragen. Seine Kleidung war immerhin noch so neu, daß sie einen neuen Eindruck machte, und er trug sie sportlich-fesch. Er hatte eine schwere Baßstimme, die, wenn er mit seiner Zuhörerschaft lachte, das Glas der Auslagekästen vibrieren ließ.

Unter ihrem Lachen verließ ich den Laden, hörte, wie es hinter mir abbrach, und widerstand der Versuchung, mich umzublicken. Ich ging die Straße hinunter auf das Haus zu, in dem er und Minnie wohnten. Einen halben Block vor dem Haus holte er mich ein.

Ich sagte nichts, während wir sieben Schritte nebeneinander hergingen.

Dann sagte er: »Sie sind der, wo nach mir rumgefragt hat?«

Der saure Geruch italienischen Weins war so dick, daß man ihn sehen konnte.

Ich überlegte und sagte: »Ja.«

»Was ham Sie'n mit mir?« fragte er, nicht unfreundlich, aber doch so, als wollte er es wissen.

Auf der anderen Straßenseite kam Gabrielle Leggett, in braunem Mantel und braun-gelbem Hut, aus Minnies Haus und ging, ohne uns das Gesicht zuzuwenden, in südlicher Richtung davon. Sie ging schnell, mit der Unterlippe zwischen den Zähnen.

Ich sah den Neger an. Er sah mich an. Nichts in seinem Gesicht ließ darauf schließen, daß er Gabrielle Leggett gesehen hätte oder daß ihr Anblick ihm irgend etwas bedeutete.

Ich sagte: »Sie haben doch nichts zu verbergen, nicht? Also kann's Ihnen doch ganz egal sein, ob sich wer nach Ihnen erkundigt.«

»Trotzdem, wenn Sie was wissen wollen über mich, dann müssen Sie sich schon an meine Adresse wenden. Sie sind der, wegen dem Minnie rausgeschmissen worden ist?«

»Sie ist nicht rausgeschmissen worden. Sie ist gegangen.«

»Minnie braucht sich von niemand nix gefallen zu lassen. Sie . . .«

»Gehn wir doch rüber und reden mit ihr«, schlug ich vor und ging über die Straße. Er folgte mir. An der Haustür übernahm er die Führung, eine Treppe hoch, einen dunklen Gang entlang bis zu einer Tür, die er mit einem der mindestens zwanzig Schlüssel an seinem Bund öffnete.

Minnie Hershey, in einem rosa Kimono, der mit gelben Straußenfedern besetzt war, die aussahen wie kleine welke Farnwedel, kam aus dem Schlafzimmer und trat uns im Wohnzimmer entgegen. Sie machte große Augen, als sie mich sah.

Rhino sagte: »Du kennst diesen Herrn hier, Minnie.«

Minnie sagte: »J-ja.«

Ich sagte: »Sie hätten nicht einfach so von den Leggetts weglaufen sollen. Niemand glaubt, daß Sie was mit den Diamanten zu tun haben. Was hat denn Miss Leggett hier gewollt?«

»Hier is keine Miss Leggett gewesen«, wollte sie mir vormachen. »Ich weiß nich, wo Sie von reden.«

»Sie ist gerade rausgekommen, als wir reingingen.«

»Ach, *Miss* Leggett! Ich hab gedacht, Sie hätten *Mrs.* Leggett gesagt. Vielmals Entschuldigung. Ja, Sir, die Miss Gabrielle, die war tatsächlich hier. Ob ich nich wieder zurückkommen will, wollte sie wissen. Die hält Riesenstücke von mir, die Miss Gabrielle.«

»Tun Sie's«, sagte ich, »gehn Sie wieder zurück. Es war doch albern, einfach so wegzulaufen.«

Rhino nahm die Zigarre aus dem Mund und richtete das glühende Ende auf das Mädchen.

»Du bist jetzt weg von denen«, dröhnte er, »und du bleibst weg von denen. Du brauchst dir von niemand nix gefallen zu lassen.« Er fuhr mit einer Hand in die Hosentasche und zerrte ein dickes Bündel Geldscheine heraus, knallte es auf den Tisch und polterte: »Wozu mußt du denn arbeiten für andere Leute?«

Er sprach zu dem Mädchen, grinste aber mich an, wobei Goldzähne in seinem bläulich-roten Mund glänzten. Das Mädchen sah ihn voller Verachtung an und sagte: »Führ ihn durch die Kneipen, du *vino*!« – wandte sich dann wieder an mich, mit angespanntem braunen Gesicht, und ängstlich bestrebt, glaubwürdig zu erscheinen, sagte sie ernsthaft: »Rhino hat das Geld beim Spielen gewonnen, Mister. Sterben will ich, wenn's nich so is.«

Rhino sagte: »Geht niemand was an, wo ich mein Geld her hab. Ich hab's. Ich hab ...« Er legte die Zigarre auf die Tischkante, nahm das Geld, befeuchtete sich an einer badevorlegergroßen Zunge einen fersengroßen Daumen und zählte seinen Geldpacken Schein für Schein auf den Tisch. »Zwanzig – dreißig – achtzig – hundert – hundertzehn – zweihundertzehn – dreihundertzehn – dreihundertdreißig – dreihundertfümundreißig – vierhundertfümundreißig – fünfhundertfümundreißig – fünfhundertfümunachtzig – sechshundertfünf – sechshundertzehn – sechshundertzwanzig – siebenhundertzwanzig – siebenhundertsiebzig – achthundertzwanzig

– achthundertdreißig – achthundertvierzig – neunhundert-
sechzig – neunhundertsiebzig – neunhundertfümundsiebzig –
neunhundertfümundneunzig – zehnhundertfünfzehn – zehn-
hundertzwanzig – elfhundertzwanzig – elfhundertsiebzig.
Wenn wer wissen will, was ich hab, da is es – elfhundertsiebzig Dollar. Wenn wer wissen will, wo ich's her hab,
vielleicht sag ich's ihm, vielleicht auch nich. Kommt ganz
drauf an, wie's mir paßt.«

Minnie sagte: »Er hat's beim Spielen gewonnen, Mister,
im Geselligkeitsverein Happy Day. Sterben will ich, wenn's
nich so is.«

»Vielleicht«, sagte Rhino, immer noch breit mich angrin-
send. »Aber wenn nich?«

»Ich bin kein großer Rätselrater«, sagte ich, und nachdem
ich Minnie noch einmal den Rat gegeben hatte, zu den Leggetts zurückzugehen, verließ ich die Wohnung. Minnie machte die Tür hinter mir zu. Als ich mich über den Gang entfernte, konnte ich ihre schimpfende Stimme und, aus tiefer Brust,
Rhinos Baßgelächter hören.

In einem durchgehend geöffneten Drugstore in der City
schlug ich im Telefonbuch den Teil Berkeley auf, fand nur
einen einzigen Freemander verzeichnet und rief die Nummer
an. Mrs. Begg war am Apparat und erklärte sich bereit, mit
mir zu sprechen, wenn ich mit der nächsten Fähre hinüberkä-
me.

Das Freemandersche Haus lag ein wenig abseits von einer
Straße, die in Serpentinen zur Universität von Kalifornien
hinaufging.

Mrs. Begg war eine magere, starkknochige Frau mit leicht
ergrautem Haar, das von einem Knoten straff an den knochigen Schädel gezogen war. Die Augen waren hart und grau,
die Hände fest und tüchtig, und obwohl sie bitter und streng
wirkte, war sie so freimütig, daß wir ohne langes Hin und
Her gleich zur Sache kommen konnten.

Ich erzählte ihr von dem Einbruch und von meiner Vermutung, daß jemand, der den Leggettschen Haushalt kannte, dem Dieb geholfen habe, wenigstens mit Hinweisen, und schloß: »Mrs. Priestly hat mir erzählt, Sie wären Leggetts Haushälterin gewesen, und sie meinte, Sie könnten mir helfen.«

Mrs. Begg sagte, sie bezweifele, ob sie mir etwas erzählen könne, was soviel wert sei, daß der Weg von der Stadt herüber sich für mich auszahle, aber sie wolle tun, was sie könne, denn sie sei eine ehrliche Frau und habe vor niemandem etwas zu verbergen. Einmal in Fahrt gekommen, erzählte sie mir eine ganze Menge und redete, bis mir fast die Ohren abfielen. Wenn ich weglasse, was mich nicht interessierte, kamen für mich folgende Angaben dabei heraus:

Mrs. Begg war im Frühjahr 1921 durch einen Arbeitsvermittler als Haushälterin von Leggett eingestellt worden. Zuerst hatte sie noch ein Mädchen als Hilfe, aber es war nicht genug Arbeit da für zwei, und so ließen sie auf Mrs. Beggs Vorschlag hin das Mädchen gehen. Leggett liebte die Einfachheit und verbrachte fast seine ganze Zeit im obersten Stock, wo er sein Labor und eine gemütliche Schlafkammer hatte. Das übrige Haus benutzte er selten, es sei denn, er hatte abends mal Freunde zu Besuch. Seine Freunde gefielen Mrs. Begg nicht, aber sie konnte nichts weiter gegen sie sagen, als daß die Art, wie sie redeten, eine Sünd und Schande sei. Edgar Leggett sei ein so netter Mann, wie man ihn sich nur wünschen konnte, sagte sie, bloß so heimlichtuerisch, daß es einen nervös machte. In den dritten Stock durfte sie nie hinauf, und die Tür des Labors war immer abgeschlossen. Einmal monatlich kam ein Japaner, um unter Leggetts Aufsicht darin sauber zu machen. Na ja, vermutlich hatte er allerlei wissenschaftliche Geheimnisse und vielleicht gefährliche Chemikalien und wollte nicht, daß jemand darin herumstöberte, aber trotzdem gab es einem ein ungemütliches Gefühl. Über die persönlichen oder Familienangelegenheiten ihres Brotherrn wußte sie nichts, kannte ihre Stellung aber zu gut, als daß sie ihm irgendwelche Fragen gestellt hätte.

Im August 1923 – an einem regnerischen Morgen, erinnerte sie sich – waren eine Frau und ein fünfzehnjähriges Mädchen mit einer Menge Koffer ins Haus gekommen. Sie hatte ihnen aufgemacht, und die Frau fragte nach Mr. Leggett. Mrs. Begg ging hinauf an die Labortür und sagte es ihm, und er kam herunter. Ihren Lebtag hatte sie noch keinen so überraschten Mann gesehen wie ihn, als er die beiden erblickte. Er wurde vollständig weiß, und sie dachte, er würde umfallen, so zitterte er. Sie wußte nicht, was Leggett und die Frau und das Mädchen an diesem Morgen miteinander gesprochen hatten, denn sie schwatzten in irgendeiner Fremdsprache daher, obwohl sie alle genauso gut Englisch konnten wie sonstwer und sogar besser als die meisten, besonders diese Gabrielle, wenn sie ins Fluchen kam. Mrs. Begg hatte sich entfernt und war an ihre Arbeit gegangen. Bald darauf kam Leggett zu ihr in die Küche und teilte ihr mit, seine Besucher seien eine Mrs. Dain, seine Schwägerin, und ihre Tochter, die er beide seit zehn Jahren nicht gesehen habe, und sie würden hier bei ihm bleiben. Mrs. Dain erzählte Mrs. Begg später, sie seien Engländerinnen, hätten aber seit etlichen Jahren in New York gelebt. Mrs. Begg sagte, sie habe Mrs. Dain, eine vernünftige Dame und erstklassige Hausfrau, gern gehabt, aber diese Gabrielle sei ein Deibel. Mrs. Begg bezeichnete das Mädchen immer als ›diese Gabrielle‹.

Seit die beiden Dains da waren, war bei Mrs. Dains hausfraulichen Fähigkeiten kein Platz mehr für Mrs. Begg. Sie seien sehr anständig gewesen, sagte sie, hätten ihr geholfen, eine neue Stelle zu finden, und ihr ein großzügiges Abschiedsgeschenk gemacht, als sie ging. Sie hatte seitdem niemanden von der Familie mehr gesehen, aber da sie die Heirats-, Todes- und Geburtsanzeigen in den Morgenzeitungen sorgfältig zu verfolgen pflegte, hatte sie eine Woche nach ihrem Weggang erfahren, daß für Edgar Leggett und Alice Dain eine Heiratsurkunde ausgestellt worden war.

4

Die schemenhaften Harpers

Als ich am nächsten Morgen um neun in unser Büro kam, saß Eric Collinson im Empfangszimmer. Sein sonst sonnengebräuntes, frisches Gesicht wirkte fahl und schmutzig, und er hatte vergessen, sich Kleister ins Haar zu tun.

»Haben Sie irgendeine Ahnung, wo Miss Leggett steckt?« fragte er aufspringend und mir zur Tür entgegeneilend. »Sie ist gestern abend nicht nach Hause gekommen und ist immer noch nicht da. Ihr Vater wollte nicht zugeben, daß er nicht weiß, wo sie ist, aber ich bin sicher, daß er's nicht weiß. Er hat gesagt, ich soll mir keine Sorgen machen, aber das muß ich ja nun wohl doch, nicht? Wissen Sie irgendwas?«

Ich sagte nein und erzählte ihm, daß ich sie gestern abend aus Minnie Hersheys Haus hatte kommen sehen. Ich gab ihm die Adresse der Mulattin und schlug ihm vor, er solle doch die mal fragen. Er knallte sich den Hut auf den Kopf und sauste los.

Als ich O'Gar am Apparat hatte, fragte ich ihn, ob er schon etwas aus New York gehört habe.

»Hm-hm«, machte er. »Upton – der Name stimmt – ist früher mal einer von euch Privatnasen gewesen – hat 'n eigenes Büro gehabt – bis 1923, da ist er und ein Typ namens Harry Ruppert eingelocht worden, weil sie versucht haben, ein paar Geschworene zu schmieren. Und was ist rausgekommen bei Ihrem Shoeshiner?«

»Ich weiß nicht. Jedenfalls hat dieser Rhino Tingley elfhundert Eier auf der Tasche. Minnie sagt, er hat's beim Katz-und-Maus-Spiel gewonnen. Kann ja sein: Wenn er das Zeug von Leggett verhökert hätte, hätte er höchstens die Hälfte gekriegt. Versuchen Sie mal, ob sich das nachprüfen läßt. Angeblich hat er's im Geselligkeitsverein Happy Day gewonnen.«

O'Gar versprach zu tun, was er könne, und legte auf.

Ich schickte ein Kabel an unsere New Yorker Zweigstelle, in dem ich weiteres Material über Upton und Ruppert anforderte, und ging dann aufs Standesamt im Rathaus, wo ich mich in das Heiratsregister vom August und September 1923 vergrub. Der Antrag, den ich suchte, trug das Datum vom 26. August und enthielt Edgar Leggetts Erklärung, daß er am 6. März 1883 in Atlanta, Georgia, geboren und daß dies seine zweite Ehe sei; und Alice Dains Erklärung, daß sie am 22. Oktober 1888 in London, England, geboren und noch nicht verheiratet gewesen sei.

Als ich ins Büro zurückkam, lauerte dort Eric Collinson wieder auf mich, das gelbe Haar noch mehr in Unordnung.

»Ich war bei Minnie«, sagte er aufgeregt, »und sie hat mir nicht das geringste sagen können; nur daß Gaby gestern abend dagewesen ist und sie gebeten hat, die Arbeit wieder aufzunehmen – das ist alles. Aber sie – sie hat einen Smaragdring am Finger, der ganz bestimmt von Gaby ist.«

»Haben Sie sie danach gefragt?«

»Wen? Minnie? Nein. Das ging doch nicht. Das wäre ja – na, Sie wissen schon.«

»Das ist richtig«, pflichtete ich ihm bei und dachte an Fitzstephans Chevalier Bayard, »man muß immer höflich sein. Warum haben Sie mir was vorgelogen über die Zeit, um die Sie neulich nachts Miss Leggett nach Hause brachten?«

In der Verlegenheit wirkte sein Gesicht ansprechender und weniger intelligent.

»Das war blöd von mir«, stammelte er, »aber ich wollte nicht – wissen Sie – ich dachte, Sie – ich hatte Angst...«

Er kam nicht weiter. Ich half ihm: »Sie dachten, das wär reichlich spät, und wollten nicht, daß ich was Falsches von ihr denke?«

»Ja, das war's.«

Ich schob ihn ab und ging ins Dienstzimmer, wo Mickey Linehan – groß, wabbelig, rotgesichtig – und Al Mason – schlank, dunkel, flott – dabei waren, sich gegenseitig was vorzukohlen, wie oft ihnen die Kugeln um die Nasen gepfiffen seien, wobei jeder möglichst so tat, als habe er noch mehr Angst gehabt als der andere. Ich erzählte ihnen, wer in der Leggett-Affäre wer und was sei – soweit meine Kenntnisse reichten, und sehr weit reichten sie nicht, wenn es galt, sie in Worte zu fassen –, und schickte Al los, das Leggettsche Haus im Auge zu behalten, und Mickey, damit er beobachtete, wie Minnie und Rhino sich verhielten.

Auf Mrs. Leggetts freundlichem Gesicht lag ein Schatten, als sie mir eine Stunde später auf mein Klingeln die Tür aufmachte. Wir gingen in das Zimmer in Grün, Orange und Schokoladebraun, wo ihr Mann uns entgegenkam. Ich teilte ihnen die Auskünfte mit, die O'Gar aus New York erhalten hatte, und erzählte ihnen, ich hätte telegrafisch weiteres Material über Ruppert angefordert.

»Ein paar von Ihren Nachbarn haben einen Mann rumlungern sehn, der nicht Upton war«, sagte ich, »und ein Mann, auf den dieselbe Beschreibung paßt, ist aus dem Zimmer, in dem Upton umgebracht wurde, über die Feuerleiter getürmt. Wollen wir doch mal sehn, wie Ruppert aussieht.«

Ich beobachtete Leggetts Gesicht. Nichts veränderte sich darin. In seinen zu hellen rotbraunen Augen lag Interesse und nichts weiter.

Ich fragte: »Ist Miss Leggett da?«

Er sagte: »Nein.«

»Wann wird sie denn da sein?«

»Sie wird wohl ein paar Tage fortbleiben. Sie ist weggefahren.«

»Und wo kann ich sie finden?« fragte ich, indem ich mich an Mrs. Leggett wendete. »Ich habe sie Verschiedenes zu fragen.«

Mrs. Leggett wich meinem Blick aus und sah ihren Mann an.

Seine metallische Stimme antwortete auf meine Frage: »Das wissen wir nicht, jedenfalls nicht genau. Bekannte von ihr, ein Mr. Harper und seine Frau, sind mit dem Wagen von Los Angeles hochgekommen und haben sie mitgenommen auf einen Ausflug in die Berge. Ich weiß nicht, welche Strecke sie fahren wollten, und bezweifle, ob sie überhaupt ein bestimmtes Ziel hatten.«

Ich erkundigte mich nach den Harpers. Leggett bekannte, er wisse sehr wenig über die beiden. Mrs. Harper heiße mit Vornamen Carmel, sagte er, und der Mann werde von allen Bud genannt, aber Leggett sei sich nicht sicher, ob er Frank oder Walter heiße. Auch die Adresse der Harpers in Los Angeles kenne er nicht. Er glaube, sie hätten irgendwo in Pasadena ein Haus, aber er sei sich nicht sicher, er meine gehört zu haben – ja! –, sie hätten das Haus verkauft, oder nein, es vielleicht nur vorgehabt.

Während er mir diesen Unsinn erzählte, saß seine Frau da, starrte auf den Fußboden und hob zweimal kurz ihre blauen Augen, um ihren Mann flehend anzusehen.

Ich fragte sie: »Wissen Sie denn auch sonst nichts weiter über sie?«

»Nein«, sagte sie kraftlos, mit einem weiteren blitzschnellen Seitenblick auf das Gesicht ihres Mannes, der, ohne auf sie zu achten, unverwandt in meine Augen sah.

»Wann sind sie abgefahren?« fragte ich.

»Heute früh«, sagte Leggett. »Sie haben irgendwo in einem Hotel übernachtet – ich weiß nicht, in welchem –, und Gabrielle hat ebenfalls dort geschlafen, damit sie zeitig aufbrechen konnten.«

Ich hatte genug von den Harpers. Ich fragte: »Hat vor dieser Affäre einer von Ihnen beiden – einer von Ihrer Familie – irgendwas von Upton gewußt – irgendwie mit ihm zu tun gehabt?«

Leggett sagte: »Nein.«

Ich fragte noch einiges, doch die Antworten, die ich ihnen

aus der Nase zog, waren so nichtssagend, daß ich aufstand, um zu gehen. Ich war versucht, ihm zu sagen, was ich von ihm hielt, aber das hätte mir nichts eingebracht.

Auch er stand auf, höflich lächelnd, und sagte: »Es tut mir leid, daß ich der Versicherungsgesellschaft durch meine Unvorsichtigkeit – denn das war es doch wohl – all diese Mühe verursacht habe. Ich hätte Sie gern um Ihre Meinung gefragt: Würden Sie es wohl für richtig halten, daß ich die Verantwortung für den Verlust der Diamanten auf mich nehme und dafür aufkomme?«

»Wie die Dinge liegen«, sagte ich, »würde ich es für richtig halten. Aber die Untersuchung würde trotzdem weitergehn.«

Mrs. Leggett fuhr sich kurz mit dem Taschentuch an den Mund.

Leggett sagte: »Danke.« Seine Stimme war von gelassener Höflichkeit. »Ich muß mir das noch überlegen.«

Auf der Rückfahrt zum Büro schaute ich für eine halbe Stunde zu Fitzstephan hinauf. Er schreibe gerade, erzählte er mir, an einem Artikel für die *Psychopathological Review* – das ist wahrscheinlich falsch, aber etwas in dieser Richtung war's –, indem er die Hypothese von einem Unbewußten oder Unterbewußten als Lug und Trug geißelte, als eine Fallgrube für Leichtgläubige, als einen falschen Backenbart für den Scharlatan, eine undichte Stelle im Dach der Psychologie, die es dem ernsthaften Forscher so gut wie unmöglich mache, solche Quacksalber wie den Psychoanalytiker und den Behavioristen auszuräuchern – so ungefähr drückte er sich wenigstens aus. Er redete noch zehn Minuten oder länger in dieser Art weiter und kehrte endlich auf die Erde zurück mit der Frage: »Aber wie kommst du denn mit dem Problem der verflüchtigten Diamanten zu Rande?«

»Na, teils-teils«, sagte ich und erzählte ihm, was ich bisher erfahren und getan hatte.

»Da hast du ja wirklich«, gratulierte er mir, als ich fertig war, »alles so verheddert und vertüddelt, wie's nur geht.«

»Es kommt noch schlimmer, bevor es besser wird«, prophezeite ich. »Ich wär gern mal zehn Minuten mit Mrs. Leggett allein. Wenn ihr Mann nicht dabei ist, könnte man mit ihr klarkommen, mein ich. Ob du mal versuchst, was aus ihr rauszukriegen? Ich wüßte gern, warum Gabrielle weggefahren ist, auch wenn ich nicht erfahren kann, wohin.«

»Ich will's versuchen«, sagte Fitzstephan bereitwillig. »Sagen wir, ich fahr morgen nachmittag mal da raus – um mir ein Buch zu borgen – etwa *The Rosy Cross* von Waite –, das ginge ganz gut. Sie wissen, daß ich mich für solches Zeug interessiere. Er wird oben in seinem Labor stecken, und ich sage, ich will ihn nicht stören. Ich muß das Thema natürlich nur so ganz beiläufig anschneiden, aber vielleicht kann ich ja was aus ihr rauskriegen.«

»Danke«, sagte ich. »Also dann bis morgen abend.«

Den Nachmittag brachte ich hauptsächlich damit zu, meine Feststellungen und Vermutungen zu Papier zu bringen und sie nach Möglichkeit in eine gewisse Ordnung zu fügen. Zweimal rief Eric Collinson an und fragte, ob ich etwas Neues über Gabrielle wüßte. Weder Mickey Linehan noch Al Mason meldeten etwas. Um sechs machte ich Feierabend.

5

Gabrielle

Am nächsten Tag tat sich einiges.

In der Frühe kam ein Telegramm von unserem New Yorker Büro. Entschlüsselt lautete es:

LOUIS UPTON FRÜHERER INHABER HIESIGER DETEKTEI STOP ERSTEN SEPTEMBER EINS NEUN ZWEI DREI WEGEN BESTECHUNG ZWEIER GESCHWORENER IM MORDPROZESS SEXTON VERHAFTET STOP BELASTETE ZWECKS EIGENER DECKUNG SEINEN ANGESTELLTEN HARRY RUPPERT STOP BEIDE VERURTEILT STOP BEIDE SECHSTEN FEBRUAR DIESES JAHRES AUS SING SING ENTLASSEN STOP RUPPERT SOLL GEDROHT HABEN UPTON ZU ERMORDEN STOP RUPPERT ZWEIUNDDREISSIG JAHRE EINS KOMMA SIEBEN ACHT METER HUNDERTVIERZIG PFUND HAARE UND AUGEN BRAUN GESICHTSFARBE BLASS SCHMALES GESICHT LANGE SCHMALE NASE GEHT GEBÜCKT MIT VORGESCHOBENEM KINN STOP FOTOS PER POST

Demnach war Ruppert mit ziemlicher Sicherheit der Mann, den Mrs. Priestly und Mr. Daley gesehen hatten, und mit großer Wahrscheinlichkeit der Mann, der Upton ermordet hatte.

O'Gar rief mich an und erzählte mir: »Dein Finsterknabe, Rhino Tingley, ist gestern abend in einem Pfandladen geschnappt worden, als er grade ein paar Schmuckstücke loswerden wollte. Wir konnten noch nichts aus ihm rauskriegen, haben ihn bloß identifiziert. Ich hab einen Mann mit einem Teil von dem Zeug zu den Leggetts rausgeschickt, weil ich dachte, es gehört vielleicht ihnen, aber sie sagten nein.«

Das paßte nirgends hinein. Ich schlug vor: »Versuchen

Sie's mal bei Halstead und Beauchamp. Sagen Sie, Ihrer Meinung nach wär das Zeug von Leggett. Sagen Sie nichts davon, daß er das verneint hat.«

Eine halbe Stunde später rief der Kommissar wieder an, um von dem Juwelierladen aus mir mitzuteilen, Halstead habe zwei Stücke – eine Perlenkette und eine Topasbrosche – einwandfrei als Artikel wiedererkannt, die Leggett dort für seine Tochter gekauft habe.

»Na, das ist ja heiter«, sagte ich. »Wollen Sie jetzt folgendes tun? Fahren Sie raus zu Rhinos Wohnung und nehmen Sie sein Mädchen, die Minnie Hershey, mal ein bißchen in die Zange. Filzen Sie die Bude, machen Sie ihr die Hölle heiß. Je mehr Angst sie kriegt, um so besser. Vielleicht trägt sie einen Smaragdring. Wenn sie ihn am Finger hat oder wenn er oder sonst irgendwelcher Schmuck da ist, der von den Leggetts sein könnte, können Sie ihn mitnehmen. Aber bleiben Sie nicht zu lange und behelligen Sie sie hinterher nicht mehr. Ich lasse sie nämlich bereits beschatten. Jagen Sie ihr bloß einen Schreck ein und haun Sie wieder ab.«

»Weiß soll sie werden«, versprach O'Gar.

Im Dienstzimmer schrieb Dick Foley seinen Bericht über einen Lagerhauseinbruch, der ihn die ganze Nacht auf den Beinen gehalten hatte. Ich hetzte ihn los – er sollte Mickey bei der Mulattin helfen.

»Wenn die Polizei bei ihr fertig ist und sie rauskommt aus ihrer Bude, heftet ihr euch an ihre Fersen«, sagte ich, »und sowie ihr sie irgendwo reingehn seht, hängt sich einer von euch ans Telefon und gibt mir Bescheid.«

Ich ging wieder in mein Büro und äscherte Zigaretten ein. Ich machte gerade der dritten den Garaus, als Eric Collinson anrief, um nachzufragen, ob ich seine Gabrielle schon gefunden hätte.

»Noch nicht ganz, aber es bestehen Aussichten. Wenn Sie nichts weiter vorhaben, könnten Sie rüberkommen und mich begleiten – falls sich was tut, wo ich hin muß.«

Voller Eifer war er dabei; er sei sofort da, sagte er.

Ein paar Minuten später rief Mickey Linehan an: »Die Angegilbte macht einen Besuch.« Er nannte mir eine Adresse in der Pacific Avenue.

Ich hatte die Hand noch auf dem Hörer, als es schon wieder klingelte.

»Hier ist Watt Halstead«, sagte eine Stimme. »Können Sie mal ein paar Minuten bei mir vorbeikommen?«

»Im Augenblick nicht. Was ist denn?«

»Es handelt sich um Edgar Leggett – ich stehe vor einem Rätsel. Die Polizei hat uns heute morgen ein paar Schmuckstücke vorgelegt und gefragt, ob wir wissen, wem sie gehören. Ich habe eine Perlenkette und eine Brosche wiedererkannt, die Edgar Leggett voriges Jahr bei uns gekauft hat – die Brosche im Frühjahr, die Perlen zu Weihnachten. Als die Polizei weg war, hab ich natürlich Leggett angerufen; und er hat sehr merkwürdig reagiert. Er wartete, bis ich ausgeredet hatte, und sagte dann: ›Meinen aufrichtigsten Dank dafür, daß Sie sich so in meine Angelegenheiten einmischen‹ und legte auf. Was kann denn Ihrer Meinung nach los sein mit ihm?«

»Weiß der Himmel. Danke. Ich muß jetzt schleunigst weg, aber ich komm vorbei, sobald es geht.«

Schnell hatte ich die Nummer von Owen Fitzstephan gefunden, wählte sie und hörte sein schleppendes »Jaah?«.

»Mach dich man bald auf die Socken mit deiner Bücherborgerei, sonst lohnt sich's nicht mehr«, sagte ich.

»Wieso? Geht's los?«

»Ich denke schon.«

»Und das wäre?« fragte er.

»So dies und das. Aber für jemanden, der seine Nase in die Leggettschen Geheimnisse stecken will, ist jetzt keine Zeit, an Artikeln über das Unbewußte rumzubosseln.«

»Gut«, sagte er, »ich bin schon unterwegs an die Front.«

Während ich noch mit dem Schriftsteller sprach, war Eric Collinson hereingekommen.

»Auf!« sagte ich und ging ihm voran zum Fahrstuhl. »Das ist diesmal vielleicht kein blinder Alarm.«

»Wo fahren wir hin?« fragte er ungeduldig. »Haben Sie sie gefunden? Geht es ihr gut?«

Die einzige seiner Fragen, zu der ich etwas zu sagen wußte, beantwortete ich damit, daß ich ihm die Adresse in der Pacific Avenue nannte, die Mickey mir durchgegeben hatte. Collinson konnte etwas anfangen damit. »Das ist doch das Haus von Joseph«, sagte er.

Außer uns war noch ein halbes Dutzend anderer Leute im Fahrstuhl, und so beschränkte ich meine Erwiderung auf ein »Ja?«

Unten, um die Ecke, hatte er seinen Sportwagen geparkt, einen Chrysler. Wir stiegen ein und begannen uns durch Verkehr und Verkehrszeichen zur Pacific Avenue durchzuboxen.

Ich fragte: »Wer ist Joseph?«

»Ach, auch wieder so 'ne Sekte. Er ist das Gemeindeoberhaupt. Er nennt sein Haus den ›Tempel des Heiligen Gral‹. Der ist jetzt gerade in Mode. Sie wissen ja, wie die in Kalifornien kommen und gehn. Mir ist gar nicht recht, daß Gabrielle da ist, falls sie da ist – obwohl – ich weiß nicht – vielleicht sind die Leute auch ganz in Ordnung. Er ist einer von Mr. Leggetts komischen Bekannten. Wissen Sie, ob sie da ist?«

»Schon möglich. Macht sie den Kult denn mit?«

»Sie geht hin, ja. Ich bin mal mitgegangen, um mir das anzugucken.«

»Na, und wie ist der Laden?«

»Och – scheint ganz in Ordnung zu sein«, sagte er leicht zögernd. »Alles rechtschaffene Leute: Mrs. Payson Laurence, Mr. Ralph Coleman und Frau, Mrs. Livingston Rodman – so diese Leute. Und die Haldorns – das ist Joseph und seine Frau Aaronia – scheinen auch ganz in Ordnung zu sein, aber – aber irgendwie gefällt es mir nicht, daß Gabrielle da so hingeht.« Mit dem rechten Vorderrad des Chryslers verfehlte er knapp das Hinterteil einer Straßenbahn. »Ich glaube nicht, daß es gut ist für sie, wenn sie allzu sehr in deren Einfluß kommt.«

»Sie sind schon mal dagewesen; was für 'ne Sorte Hokuspokus tischen die denn so auf?« fragte ich.

»Hokuspokus ist das eigentlich nicht«, erwiderte er und zog die Stirn in Falten. »Über ihr Glaubensbekenntnis oder dergleichen weiß ich nicht viel, aber ich bin mit Gabrielle bei ihren Gottesdiensten gewesen, und die waren genauso würdig, genauso schön sogar wie evangelische oder katholische. Sie dürfen nicht denken, daß es da so zugeht wie vielleicht bei den Holy Rollers oder im House of David. Das auf keinen Fall. Was es auch sein mag, es ist durchaus erstklassig. Die Haldorns haben mehr – mehr, na ja, sagen wir Kultur als ich.«

»Na, und was ist dabei?«

Düster schüttelte er den Kopf. »Ich weiß es ehrlich nicht; vielleicht gar nichts. Aber es gefällt mir nicht. Es gefällt mir nicht, daß Gaby einfach so losgeht, ohne jemand zu sagen, wohin. Glauben Sie, ihre Eltern wissen, wo sie hin ist?«

»Nein.«

»Ich auch nicht«, sagte er.

Von der Straße aus sah der Tempel des Heiligen Grals genauso aus wie das, was er ursprünglich gewesen war: ein sechsstöckiges Apartmenthaus aus gelbem Backstein. Nichts ließ von außen erkennen, daß es das nicht noch immer war. Ich ließ Collinson daran vorbeifahren bis zur nächsten Ecke, wo Mickey Linehan mit seinem massigen Rumpf lässig an einer Steinmauer lehnte. Er kam an den Wagen, als wir am Bordstein hielten.

»Der schwarze Braten ist vor zehn Minuten gegangen«, berichtete er, »Dick hinter ihr her. Sonst ist niemand rausgekommen, der so aussieht wie die, die du uns angegeben hast.«

»Laß dich hier im Wagen nieder und paß auf die Tür auf«, sagte ich zu ihm; und zu Collinson: »Wir gehn rein. Lassen Sie mich in der Hauptsache reden.«

Als wir vor der Tempeltür standen, mußte ich ihn ermahnen: »Nun atmen Sie mal 'n bißchen ruhiger. Es wird schon alles okay sein.«

Ich klingelte. Sofort ging die Tür auf, und wir sahen uns einer breitschultrigen, kräftigen Frau gegenüber, die an die fünfzig sein mochte. Sie war gut einen halben Kopf größer als ich mit meinen einsfünfundsechzig. Ihr Gesicht wirkte wabbelig, doch an Augen und Mund war nichts Weiches oder Schlaffes. Über der langen Oberlippe hatte sie sich rasiert. Sie war ganz in Schwarz gehüllt, vom Kinn und den Ohrläppchen bis knapp eine Handbreit über den Boden.

»Wir möchten gern Miss Leggett sprechen«, sagte ich.

Sie tat, als hätte sie mich nicht verstanden.

»Wir möchten gern Miss Leggett sprechen«, wiederholte ich, »Miss Gabrielle Leggett.«

»Ich weiß nicht«, sagte sie mit Baßstimme. »Aber kommen Sie rein.«

Ziemlich mißlaunig führte sie uns in ein kleines Empfangszimmer mit trübem Licht – an eine Seite der Vorhalle grenzend –, sagte uns, wir sollten dort warten, und ging weg.

»Wer ist denn dieser Dorfschmied?« fragte ich Collinson.

Er sagte, er kenne sie nicht. Zappelig lief er im Zimmer herum. Ich setzte mich hin. Die heruntergelassenen Jalousien ließen zu wenig Licht herein, als daß ich in dem Zimmer viel hätte erkennen können, aber der Teppich war dick und weich, und was ich von der Einrichtung sehen konnte, neigte eher zu Luxus als zu Strenge.

Bis auf Collinsons Herumgezappel war aus dem ganzen Haus kein Laut zu hören. Mein Blick ging zu der offen gebliebenen Tür hin, und ich sah, daß wir beobachtet wurden. Ein zwölf- oder dreizehnjähriger Junge stand dort und starrte uns mit großen dunklen Augen an, die in dem Halbdunkel eine eigene Leuchtkraft zu besitzen schienen.

Ich sagte: »Tag, mein Junge.«

Collinson fuhr herum beim Klang meiner Stimme.

Der Junge sagte nichts. Noch mindestens eine weitere Minute starrte er mich mit jenem ausdruckslosen, unverwandten, verwirrenden Blick an, der nur Kindern so vollendet gelingt, kehrte mir dann den Rücken zu und ging davon, wobei er nicht mehr Geräusch verursachte als beim Kommen.

»Wer ist das?« fragte ich Collinson.

»Das muß Manuel sein, der Sohn der Haldorns. Ich hab ihn noch nie gesehn.«

Collinson ging hin und her. Ich saß da und behielt die Tür im Auge. Es dauerte nicht lange, und eine Frau näherte sich – lautlos auf dem dicken Teppich gehend, trat sie in das Empfangszimmer. Sie war hochgewachsen, bewegte sich anmutig, und ihre dunklen Augen schienen wie die des Jungen eine eigene Leuchtkraft zu haben. Mehr konnte ich zunächst nicht sehen.

Ich stand auf.

Sie wandte sich an Collinson: »Sie sind Mr. Collinson, nicht wahr? Freut mich.« Eine melodischere Stimme hatte ich noch nicht gehört.

Collinson murmelte irgend etwas und stellte mich der Frau vor. Es war Mrs. Haldorn. Sie gab mir eine warme, feste Hand und ging dann durch das Zimmer, um eine Jalousie hochzuziehen. Ein breites Rechteck Nachmittagssonne fiel herein. Während ich sie in der plötzlichen Helligkeit anblinzelte, setzte sie sich und bot auch uns Plätze an.

Als erstes sah ich ihre Augen. Sie waren enorm, fast schwarz, warm und dicht umkränzt von fast schwarzen Wimpern. Sie waren das einzige Lebendige, Menschliche, Wirkliche in ihrem Gesicht. Es war Wärme und es war Schönheit in ihrem Gesichtsoval mit der Olivenhaut, aber bis auf die Augen war es eine Wärme und eine Schönheit, die mit der Wirklichkeit nichts zu tun zu haben schien. Es war, als wäre ihr Gesicht nicht ein Gesicht, sondern eine Maske, die sie getragen hatte, bis sie fast zu einem Gesicht geworden war. Selbst ihr Mund, ein Mund, von dem man schwärmen könnte, wirkte nicht so sehr wie Fleisch als vielmehr wie eine allzu vollkommene Imitation von Fleisch, weicher und röter und wärmer vielleicht als echtes Fleisch, aber eben kein echtes Fleisch. Über diesem Gesicht, oder dieser Maske, war schwarzes, ungekürztes Haar dicht an den Kopf gelegt, in der Mitte gescheitelt und um Schläfen und Ohrenspitzen gezogen, bis es in einem Knoten in ihrem Nacken endete. Ihr Hals war lang, kräftig, schlank; der Körper hoch, voll, geschmeidig; die Kleidung dunkel und seidig, Teil ihres Leibes.

Ich sagte: »Wir möchten gern Miss Leggett sprechen, Mrs. Haldorn.«

Verwundert fragte sie: »Wieso meinen Sie, daß sie hier ist?«

»Das tut doch nichts zur Sache, oder?« erwiderte ich schnell, ehe Collinson etwas Falsches sagen konnte. »Sie ist jedenfalls hier. Wir hätten sie gern gesprochen.«

»Ich glaube nicht, daß Sie das können«, sagte sie langsam. »Sie fühlt sich nicht wohl und sie ist hergekommen, um sich auszuruhen, besonders um für eine Weile den Menschen zu entgehen.«

»Tut mir leid«, sagte ich, »aber es ist ein Fall, wo es sein *muß*. Wir wären nicht einfach so gekommen, wenn es nicht wichtig wäre.«

»Es ist wichtig?«

»Ja.«

Sie zögerte, sagte: »Na, ich will mal sehn«, entschuldigte sich und verließ uns.

»Ich hätte nichts dagegen, selber hierher zu ziehen«, sagte ich zu Collinson.

Er begriff nicht, wovon ich redete. Sein Gesicht war erhitzt und erregt.

»Es ist Gabrielle bestimmt unangenehm, daß wir hier so herkommen«, sagte er.

Ich sagte, tja, das sei sehr bedauerlich.

Aaronia Haldorn kam zu uns zurück.

»Es tut mir wirklich außerordentlich leid«, sagte sie in der Tür stehend und höflich lächelnd, »aber Miss Leggett hat nicht den Wunsch, Sie zu sprechen.«

»Und mir tut es leid, daß sie den nicht hat«, sagte ich, »aber wir müssen sie sprechen.«

Sie richtete sich kerzengrade auf, und ihr Lächeln erstarb. »Wie bitte?« sagte sie.

»Wir müssen sie sprechen«, wiederholte ich, meinen liebenswürdigen Ton beibehaltend. »Wie gesagt – es ist wichtig.«

»Es tut mir leid.« Ihre Stimme, obgleich eiskalt geworden, blieb schön. »Sie können sie nicht sprechen.«

Ich sagte: »Miss Leggett ist, wie Sie wahrscheinlich wissen, eine wichtige Zeugin in einer Einbruchs- und Mordsache. Also wir müssen sie einfach sprechen. Wenn Sie unbedingt wollen, will ich mich gern eine halbe Stunde gedulden, bis wir einen Polizeibeamten mit allen Vollmachten hierhaben, die Sie etwa verlangen. Jedenfalls werden wir sie sprechen.«

Collinson sagte etwas Unverständliches, das irgendwie nach einer Entschuldigung klang.

Aaronia Haldorn gab ihrem Kopf eine kaum merkliche Neigung.

»Sie können tun, was Sie für richtig halten«, sagte sie kalt. »Ich bin nicht damit einverstanden, daß Sie Miss Leggett gegen ihren Wunsch stören, und was meine Erlaubnis angeht, so gebe ich sie nicht. Wenn Sie trotzdem darauf bestehen, kann ich Sie nicht hindern.«

»Danke. Wo ist sie?«

»Ihr Zimmer ist im fünften Stock, gleich links nach der Treppe.«

Noch einmal neigte sie leicht den Kopf und ging dann weg.

Collinson legte mir eine Hand auf den Arm und murmelte: »Ich weiß nicht, ob ich – ob wir das machen sollen. Es wird Gabrielle nicht recht sein. Sie wird nicht . . .«

»Machen Sie, was Sie wollen«, knurrte ich, »ich geh jedenfalls rauf. Kann schon sein, daß es ihr nicht recht ist; aber mir ist es auch nicht recht, daß die Leute weglaufen und sich verstecken, wenn ich sie nach gestohlenen Diamanten fragen will.«

Er runzelte die Brauen, biß sich auf die Lippen und sah sehr unglücklich aus, aber er kam mit. Wir fanden einen Fahrstuhl mit Selbstbedienung, fuhren hinauf in den fünften Stock und gingen über einen mit dunkelrotem Läufer ausgelegten Gang bis zu der Tür gleich linkerhand nach der Treppe.

Ich klopfte mit dem Handrücken an die Tür. Keine Antwort. Ich klopfte noch einmal, lauter.

Eine Stimme war aus dem Zimmer zu hören. Es hätte die Stimme jedes x-beliebigen Menschen sein können, wenn auch wohl eine weibliche. Sie war zu schwach, als daß wir hätten verstehen können, was sie sagte, und zu gepreßt, um erkennen zu können, wer da sprach.

Ich stieß Collinson mit dem Ellbogen an und befahl: »Rufen Sie sie!«

Mit einem Zeigefinger zog er sich am Kragen und rief heiser: »Gaby, ich bin's, Eric.«

Es kam keine Antwort.

Ich pochte wieder gegen das Holz und rief: »Machen Sie auf!«

Die Stimme drinnen sagte etwas, aber ich kriegte nichts mit. Ich pochte und rief noch einmal. Am anderen Ende des Ganges ging eine Tür auf, und ein blasser alter Mann mit gelichtetem Haar streckte den Kopf heraus. »Was ist denn los?« fragte er. »Das geht Sie einen Dreck an«, sagte ich und bummerte wieder gegen die Tür.

Die Stimme von drinnen kam jetzt immerhin kräftig genug, daß wir den Tonfall als Klagen deuten konnten, wenn auch noch keine Worte auszumachen waren. Ich rüttelte an der Klinke und merkte, daß die Tür nicht abgeschlossen war. Nach weiterem Rütteln brachte ich die Tür eine Handbreit auf. Die Stimme war nun deutlicher. Ich hörte weiche Füße auf dem Fußboden. Ich hörte ein ersticktes Schluchzen. Ich stieß die Tür auf.

Der Kehle Eric Collinsons entrang sich ein Laut, der klang, als würde in weiter Ferne jemand schrecklich brüllen.

Gabrielle Leggett stand am Bett, leicht schwankend und mit einer Hand sich an dem weißen Fußgitter des Bettes festhaltend. Ihr Gesicht war kalkweiß. Ihre Augen waren ganz und gar braun, stumpf, ins Leere gerichtet, und ihre kleine Stirn war gerunzelt. Sie sah aus, als wüßte sie, daß sie etwas vor sich habe, ohne erkennen zu können, was es sei. Sie hatte einen gelben Strumpf an, einen braunen, offenbar vom Schlafen verknitterten Samtrock und ein gelbes Unterhemd. Ein Paar braune Halbschuhe, der andere Strumpf, eine braungoldene Bluse, ein brauner Mantel und ein braun-gelber Hut lagen verstreut im Zimmer herum.

Alles andere im Zimmer war weiß: weißtapezierte Wände und weißgetünchte Decke; weißer Filz auf dem Fußboden; Bett, Tisch, Stühle, Lampen, Tür- und Fenstergriffe, Holzteile – sogar das Telefon – alles weißlackiert. Es waren keineswegs Krankenhausmöbel, aber durch das Weiß gewann man den Eindruck. Das Zimmer hatte zwei Fenster und außer der Tür, die ich geöffnet hatte, noch zwei andere. Die Tür linkerhand ging in ein Badezimmer, die rechterhand in ein kleines Boudoir.

Ich schob Collinson ins Zimmer, folgte ihm und machte die Tür hinter mir zu. Es steckte kein Schlüssel darin, und es war auch kein Platz für einen Schlüssel da, keinerlei Schloß oder Riegel zum Absperren. Collinson stand da und gaffte mit offenem Mund das Mädchen an. Seine Augen waren so leer wie die ihren, aber in seinem Gesicht lag noch mehr Entsetzen. Sie lehnte am Fußende des Bettes und mit dunklen, ausdruckslosen Augen in einem verstörten, verdutzten Gesicht starrte sie ins Leere.

Ich legte einen Arm um sie, setzte sie auf den Bettrand und sagte zu Collinson: »Sammeln Sie ihre Klamotten auf.« Ich mußte es ihm zweimal sagen, ehe er aus seiner Trance wieder zu sich kam.

Er brachte mir ihre Sachen, und ich begann sie anzukleiden. Er umkrallte meine Schulter und protestierte mit einer Stimme, die vielleicht angebracht gewesen wäre, wenn ich einen Opferstock geplündert hätte:

»Nein! Sie können doch nicht . . .«

»Was denn, zum Kuckuck?« fragte ich und schob seine Hand weg. »Wenn Sie wollen, können *Sie's* ja machen.«

Er schwitzte. Er schluckte und stotterte: »Nein, nein! Ich könnte nicht – es . . .« Er brach ab und ging zum Fenster.

»Sie hat zu mir gesagt, Sie wären ein Esel«, sagte ich zu seinem Rücken und merkte, daß ich ihr die braun-goldene Bluse verkehrt herum anzog. Eine Wachsfigur hätte mir nicht behilflicher sein können; aber wenigstens sträubte sie sich nicht, wenn ich sie herumzerrte, und blieb so stehen, wie ich sie hinstellte.

Als ich sie in Hut und Mantel hatte, war Collinson vom Fenster gekommen und überschüttete mich mit Fragen. Was denn los sei mit ihr. Ob wir nicht einen Arzt holen sollten. Ob man es riskieren könne, sie mitzunehmen. Und als ich aufstand, nahm er sie mir weg, stützte sie mit seinen langen, dicken Armen und plapperte: »Ich bin's, Gaby – Eric. Erkennst du mich nicht? Sag doch was! Was hast du denn, Liebes?«

»Sie hat nichts weiter als eine hübsche Ladung Rauschgift im Leib«, sagte ich. »Versuchen Sie nicht, sie da rauszuholen. Warten Sie, bis wir sie zu Hause haben. Nehmen Sie *den* Arm, und ich nehme den hier. Laufen kann sie schon. Wenn uns wer in die Quere kommt, gehn Sie einfach weiter und lassen Sie mich das deichseln. Also los!«

Wir begegneten niemandem. Wir gingen zum Fahrstuhl, fuhren hinunter ins Erdgeschoß, gingen durch die Vorhalle und auf die Straße hinaus, ohne einen einzigen Menschen zu sehen.

Wir gingen bis an die Ecke, wo wir Mickey in dem Chrysler hatten sitzen lassen.

»Für dich ist's erledigt«, sagte ich zu ihm.

»Gut«, sagte er, »bis dann«, und ging davon.

Collinson und ich quetschten das Mädchen zwischen uns in den Wagen, und er setzte ihn in Bewegung.

Wir fuhren drei Blocks. Dann fragte er: »Sind Sie sicher, daß sie zu Hause wirklich am besten aufgehoben ist?«

Ich sagte ja. Die nächsten fünf Blocks sagte er nichts, dann wiederholte er seine Frage, wobei er etwas von einem Krankenhaus hinzufügte.

»Warum nicht gleich eine Zeitungsredaktion?« spöttelte ich.

Drei Blocks Schweigen, und wieder fing er an: »Ich kenne einen Arzt, der ...«

»Ich habe ein Stück Arbeit vor mir«, sagte ich, »und wenn Miss Leggett jetzt in diesem Zustand nach Hause kommt, so wird mir das helfen, damit fertig zu werden. Also kommt sie nach Hause.«

Böse sah er mich an und warf mir wütend vor: »Ihnen ist es ganz egal, ob Sie sie demütigen, entwürdigen, ihr Leben in Gefahr bringen, Hauptsache, Sie ...«

»Ihr Leben ist nicht mehr in Gefahr als Ihres oder meins. Sie hat einfach ein bißchen mehr Junk im Wanst als sie vertragen kann. Und sie hat's selber genommen. Ich hab's ihr nicht gegeben.«

Das Mädchen, von dem wir sprachen, saß lebendig und atmend zwischen uns, aufrecht sogar und mit offenen Augen, und wußte dennoch von dem, was vorging, nicht mehr, als wäre sie in Finnland.

An der nächsten Ecke würden wir rechts abbiegen müssen. Collinson hielt sich nicht rechts und erhöhte das Tempo auf siebzig Meilen pro Stunde. Sein Blick war starr nach vorn gerichtet, sein Gesicht hart und angespannt.

»Nehmen Sie die nächste Ecke!« kommandierte ich.

»Nein«, sagte er und tat es auch nicht. Der Tachometer zeigte auf achtzig, und die Leute auf den Bürgersteigen begannen sich nach uns umzudrehen, so flitzten wir vorbei.

»Na?« fragte ich, indem ich einen Arm von der Seite des Mädchens freizerrte.

»Wir fahren die Halbinsel runter«, sagte er bestimmt. »Sie kommt nicht nach Hause in dem Zustand.«

»So?« knurrte ich und fuhr wie der Blitz mit der freien Hand zum Steuer. Er schlug sie weg, hielt das Lenkrad mit der Linken, wobei die Rechte abwehrbereit blieb, um mich abzublocken, falls ich es noch einmal versuchen sollte.

»Lassen Sie das!« warnte er mich und erhöhte unser Tempo um weitere zehn Meilen. »Sie wissen, was uns allen passiert, wenn Sie . . .«

Ich verfluchte ihn, bitterböse, ziemlich gründlich und aus vollem Herzen. Sein Gesicht fuhr mit einem Ruck zu mir herum, voll rechtschaffener Empörung, vermutlich weil meine Ausdrucksweise nicht so war, wie sie in Gegenwart einer Dame sein sollte.

Und dadurch geschah es.

Aus einer Querstraße kam eine Limousine heraus, einen Sekundenbruchteil bevor wir an der Ecke waren. Collinson hatte seine Sinne zwar noch so rechtzeitig wieder auf sein Fahren konzentriert, daß er den Sportwagen von der Limousine wegdrehen konnte, doch nicht so rechtzeitig, daß es ihm ganz glatt gelang. Wir verfehlten die Limousine um ein paar Zoll, aber als wir an ihrem Hinterteil vorbeikamen, gerieten unsere Hinterräder ins Schleudern. Collinson tat, was er konnte, indem er gegensteuerte und mit der Gleitbewegung mitging, aber der Bordstein an der Ecke ging nicht mit. Fest und steif behauptete er seinen Platz. Wir schlitterten breitseits dagegen und purzelten weiter an den Laternenpfahl dahinter. Der Laternenpfahl knickte um und knallte auf den Bürgersteig. Der Wagen, auf die Seite gelegt, kippte uns rund um den Laternenpfahl aus. Zu unseren Füßen zischte Gas aus der gebrochenen Leitung.

Collinson, von dessen einer Gesichtshälfte der größte Teil der Haut abgeschürft war, kroch auf Händen und Knien zurück, um den Motor des Wagens abzustellen. Ich setzte mich auf und richtete dadurch auch das Mädchen mit auf, das an meiner Brust lag. Meine rechte Schulter und mein rechter Arm fielen aus, waren tot. Aus der Brust des Mädchens kamen wimmernde Töne, aber bis auf einen oberflächlichen Kratzer an einer Backe konnte ich keine Verletzung entdecken. Ich hatte ihr als Puffer gedient und den Aufprall abgefangen. Der Schmerz in meiner Brust, meinem Bauch und Rücken, meine lahme Schulter und mein lahmer Arm sagten mir, wieviel ich ihr erspart hatte.

Leute halfen uns auf. Collinson stand da, die Arme um das Mädchen geschlungen, und flehte es an zu sagen, daß es nicht tot sei und so weiter. Der Bums hatte sie halbwegs ins Bewußtsein zurückgerüttelt, aber sie wußte immer noch nicht, ob wir einen Unfall gehabt hatten oder was sonst war. Ich ging zu ihnen und half Collinson, sie zu stützen, obwohl sie beide keine Hilfe brauchten – und sagte ernst zu der sich sammelnden Menge: »Wir müssen sie nach Hause bringen. Kann jemand...?«

Ein untersetzter Mann in Knickerbockers bot uns seine Hilfe an. Collinson und ich stiegen mit dem Mädchen hinten in seinen Wagen, und ich nannte dem untersetzten Mann ihre Adresse. Er sagte etwas von Krankenhaus, aber ich blieb dabei, daß sie nach Hause gehöre. Collinson war zu sehr durcheinander, um überhaupt etwas zu sagen.

Zwanzig Minuten später hievten wir das Mädchen vor ihrem Haus aus dem Wagen. Ich bedankte mich überschwenglich bei dem untersetzten Mann und konnte so verhindern, daß er uns ins Haus folgte.

6

Der Mann von der Teufelsinsel

Nach einer ganzen Weile – ich hatte zweimal klingeln müssen – wurde die Tür des Leggettschen Hauses von Owen Fitzstephan geöffnet. Seine Augen hatten nichts Schläfriges: sie waren heiß und hell wie immer, wenn er das Leben interessant fand. Da ich wußte, was für Dinge ihn interessierten, fragte ich mich, was vorgefallen sein mochte.

»Was habt ihr denn gemacht?« wollte er wissen, als er unsere Kleidung, Collinsons blutiges Gesicht und den Kratzer auf der Backe des Mädchens erblickte.

»Autounfall«, sagte ich. »Weiter nichts Ernstes. Wo sind denn alle?«

»Alle«, sagte er, das Wort sonderbar betonend, »sind oben im Labor«; und dann zu mir: »Komm mal her.«

Ich ließ Collinson und das Mädchen an der Haustür stehen und folgte ihm an den Fuß der Treppe. Fitzstephan näherte seinen Mund meinem Ohr und flüsterte:

»Leggett hat Selbstmord begangen.«

Ich war eher verärgert als überrascht. Ich fragte: »Wo ist er?«

»Im Labor. Außerdem ist Mrs. Leggett oben und die Polizei. Es ist erst vor einer halben Stunde passiert.«

»Da gehn wir alle mit rauf«, sagte ich.

»Findest du es unbedingt nötig«, fragte er, »Gabrielle mit raufzunehmen?«

»Mag sein, daß es hart für sie ist«, sagte ich gereizt, »aber es ist tatsächlich nötig. Sie schwimmt sowieso in Junk und kann den Schock jetzt besser verkraften als später, wenn die Wirkung von dem Zeug nachläßt.« Ich wandte mich an Collinson: »Kommen Sie, wir gehn rauf ins Labor.«

Ich ging voran und überließ es Fitzstephan, zusammen mit Collinson dem Mädchen zu helfen. Im Labor waren sechs Personen: ein Beamter in Uniform – ein kräftiger Mann mit rotem Schnurrbart –, der neben der Tür stand; Mrs. Leggett, die am anderen Ende des Raumes auf einem Holzstuhl saß, vorgebeugt, ein Taschentuch ans Gesicht drückend und leise schluchzend; O'Gar und Reddy, an einem der Fenster dicht beieinander stehend und die Köpfe zusammensteckend über einem Stoß von Papieren, die der Kommissar in seinen dicken Pranken hielt; ein graugesichtiger, dandyhafter Mann in dunklem Anzug, der an dem Zinktisch stand und an einem schwarzen Band seinen Kneifer in der Luft tänzeln ließ; und Edgar Leggett – auf einem Stuhl am Tisch sitzend, Kopf und Oberkörper auf dem Tisch liegend, die Arme ausgebreitet.

Als ich eintrat, blickten O'Gar und Reddy von ihrer Lektüre auf. Auf meinem Weg zu ihnen ans Fenster kam ich an dem Tisch vorbei: Ich sah Blut, dicht neben einer Hand Leggetts lag eine kleine schwarze automatische Pistole, und an seinem Kopf waren sieben ungefaßte Diamanten auf der Tischplatte gruppiert.

O'Gar sagte: »Gucken Sie sich das mal an«, und reichte mir einen Teil seines Papierstoßes – vier steife weiße Blätter, die in sehr kleinen, akkuraten und regelmäßigen Zügen mit schwarzer Tinte beschrieben waren. Ich fing gerade an, mich für das Geschriebene zu interessieren, als Fitzstephan und Collinson mit Gabrielle Leggett hereinkamen.

Collinson erblickte den Toten am Tisch. Collinsons Gesicht wurde weiß. Er stellte sich mit seinen breiten Schultern zwischen das Mädchen und ihren Vater.

»Kommen Sie rein!« sagte ich.

»Das ist jetzt kein Ort für Miss Leggett«, sagte er aufgebracht und schickte sich an, sie wegzuführen.

»Wir müssen hier alle zusammenhaben«, sagte ich zu O'Gar. Mit seinem Kugelschädel gab er dem Beamten an der Tür einen Wink. Der Beamte legte Collinson die Hand auf die Schulter und sagte: »Sie müssen schon hierbleiben, alle beide.«

Fitzstephan stellte dem Mädchen an einem der Fenster am anderen Ende des Raumes einen Stuhl hin. Sie setzte sich und sah sich im Raum um – sah den Toten an, Mrs. Leggett, uns alle –, mit Augen, die stumpf waren, doch nicht mehr gänzlich leer. Collinson stand neben ihr und warf mir wütende Blicke zu. Mrs. Leggett hinter ihrem Taschentuch hatte nicht aufgeblickt.

Ich sagte zu O'Gar, so daß auch die andern es hören konnten: »Lesen wir den Brief doch laut vor!«

Er blickte an die Decke, zögerte, streckte mir dann kurz entschlossen die restlichen Blätter hin und sagte: »Na gut. Lesen *Sie's* vor.«

Ich las:

An die Polizei

Ich heiße Maurice Pierre de Mayenne. Ich bin am 6. März 1883 in Fécamp im Departement Seine Inférieure, Frankreich, geboren, erhielt meine Schulbildung aber hauptsächlich in England. 1903 ging ich nach Paris, um Malerei zu studieren, und lernte dort vier Jahre später Alice und Lily Dain kennen, die verwaisten Töchter eines britischen Seeoffiziers. Im Jahr darauf heiratete ich Lily, und 1909 wurde unsere Tochter Gabrielle geboren.

Kurz nach meiner Heirat hatte ich entdeckt, daß ich einen entsetzlichen Fehler gemacht hatte: daß ich in Wirklichkeit nicht meine Frau Lily, sondern Alice liebte. Ich behielt diese Entdeckung für mich, bis das Kind aus den schwierigsten Babyjahren heraus, das heißt, bis es fast fünf war. Erst dann sagte ich es meiner Frau und bat sie um die Scheidung, damit ich Alice heiraten könne. Sie lehnte es ab.

Am 6. Juni 1913 ermordete ich Lily und floh mit Alice und Gabrielle nach London, wo ich bald verhaftet wurde, um nach Paris zurückgebracht, dort vor Gericht gestellt, für schuldig befunden und zu lebenslänglicher Kerkerhaft auf den Isles du Salut verurteilt zu werden. Alice, die an dem Mord keinen Anteil gehabt, bis nach dessen Ausführung keine Kenntnis davon gehabt und die uns nur aus Liebe zu Gabrielle nach London begleitet hatte, wurde ebenfalls vor Gericht gestellt, aber gerechtermaßen freigesprochen. All dies ist in Paris aktenkundig.

1918 entkam ich mit einem Mithäftling namens Jacques Labaud auf einem schwachen Floß von den Inseln. Ich weiß nicht – wir haben es nie gewußt –, wie lange wir auf dem Ozean trieben, und auch nicht, wie lange wir am Ende ohne Nahrung und Wasser waren. Dann hielt Labaud nicht mehr durch und starb. Er starb an Hunger, Kälte und Nässe. Ich habe ihn nicht getötet. Ich hatte nicht die Kraft, auch nur das schwächste Lebewesen töten zu können, selbst wenn ich es gewollt hätte. Aber als Labaud tot war, war genug Nahrung für einen da, und ich blieb am Leben. Im Golfo Triste wurde ich an Land gespült.

Unter dem Namen Walter Martin verschaffte ich mir bei einer britischen Kupferbergbau-Gesellschaft in Aroa Arbeit und war innerhalb weniger Monate Privatsekretär bei Philip Howart, dem Filialleiter, geworden. Kurz nach dieser Beförderung machte sich ein gewisser John Edge aus London an mich heran und entwickelte mir einen Plan, wie wir die Gesellschaft monatlich um über hundert Pfund betrügen könnten. Als ich es ablehnte, bei dem Betrug mitzumachen, offenbarte mir Edge, daß er meine Identität kannte, und drohte mir mit Bloßstellung, falls ich ihm nicht Hilfe leistete. Daß Venezuela keinen Auslieferungsvertrag mit Frankreich habe, könne mich zwar davor bewahren, auf die Inseln zurückgeschickt zu werden, sagte Edge; doch dies sei nicht meine größte Gefahr: Labauds Leiche sei an die Küste geschwemmt worden, noch nicht so stark verwest, daß man nicht hätte erkennen können, was mit ihm geschehen war, und ich, ein entflohener Mörder, würde gezwungen sein, vor einem venezolanischen Gericht zu beweisen, daß ich Labaud nicht, um mich vor dem Verhungern zu bewahren, in venezolanischen Gewässern getötet hatte.

Ich weigerte mich dennoch, mit Edge gemeinsame Sache zu machen, und bereitete mich darauf vor, den Ort zu verlassen. Aber während ich mit meinen Vorbereitungen beschäftigt war, brachte er Howart um und leerte den Safe der Gesellschaft. Er drang in mich, mit ihm zu fliehen, indem er argumentierte, ich könne mich der polizeilichen Untersuchung nicht aussetzen, selbst wenn er mich nicht bloßstellte. Das traf allerdings zu, und so ging ich mit ihm. Zwei Monate später, in Mexico City, wurde mir klar, warum Edge so großen Wert auf meine Gesellschaft gelegt hatte. Durch sein Wissen um meine Identität hatte er ein sicheres Druckmittel gegen mich und zudem eine hohe – wenngleich ungerechtfertigte – Meinung von meinen Talenten: er wollte mich zu Verbrechen verwenden, die seine Fähigkeiten überstiegen. Ich war entschlossen, niemals nach den Isles du Salut zurückzukehren, ganz gleich, was geschähe, ganz gleich, was notwendig werden sollte; aber ebenso wenig hatte ich die Absicht, Berufsverbrecher zu werden. Ich versuchte, Edge in Mexico City zu entkommen; er fand mich; wir kämpften; und ich tötete ihn. Ich tötete ihn in Notwehr: er hatte mich angegriffen.

1920 kam ich in die Vereinigten Staaten, nach San Francisco, nahm wiederum einen anderen Namen an – Edgar Leggett – und begann mir einen neuen Platz in der Welt zu schaffen, indem ich die Farbexperimente weiterführte, die ich als junger Künstler in Paris begonnen hatte. 1923, als ich glaubte, daß Edgar Leggett nun wohl sicher nicht mehr mit Maurice de Mayenne in Verbindung gebracht werden könnte, ließ ich Alice und Gabrielle kommen, die damals in New York lebten, und Alice und ich heirateten. Aber die Vergangenheit war noch lebendig, und es lag kein unüberbrückbarer Abgrund zwischen Leggett und Mayenne. Alice hatte, da sie nach meiner Flucht nichts von mir hörte und nicht wußte, was aus mir geworden war, einen Privatdetektiv, einen gewissen Louis Upton, damit beauftragt, mich ausfindig zu machen. Upton schickte einen Mann namens Ruppert nach Südamerika, und es gelang Ruppert, meine Spuren Schritt für Schritt zu verfolgen, von meiner Landung im Golfo Triste bis – aber nicht weiter – zu meinem Weggang aus Mexico City nach dem Tod von Edge. Dabei erfuhr Ruppert natürlich auch vom Tode Labauds, Howarts und Edges, drei Fälle, an denen ich schuldlos war, für die ich aber – sei es auch nur für einen oder zwei davon – angesichts meiner Vorstrafe zweifellos verurteilt worden wäre, wenn man mir den Prozeß gemacht hätte.

Ich weiß nicht, wie Upton mich in San Francisco gefunden hat. Möglicherweise hat er die Spur Alices und Gabrielles bis zu mir verfolgt. Am vergangenen Samstag, spät abends, suchte er mich auf und verlangte Schweigegeld. Da ich in dem Moment kein Geld zur Verfügung hatte, vertröstete ich ihn auf Dienstag. Am Dienstag gab ich ihm die Diamanten als Teilzahlung. Aber ich war verzweifelt. Ich erkannte, was es heißen würde, von Uptons Gnade abhängig zu sein, hatte ich doch dasselbe bei Edge erlebt. Ich beschloß, ihn umzubringen. Ich hielt es für das Beste, so zu tun, als seien die Diamanten gestohlen worden, und Ihnen, der Polizei, entsprechend Mitteilung zu machen. Ich rechnete damit, daß Upton sich daraufhin sofort mit mir in Verbindung setzen würde. Ich wollte einen Treffpunkt mit ihm vereinbaren und ihn kaltblütig niederschießen. Ich glaubte, es würde mir nicht schwerfallen, mir eine Aussage zurechtzulegen, nach der es gerechtfertigt scheinen würde, diesen bekannten Einbrecher getötet zu haben, in dessen Besitz die gestohlenen Diamanten zweifellos gefunden werden würden.

Ich glaube, der Plan wäre erfolgreich gewesen. Ruppert jedoch, der hinter Upton her war, weil er seinerseits eine Rechnung mit ihm zu begleichen hatte, ersparte es mir, Upton umzubringen, indem er ihn selber umbrachte. Ruppert, der Mann, der meinem Weg von der Teufelsinsel bis nach Mexico City nachgespürt war, hatte ebenfalls, entweder von Upton direkt oder indem er Upton nachspionierte, herausgekriegt, daß Leggett Mayenne war, und als die Polizei wegen des Mordes an Upton hinter ihm her war, kam er zu mir, verlangte, daß ich ihm Unterschlupf gewähre, gab die Diamanten zurück und forderte statt ihrer Geld.

Ich brachte ihn um. Seine Leiche ist im Keller. Draußen steht ein Detektiv und beobachtet mein Haus. Andernorts sind andere Detektive damit beschäftigt, mich und mein Leben auszuforschen. Bei einigen meiner Handlungen bin ich nicht in der Lage gewesen, zufriedenstellende Erklärungen abzugeben und Widersprüche zu vermeiden, und da ich nun wirklich in Verdacht geraten bin, besteht kaum eine Chance, die Vergangenheit geheimzuhalten. Ich habe immer gewußt – am sichersten, wenn ich es mir selber nicht eingestehen wollte –, daß es eines Tages so kommen würde. Ich gehe nicht auf die Teufelsinsel zurück. Mit Rupperts Tod haben meine Frau und meine Tochter weder etwas zu tun noch wissen sie davon.

Maurice de Mayenne

Der Fluch

Als ich fertig war mit Lesen, herrschte Schweigen. Mrs. Leggett hatte beim Zuhören ihr Taschentuch vom Gesicht genommen und ab und zu leise geschluchzt. Gabrielle blickte mit ruckartigen Kopfbewegungen im Raum umher, wobei in ihren Augen Licht gegen Wolkenschleier kämpfte und ihre Lippen zuckten, als versuchte sie vergeblich, Worte herauszubringen.

Ich ging zu dem Tisch und beugte mich über den Toten und tastete seine Taschen ab. Die Innentasche der Jacke beulte sich aus. Ich griff unter seinem Arm durch, machte die Knöpfe auf, zog die eine Seite der Jacke zurück und entnahm ihr eine braune Brieftasche. Sie war dick voll von Geldscheinen – fünfzehntausend Dollar, als wir sie später zählten.

Den andern den Inhalt der Brieftasche zeigend, fragte ich:

»Hat er außer dem, was ich vorgelesen habe, sonst noch eine Nachricht hinterlassen?«

»Gefunden haben wir jedenfalls nichts«, sagte O'Gar.

»Warum?«

»Wissen Sie vielleicht noch von was anderm, Mrs. Leggett?« fragte ich.

Sie schüttelte den Kopf.

»Warum?« fragte O'Gar noch einmal.

»Er hat nicht Selbstmord begangen«, sagte ich. »Er ist ermordet worden.«

Mit einem gellenden Schrei sprang Gabrielle Leggett von ihrem Stuhl auf und zeigte mit weißem Finger und spitzem Nagel auf Mrs. Leggett.

»Sie hat ihn umgebracht!« kreischte das Mädchen. »›Kommen Sie noch mal her‹, hat sie gesagt, und mit der einen

Hand hat sie die Küchentür aufgehalten und mit der andern das Messer vom Abtropfbrett genommen, und als er an ihr vorbeikam, hat sie's ihm in den Rücken gestoßen. Ich hab gesehn, wie sie's getan hat. Sie hat ihn umgebracht. Ich war nicht angezogen, und als ich sie kommen hörte, hab ich mich in der Speisekammer versteckt, und ich hab gesehn, wie sie's getan hat!«

Mrs. Leggett erhob sich. Sie schwankte und wäre gefallen, wenn Fitzstephan nicht schnell hinzugetreten wäre und sie gehalten hätte. Trauer und Gram in ihrem verschwollenen Gesicht wichen dem Ausdruck der Verblüffung.

Der graugesichtige, dandyhafte Mann am Tisch – Dr. Riese, wie ich später erfuhr – sagte mit kalter, klarer Stimme:

»Es ist keine Stichwunde vorhanden. Der Tod ist durch einen Schläfenschuß herbeigeführt worden, und zwar aus dieser Pistole, die mit schräg aufwärts zeigendem Lauf dicht an den Kopf gehalten wurde. Eindeutig Selbstmord, würde ich sagen.«

Collinson drückte Gabrielle wieder auf ihren Stuhl und versuchte sie zu beruhigen. Händeringend jammerte sie.

Die letzte Feststellung des Arztes teilte ich nicht und sprach das aus, während ich bereits etwas anderes in Erwägung zog.

»Mord. Er hat dieses Geld in der Tasche gehabt. Er wollte verschwinden. Er hat diesen Brief an die Polizei geschrieben, um seine Frau und seine Tochter vor dem Verdacht der Mittäterschaft an seinen Verbrechen zu bewahren und sie so vor Strafe zu schützen. Hat Ihnen das«, fragte ich O'Gar, »nach der letzten schriftlichen Erklärung eines Mannes kurz vor seinem Tode geklungen, der eine geliebte Frau und eine geliebte Tochter hinterläßt? Keine Mitteilung, kein Wort an sie – alles an die Polizei.«

»Vielleicht haben Sie recht«, sagte der Mann mit dem Kugelschädel; »aber angenommen, er wollte verschwinden, so brauchte er ihnen noch lange nicht zu sagen . . .«

»Irgendwas hätte er ihnen gesagt – entweder schriftlich oder mündlich –, bevor er verduftet wär; aber dazu ist er nicht mehr gekommen. Er war dabei, seinen Kram in Ordnung zu bringen, und machte sich startklar und da – vielleicht *wollte* er Selbstmord begehen – obgleich ich das wegen dem Geld und dem Ton des Briefes bezweifeln möchte. Ich tippe eher darauf, daß er's nicht vorhatte; daß er umgebracht worden ist, bevor er mit seinen Vorbereitungen fertig war – vielleicht weil er sich zu viel Zeit dazu gelassen hat. Wie ist er denn gefunden worden?«

»Ich hab –«, schluchzte Mrs. Leggett, »ich hab den Schuß gehört, und da bin ich hier hochgerannt und da – da hat er so dagelegen wie jetzt. Und dann bin ich wieder runter, ans Telefon, und da hat's geklingelt – an der Tür –, und das war Mr. Fitzstephan, und ich hab's ihm gesagt. Es geht doch nicht – es war doch sonst niemand im Haus, der – der ihn hätte umbringen können.«

»Sie haben ihn umgebracht«, sagte ich zu ihr. »Er wollte verschwinden und hat diese Erklärung geschrieben, in der er Ihre Verbrechen auf die eigene Kappe nimmt. Sie haben Ruppert unten in der Küche umgebracht. *Das* hat nämlich das Mädchen gemeint. Der Brief Ihres Mannes war so gehalten, daß er ganz gut als Selbstmordbrief hingehen könnte, haben Sie gedacht; und da haben Sie ihn ermordet – ermordet, weil Sie dachten, sein Geständnis und Tod würde die ganze Geschichte vertuschen und uns davon abhalten, weiter darin rumzustochern.«

Ihr Gesicht verriet mir nichts. Es war verzerrt, aber in einer Weise, die so ziemlich alles hätte bedeuten können. Ich füllte meine Lungen und fuhr fort, nicht gerade schnauzend, aber doch ganz schön Krach schlagend:

»In der Erklärung Ihres Mannes stecken ein halbes Dutzend Lügen – ein halbes Dutzend, die ich Ihnen jetzt vorzählen kann. Er hat Sie und seine Tochter nicht kommen lassen. Sie haben ihn hier aufgespürt. Mrs. Begg sagt, als Sie beide aus New York hier ankamen, wäre er so überrascht gewesen, wie sie es noch nie bei einem Mann gesehen hätte. Er hat Upton die Diamanten nicht gegeben. Es ist lachhaft, wie er darstellt, warum er sie Upton gegeben haben will und was er später machen sollte; es ist einfach die beste Geschichte, die er sich in der Eile ausdenken konnte, um Sie zu decken. Leggett hätte ihm entweder Geld gegeben oder gar nichts; er wäre nicht so hirnverbrannt gewesen, ihm Diamanten zu geben, die jemand anderm gehören, und all diesen Stunk aufkommen zu lassen. Upton hat Sie hier aufgespürt und er ist mit seiner Forderung zu Ihnen gekommen – nicht zu Ihrem Mann. Sie hatten Upton beauftragt, Leggett ausfindig zu machen; Sie waren es, die er kannte. Er und Ruppert hatten Ihnen Leggett aufgespürt, nicht bloß bis nach Mexico City, sondern bis hierher. Die beiden hätten Sie schon früher ausgequetscht, wenn sie nicht wegen einer andern faulen Sache nach Sing Sing geschickt worden wären. Als sie wieder rauskamen, ist Upton hergekommen und hat seinen Trumpf ausgespielt. Sie, Mrs. Leggett, haben den Einbruch fingiert. Sie haben Upton die Diamanten gegeben und Ihrem Mann nichts davon gesagt. Ihr Mann dachte, es wäre tatsächlich eingebrochen worden. Hätte er – ein Mann mit seiner Vergangenheit – es sonst riskiert, es der Polizei zu melden? Warum haben Sie ihm nichts von Upton gesagt? Sollte er nicht wissen, daß Sie ihm von der Teufelsinsel bis nach San Francisco Schritt für Schritt hatten nachspüren lassen? Warum sollte er's nicht wissen? Sein Verhalten in Südamerika war wohl ein gutes zusätzliches Druckmittel gegen ihn, falls Sie mal eins brauchen würden? Er sollte es nicht wissen, nicht wahr, daß Sie das von Labaud und Howart und Edge wußten?«

Ich ließ ihr keine Gelegenheit, auf diese Frage zu antworten, sondern schoß weiter, aus vollem Rohr:

»Vielleicht hat sich Ruppert, nachdem er Upton hierher gefolgt war, mit Ihnen in Verbindung gesetzt, und Sie haben ihn angestiftet, Upton umzubringen, womit er, aus ganz persönlichen Gründen, nicht lange gezögert hat. So wird's gewesen sein; denn umgebracht hat er ihn jedenfalls; und danach ist er zu Ihnen gekommen, und Sie haben es für nötig gehalten, ihm unten in der Küche das Messer in den Rücken zu stecken. Sie wußten nicht, daß sich das Mädchen in die Speisekammer verkrochen hatte und Ihnen zusah; aber was Sie wußten, war, daß Ihre Deckung immer schwächer wurde. Sie wußten genau, daß Sie kaum eine Chance hatten, mit dem Mord an Ruppert davonzukommen. Ihr Haus stand bereits zu sehr im Scheinwerferlicht. Da haben *Sie* Ihren Trumpf ausgespielt, Ihren einzigen. Sie sind mit der ganzen Geschichte zu Ihrem Mann gegangen – oder jedenfalls mit so viel davon, wie man zurechtbiegen konnte, um ihn zu überreden – und haben ihn dazu gebracht, es auf seine Kappe zu nehmen. Und dann haben Sie ihm das Ding da in die Hand gedrückt – hier am Tisch. Er hat Sie gedeckt. Er hat Sie immer gedeckt. *Sie*«, donnerte ich mit einer Stimme, die jetzt prima in Schwung war, »haben Ihre Schwester Lily umgebracht, seine erste Frau, und er hat es für Sie ausbaden müssen. *Sie* sind danach mit ihm nach London gegangen. Wären Sie denn mit dem Mörder Ihrer Schwester gegangen, wenn Sie unschuldig gewesen wären? *Sie* haben ihn hier aufgespürt, und *Sie* sind ihm hierher nachgekommen, und *Sie* haben ihn geheiratet. *Sie* sind es, die entschied, daß er die falsche Schwester geheiratet hatte, und SIE haben sie umgebracht!«

»Das hat sie! Das hat sie!« schrie Gabrielle und versuchte, von dem Stuhl hochzukommen, auf den Collinson sie niederdrückte. »Sie hat . . .«

Mrs. Leggett richtete sich gerade auf und lächelte, wobei sie kräftige gelbliche Zähne bleckte. Sie machte zwei Schritte zur Mitte des Raumes hin. Eine Hand hatte sie in die Hüfte gestemmt, die andere hing lose an ihrer Seite. Die Hausfrau – Fitzstephans Mensch mit dem heiteren, klaren Gemüt – war plötzlich verschwunden. Was da stand, war eine blonde Frau mit gerundeten Körperformen, die aber nicht die Pummeligkeit zufriedener, wohlgepflegter später Jugend bedeuteten, sondern die gepolsterten, weichgepackten Muskeln von Raubkatzen, sei es des Dschungels oder der Großstadtgasse. Ich nahm die Pistole vom Tisch und steckte sie mir in die Tasche.

»Sie möchten wissen, wer meine Schwester umgebracht hat?« fragte Mrs. Leggett leise, indem sie mich anredete, wobei sie zwischen den Worten die Schneidezähne zusammenklicken ließ, während der Mund lächelte, die Augen loderten. »Sie, der Drogenteufel, Gabrielle – sie hat ihre Mutter umgebracht! Sie ist es, die er decken wollte.«

Das Mädchen schrie etwas Unverständliches.

»Unsinn«, sagte ich. »Sie war doch noch ein kleines Kind.«

»O ja, aber es ist trotzdem kein Unsinn«, sagte die Frau. »Sie war fast fünf, ein fünfjähriges Kind, das mit einer Pistole spielte, die es aus einer Schublade genommen hatte, während die Mutter schlief. Die Pistole ging los, und Lily war tot. Ein unglücklicher Zufall natürlich, aber Maurice war zu sensibel, um den Gedanken ertragen zu können, sie müßte nun mit dem Bewußtsein aufwachsen, ihre Mutter getötet zu haben. Außerdem lag es nahe, daß Maurice sowieso verurteilt werden würde. Es war bekannt, daß er und ich sehr intim miteinander waren, daß er von Lily freikommen wollte; und er stand in Lilys Schlafzimmertür, als der Schuß sich löste. Aber das war Nebensache für ihn: sein einziges Bestreben ging dahin, dem Kind die Erinnerung an das, was es getan hatte, auszulöschen, damit Gabrielles Leben nicht von dem Bewußtsein überschattet würde, daß sie – wenn auch nur durch einen unglücklichen Zufall – ihre Mutter getötet hatte.«

Das besonders Niederträchtige daran war die Liebenswürdigkeit, mit der die Frau lächelte, während sie sprach, und die fast genießerische Pedanterie, mit der sie ihre Worte wählte und auf der Zunge zergehen ließ.

Sie fuhr fort: »Gabrielle war immer, auch schon bevor sie

rauschgiftsüchtig wurde, ein Kind – nun, man könnte sagen –
von begrenzter geistiger Kapazität, und so war es uns, bis die
Londoner Polizei uns ausfindig gemacht hatte, schon gelungen, die letzte Spur von Erinnerung aus ihrem Kopf wegzu-
wischen – das heißt, von dieser bestimmten Erinnerung. Das,
versichere ich Ihnen, ist die ganze Wahrheit. Sie hat ihre
Mutter getötet, und ihr Vater – um Ihren Ausdruck zu
gebrauchen – hat es für sie ausgebadet.«

»Ganz plausibel«, konzedierte ich, »aber es hängt nicht
richtig zusammen. Es ist denkbar, daß Sie Leggett das eingeredet haben, bis er's geglaubt hat, aber ich bezweifle es. Ich
glaube, Sie wollen Ihrer Stieftochter eins auswischen, weil sie
uns erzählt hat, daß sie mit ansehen mußte, wie Sie unten
Ruppert erdolcht haben.«

Sie zeigte die Zähne und machte einen schnellen Schritt auf
mich zu – das Weiße ihrer Augen dominierte, so weit aufgerissen waren sie. Dann beherrschte sie sich, lachte spitz auf,
und die Glut erlosch in ihren Augen – oder trat vielleicht nur
hinter die Augen zurück, um dort weiterzuglimmen. Sie
strich sich mit den Händen über die Hüften, lächelte mich
keck, herausfordernd an, und während hinter ihren Augen,
ihrem lächelnden Mund und ihrer Stimme tödlicher Haß
glühte, sagte sie keck zu mir:

»So, will ich das? Dann muß ich Ihnen dies erzählen – und
ich würde es nicht tun, wenn's nicht wahr wäre. Ich hab sie
abgerichtet, ihre Mutter zu töten. Verstehn Sie? Ich hab sie
abgerichtet, gedrillt, dressiert, trainiert. Verstehn Sie das?
Lily und ich waren echte Schwestern, unzertrennlich, und wir
haßten uns mit Gift und Galle. Maurice, der wollte keine
von uns beiden heiraten – warum auch? – obwohl er
durchaus intim mit uns zweien war. Und das ist wörtlich zu
nehmen. Aber wir litten Armut, und er nicht, und weil wir
Armut litten, und er nicht, wollte Lily ihn heiraten. Und ich,
ich wollte ihn heiraten, weil sie es wollte. Wir waren halt
echte Schwestern, in allen Dingen waren wir so. Aber Lily

75

hat ihn als erste gekriegt, hat ihm – das ist grob, aber zutreffend ausgedrückt – eine Falle gestellt, und so mußte er sie heiraten. Nach sechs oder sieben Monaten wurde Gabrielle geboren. Was waren wir doch für eine glückliche kleine Familie! Ich wohnte bei ihnen – waren Lily und ich nicht unzertrennlich? –, und von Anfang an hatte Gabrielle mehr Liebe für mich als für ihre Mutter. Darauf habe ich damals schon geachtet: daß es nichts gab, was Tante Alice nicht für ihre liebe kleine Nichte getan hätte. Denn daß sie mich lieber hatte, machte Lily wütend; nicht weil Lily selber das Kind so sehr liebte, sondern weil wir Schwestern waren; und was die eine wollte, das wollte die andere auch; und nicht etwa gemeinsam mit der andern, sondern für sich allein. Gabrielle war kaum geboren, da fing ich auch schon an zu planen, was ich eines Tages tun wollte; und sie war noch nicht ganz fünf, da hab ich's getan. Maurice hatte seine Pistole, eine kleine, in einem verschlossenen Schubfach oben in einem Wäscheschrank verwahrt. Ich schloß das Fach auf, entlud die Pistole und brachte Gabrielle ein lustiges kleines Spiel bei. Ich lag auf Lilys Bett und spielte die Schlafende. Das Kind rückte dann einen Stuhl an den Wäscheschrank, kletterte auf den Stuhl, holte die Pistole aus dem Fach, kroch über das Bett, setzte die Mündung der Pistole an meinen Kopf und drückte ab. Wenn sie es gut machte, mit wenig oder gar keinem Geräusch, und die Pistole richtig hielt in ihren Händchen, belohnte ich sie hinterher mit einem Bonbon und ermahnte sie, niemandem etwas von dem Spiel zu erzählen, auch der Mutter nicht, denn die wollten wir ja damit überraschen. Und das haben wir dann auch getan; und zwar gründlich. Eines Nachmittags hatte Lily Kopfschmerzen. Sie nahm ein Aspirin, legte sich ins Bett und schlief ein. Ich schloß das Schubfach auf, aber diesmal entlud ich die Pistole nicht. Dann sagte ich der Kleinen, sie könnte jetzt das Spiel mit ihrer Mutter spielen, und machte Bekannten im Stockwerk unter uns einen Besuch, damit niemand auf den Gedanken kommen könnte, ich hätte mit dem Ableben meiner Schwester irgend etwas zu tun. Ich dachte, Maurice würde den ganzen Nachmittag weg sein. Ich hatte vor, mit meinen Bekannten nach oben zu rennen, wenn ich den Schuß hörte, und gemeinsam wären wir dann zu dem Schluß gekommen, daß das Kind beim Spielen mit der Pistole seine Mutter umgebracht hatte. Ich machte mir wenig Sorgen, daß das Kind später reden würde. Da es, wie gesagt, geistig ein bißchen beschränkt war, sehr an mir hing und außerdem vor und während etwaiger amtlicher Vernehmungen in meiner Hand sein mußte, wußte ich, daß ich die Kleine sehr leicht überwachen und aufpassen könnte, daß sie nichts sagte, was meinen Anteil an dem – ahm – Unternehmen ans Licht gebracht hätte. Aber wegen Maurice wär die ganze Sache fast schiefgegangen. Er kam unerwartet nach Hause und war genau in dem Augenblick an der Schlafzimmertür, als Gabrielle abdrückte. Einen Sekundenbruchteil früher, und er wäre noch zurechtgekommen, um seiner Frau das Leben zu retten. Nun ja, das war insofern unglücklich, als es zu seiner Verurteilung führte; aber auf jeden Fall hat es verhindert, daß er jemals mich verdächtigte; und sein späteres Bestreben, jede Erinnerung an die Tat im Gedächtnis des Kindes auszulöschen, ersparte mir alle weiteren Ängste und Mühen. Ich bin ihm dann in dieses Land nachgereist, als er von der Teufelsinsel entkommen war, und als Upton ihn mir ausfindig gemacht hatte, bin ich ihm auch nach San Francisco nachgereist; und Gabrielles Liebe zu mir und ihren Haß auf ihn – den ich mit gezielt plumpen Versuchen, ihr zuzureden, sie sollte ihm doch den Mord an ihrer Mutter verzeihen, sorgfältig gezüchtet hatte – und die Notwendigkeit, sie über die Wahrheit in Unkenntnis zu halten, und meine langjährige Treue zu ihm und zu ihr – all das habe ich ausgenutzt, ihn dazu zu bringen, mich zu heiraten, ihn glauben zu machen, unser verpfuschtes Leben könne dadurch in gewissem Sinne noch herausgerissen werden. An dem Tag, an dem er Lily heiratete, habe ich mir geschworen, ihn ihr wegzunehmen.

Und das hab ich getan. Und ich hoffe, meine liebe Schwester in der Hölle weiß es.«

Das Lächeln war verschwunden. Tödlicher Haß lag jetzt nicht mehr *hinter* ihren Augen und ihrer Stimme, er lag *in* ihnen, in den Zügen ihres Gesichts, in der Haltung ihres Körpers. Dieser tödliche Haß – und sie als dessen Verkörperung – schienen das einzige Lebendige im Raum zu sein. Wir acht, die wir sie ansahen und ihr zuhörten, zählten für den Augenblick nicht; für sie waren wir zwar lebendig, aber nur für sie, nicht für einander.

Sie wandte sich von mir ab und zeigte mit jäher Armbewegung auf das Mädchen an der anderen Seite des Raumes, und jetzt war ihre Stimme kehlig, vibrierend, wilder Triumph schwang darin; und kurze Zäsuren zerlegten ihre Worte in Gruppen, so daß es klang, als würde sie psalmodieren.

»Du bist ihre Tochter«, rief sie, »und du bist verflucht zu derselben schwarzen Seele, zu demselben bösen Blut, das sie und ich und alle Dains gehabt haben; und du bist verflucht, seit deiner Kindheit das Blut deiner Mutter an den Händen zu haben; und du bist verflucht zu einem verbogenen Geist und einer Sucht nach Rauschgift, beides Gaben von mir; und dein Leben wird schwarz sein wie das deiner Mutter und meines; und das Leben derer, die du berührst, wird schwarz sein wie das Leben von Maurice; und deine . . .«

»Aufhören!« keuchte Eric Collinson. »Sie soll aufhören.«

Gabrielle Leggett, die Hände an die Ohren gepreßt, das Gesicht verzerrt von Entsetzen, schrie einmal auf – grauenhaft – und fiel vornüber vom Stuhl.

Pat Reddy war noch ein Anfänger in der Verbrecherjagd, aber O'Gar und ich hätten eigentlich wissen müssen, daß wir Mrs. Leggett auch nicht für eine halbe Sekunde aus den Augen lassen durften, ganz gleich, wie stark der Schrei und Fall des Mädchens an unserer Aufmerksamkeit zerren mochten. Aber wir sahen hin zu dem Mädchen – wenn auch weniger als eine halbe Sekunde lang –, und das genügte. Als wir wieder zu Mrs. Leggett hinsahen, hatte sie ein Schießeisen in der Hand und bereits den ersten Schritt zur Tür gemacht.

Niemand stand zwischen ihr und der Tür. Der Beamte in Uniform war Collinson beigesprungen, um Gabrielle Leggett aufzuhelfen. Niemand stand hinter ihr. Sie hatte den Rücken zur Tür gekehrt und bei dieser Drehung Fitzstephan in ihr Gesichtsfeld gebracht. Mit glühenden Augen, die zwischen uns hin- und herschossen, funkelte sie uns über die schwarze Waffe hinweg an, während sie einen weiteren Schritt rückwärts ging und fauchte:

»Keine Bewegung!«

Pat Reddy verlagerte sein Gewicht auf die Fußballen. Ich schüttelte den Kopf und sah ihn mit gerunzelten Brauen streng an. Es war besser, sie auf der Treppe oder im Flur zu fassen: hier drin würde jemand umkommen.

Sie trat rückwärts über die Schwelle, stieß mit einem zischenden, fauchenden Laut Luft durch die Zähne und war verschwunden.

Owen Fitzstephan war als erster durch die Tür hinter ihr her. Der Uniformierte kam mir in die Quere, aber ich war als zweiter draußen. Die Frau hatte die oberste Treppenstufe am anderen Ende des halbdunklen Flurs erreicht. Fitzstephan, nicht weit hinter ihr, holte sie schnell ein.

Als ich oben an der Treppe war, kriegte er sie auf dem Zwischenabsatz zu fassen. Er drehte ihren einen Arm fest an ihren Körper, aber der andere Arm, der mit der Waffe, war frei. Die Laufmündung schwenkte herum auf seinen Körper, als ich – mit abgeducktem Kopf, um nicht auf eine Treppenkante zu schlagen – zu ihnen hinuntersprang.

Ich landete gerade noch rechtzeitig bei ihnen, knallte auf sie drauf, so daß sie in die Ecke flogen und die Kugel, die dem rotblonden Mann zugedacht war, in eine Stufe ging.

Wir wälzten uns am Boden. Mit beiden Händen griff ich nach dem Mündungsfeuer, kriegte aber nicht Eisen, sondern sie um die Taille zu fassen. Dicht an meinem Kinn schlossen sich Fitzstephans knochige Finger um das Gelenk der Hand, in der sie den Ballermann hielt.

Sie drehte ihren Leib gegen meinen rechten Arm. Von unserem Sturz aus dem Chrysler war mein rechter Arm noch immer lahm. Er wollte nicht halten. Ihr fülliger Leib bäumte sich auf und rollte über mich.

Feuer dröhnte an meinem Ohr, versengte mir die Backe.

Der Körper der Frau erschlaffte.

Als O'Gar und Reddy uns auseinanderzerrten, lag sie reglos da. Die zweite Kugel war ihr durch die Kehle gegangen.

Ich ging hinauf ins Labor. Gabrielle Leggett lag auf dem Fußboden, der Arzt und Collinson knieten neben ihr.

Ich sagte zu dem Arzt: »Sehen Sie lieber erst mal nach Mrs. Leggett. Sie liegt auf der Treppe; tot, glaub ich, aber sehn Sie lieber mal nach.«

Der Arzt ging hinaus. Collinson, dem bewußtlosen Mädchen die Hände reibend, sah mich mit einem Blick an, als wäre ich etwas, das verboten werden müßte, und sagte:

»Ich hoffe, Sie sind zufrieden mit der Art und Weise, wie Sie mit Ihrer Arbeit fertig geworden sind.«

»Ich bin damit fertig geworden«, sagte ich.

8

Wenn und Aber

Fitzstephan und ich aßen an diesem Abend in dem niedrigen Kellerlokal von Mrs. Schindler eins ihrer guten Gerichte und tranken dazu das gute Bier, das ihr Mann uns zapfte. In Fitzstephan regte sich der Romanautor, und eifrig suchte er nach dem, was er Mrs. Leggetts psychologisches Fundament nannte.

»Bei ihrem Charakter, den wir ja nun ein bißchen kennen, ist der Mord an ihrer Schwester eine klare Sache«, sagte er. »Und ebenso der Mord an ihrem Mann; und auch, daß sie, als sie bloßgestellt war, versuchte, das Leben ihrer Nichte zu verpfuschen; sogar ihre Entschlossenheit, sich auf der Treppe lieber selber umzubringen als sich fassen zu lassen, ist noch klar; aber die stillen Jahre dazwischen – wie passen die dazu?«

»Was nicht dazu paßt«, gab ich zu bedenken, »das ist der Mord an Leggett. Alles andere ist aus einem Guß. Sie hat ihn begehrt. Sie hat ihre Schwester auf eine Weise umgebracht – oder umbringen lassen –, die ihn an sie fesseln sollte. Aber das Gesetz hat sie auseinandergerissen. Sie hat nichts dagegen machen können, nur warten und darauf hoffen – die Möglichkeit bestand ja immer –, daß er eines Tages freikäme. Wir wissen nicht, daß sie zu dieser Zeit irgend etwas anderes begehrt hätte. Sie hat doch von seinem Geld bestimmt ganz angenehm gelebt. Und Gabrielle hielt sie sich als Geisel für die Möglichkeit, auf die sie hoffte. Warum hätte sie sich also nicht still verhalten sollen? Als sie von seiner Flucht hörte, ist sie nach Amerika gegangen und hat sich daran gemacht, ihn zu suchen. Und als ihre Detektive ihn hier aufgespürt hatten, ist sie zu ihm gekommen. Er war bereit, sie zu heiraten. Also warum sollte sie sich *nicht* still verhalten? Sie dachte gar nicht daran, Ärger zu machen, denn zu den Leuten, die aus reiner Boshaftigkeit handeln, die Freude daran haben, gehört sie nicht. Sie war einfach eine Frau, die haben wollte, was sie begehrte, und zu allem bereit war, um es zu kriegen. Sieh doch mal, wie geduldig sie – und zwar viele Jahre lang! – ihren Haß vor dem Mädchen verborgen hat. Und ihre Wünsche waren nicht mal besonders extravagant. Den Schlüssel zu ihrem Wesen findest du bestimmt nicht in irgendwelchen komplizierten Abartigkeiten. Sie war simpel wie ein Tier: ebensowenig wie ein Tier konnte sie zwischen Gut und Böse unterscheiden, mochte es nicht, daß man ihr in die Quere kam, und als sie in die Falle ging, wurde sie giftig.«

Fitzstephan trank einen Schluck Bier und fragte:

»Du reduzierst den Fluch des Hauses Dain also auf eine primitive Anlage im Blut?«

»Ich reduziere ihn noch weiter: auf Worte im Mund einer wütenden Frau.«

»So Leute wie du nehmen dem Leben jede Farbe.« Er seufzte hinter Zigarettenrauch. »Und daß Gabrielle zum Werkzeug der Ermordung ihrer Mutter gemacht worden ist, überzeugt dich das nicht von der Notwendigkeit – wenigstens der poetischen Notwendigkeit – des Fluches?«

»Selbst dann nicht, wenn sie tatsächlich das Werkzeug gewesen ist, und darauf möcht ich keine Wette eingehn. Leggett hat offenbar nicht daran gezweifelt. All diese uralten Einzelheiten hat er in seinen Brief hineingepackt, damit sie weiterhin gedeckt bliebe. Aber dafür, daß er wirklich gesehen hat, wie das Kind seine Mutter umbrachte, haben wir einzig und allein Mrs. Leggetts Wort. Andererseits hat Mrs. Leggett in Gabrielles Gegenwart gesagt, Gabrielle sei in dem Glauben aufgewachsen, ihr Vater wäre der Mörder – also das dürfen wir schon glauben. Und es ist unwahrscheinlich – wenn auch nicht ausgeschlossen –, daß er so weit gegangen wäre, auch wenn er ihr das Bewußtsein ihrer Schuld *nicht* hätte ersparen wollen. Aber von da an kann man nur noch raten, und eine Theorie ist so gut wie die andere. Mrs. Leggett hat ihn gewollt, und sie hat ihn gekriegt. Warum in aller Welt hat sie ihn dann aber umgebracht?«

»Du machst solche Sprünge«, kritisierte Fitzstephan. »Die Antwort darauf hast du doch oben im Labor schon gegeben. Warum bleibst du nicht dabei? Du hast gesagt, sie hätte ihn umgebracht, weil der Brief sich so angehört hat, daß er ganz gut als letzte Nachricht eines Selbstmörders hingehen mochte, und weil sie gedacht hat, der Brief und sein Tod würden ihr Sicherheit garantieren.«

»Ja, da! – da konnte ich das noch ganz gut sagen«, gab ich zu, »aber jetzt, wo wir die Sache kaltblütig betrachten und noch mehr ergänzende Einzelheiten wissen, geht das nicht mehr. Sie hat jahrelang darauf hingearbeitet und gewartet, um ihn zu kriegen. Er muß für sie irgendeinen Wert gehabt haben.«

»Aber sie hat ihn nicht geliebt, oder es gibt jedenfalls keinen Grund, das anzunehmen. Diesen Wert hat er also nicht für sie gehabt. Er war nichts weiter für sie als eine Jagdtrophäe; und das ist schließlich ein Wert, der durch den Tod nicht vermindert wird – man läßt den Kopf präparieren und hängt ihn sich an die Wand.«

»Warum hat sie dann aber Upton von ihm ferngehalten? Warum hat sie Ruppert umgebracht? Warum hätte sie ihm in diesem Punkt die Last abnehmen sollen? Das war doch nur für ihn eine Gefahr. Warum hat sie sich selber in Gefahr begeben, wenn er keinen Wert für sie hatte? Warum hat sie das alles riskiert – sollte er nicht erfahren, daß die Vergangenheit wieder lebendig geworden war?«

»Ich glaube, ich weiß, worauf du hinauswillst«, sagte Fitzstephan langsam. »Du meinst . . .«

»Warte mal – da wär noch etwas! Ich habe Leggett und seine Frau zweimal zusammen gesprochen. Keinmal hat einer von ihnen ein Wort zum andern gesagt. Die Frau hat mir aber allerhand vorgemacht, damit ich denken sollte, sie hätte mir vom Verschwinden ihrer Tochter schon was erzählt, wenn er nicht dabeigewesen wäre.«

»Wo hast du Gabrielle denn gefunden?«

»Nachdem sie gesehen hatte, wie Ruppert ermordet wurde, hat sie sich mit allem Geld, das sie hatte, und mit ihrem Schmuck in das Haldornsche Haus verkrümelt und hat den Schmuck Minnie Hershey übergeben, die ihn zu Geld machen sollte. Ein paar Stücke hat Minnie sich selber gekauft – ihr Typ hat ein oder zwei Abende vorher beim Spiel einen dicken Batzen eingestrichen, die Polizei hat das nachgeprüft – und dann hat sie ihn losgeschickt, damit er den Rest verhökert. In einer Pfandleihe ist er geschnappt worden, bloß ganz allgemein so auf Verdacht.«

»Gabrielle wollte für immer von zu Hause weg?« fragte er.

»Kann man ihr kaum verübeln – erst hat sie ihren Vater für einen Mörder gehalten, und dann muß sie mit ansehn, wie ihre Stiefmutter das Küchenmesser benutzt. Wer will denn in so einem Haus leben?«

»Und du meinst, Leggett und seine Frau standen miteinander auf Kriegsfuß? Kann schon sein. Ich bin in letzter Zeit nicht viel mit ihnen zusammengekommen und war auch nicht so eng mit ihnen befreundet, daß sie mich in derartige Verhältnisse eingeweiht hätten; sofern sie tatsächlich existierten. Meinst du, daß er vielleicht etwas erfahren hatte – von der Wahrheit über sie?«

»Kann sein; aber doch nicht so viel, daß es ihn abgehalten hätte, den Mord an Ruppert für sie auszubaden. Und was er erfahren hatte, hing mit dieser letzten Geschichte nicht zusammen, denn als ich ihn das erste Mal sah, hat er an den Einbruch tatsächlich geglaubt. Aber dann ...«

»Ach, hör doch auf! Überall mußt du ein Wenn und Aber dranhängen, vorher bist du nicht zufrieden. Ich sehe keinen Grund, an Mrs. Leggetts Darstellungen zu zweifeln. Sie hat uns die ganze Geschichte rückhaltlos erzählt. Wenn sie sich selber belastet, warum soll sie dann gelogen haben?«

»Du meinst den Mord an ihrer Schwester? In der Sache ist sie ja freigesprochen worden, und ich nehme an, die französische Rechtsprechung ist da genauso wie unsere: sie könnte nicht noch mal vor Gericht gestellt werden, ganz gleich, was sie gestanden hätte. Sie hat sich schon keine Blöße gegeben, mein Lieber.«

»Immer ziehst du alles runter«, sagte er. »Du brauchst mehr Bier, damit deine Seele Schwingen kriegt.«

Bei der Untersuchungsverhandlung zum Fall Leggett/ Ruppert sah ich Gabrielle Leggett wieder, war aber nicht sicher, ob sie mich überhaupt erkannte. Sie war in Begleitung von Madison Andrews, der Leggetts Anwalt gewesen und jetzt sein Vermögensverwalter war. Auch Eric Collinson war da, merkwürdigerweise aber offenbar nicht als Gabrielles Begleiter. Er nickte mir zu, nichts weiter.

Die Zeitungen kriegten Wind davon, was Mrs. Leggett über die Vorgänge in Paris im Jahre 1913 gesagt hatte, und schlachteten es ein paar Tage lang riesig aus. Mit dem Wiederauftauchen der Diamanten von Halstead und Beauchamp war für die Continental Detective Agency der Fall erledigt. Wir schrieben *Eingestellt* unter die Akte Leggett. Ich fuhr in die Berge, um für einen Goldgrubenbesitzer, der glaubte, seine Arbeiter begaunerten ihn, Schnüffeldienste zu tun.

Ich rechnete damit, mindestens einen Monat in den Bergen zu bleiben: ›Innendienst‹-Sachen von der Güte brauchen ihre Zeit. Am Abend meines zehnten Tages da oben kam für mich ein Ferngespräch vom Alten, meinem Chef.

»Ich schick Foley hoch, der löst Sie ab«, sagte er. »Warten Sie nicht auf ihn. Nehmen Sie noch heute den Nachtzug zurück. Die Leggett-Sache geht wieder los.«

Zweiter Teil
Der Tempel

9

Der Blinde im Dunkeln

Madison Andrews war ein hochgewachsener, hagerer Sechziger mit struppigem weißen Haar, weißen Augenbrauen und weißem Schnurrbart, die die frische Röte seines knochigen, sehnigen Gesichts noch betonten. Er kleidete sich salopp, kaute Tabak und war im Laufe der letzten zehn Jahre zweimal in Scheidungsprozessen öffentlich als Scheidungsgrund benannt worden.

»Bestimmt hat Ihnen der junge Collinson allen möglichen Unsinn vorgequasselt«, sagte er. »Er ist anscheinend der Meinung, ich wäre schon kindisch vor Senilität – jedenfalls hat er mir das ziemlich deutlich zu verstehen gegeben.«

»Ich hab ihn noch nicht gesprochen«, sagte ich. »Ich bin erst ein paar Stunden wieder in der Stadt, und das reichte gerade, um ins Büro zu gehn und dann hierherzukommen.«

»Na ja«, sagte er, »er ist ihr Verlobter, aber die Verantwortung für sie habe ich, und so hielt ich es für richtiger, Dr. Rieses Rat zu befolgen. Er ist ihr Arzt. Er meinte, wenn man ihr einen kurzen Aufenthalt in dem Tempel zubilligte, würde das zur Gesundung ihrer Seele mehr beitragen als alles, was wir sonst tun könnten. Diesen Rat konnte ich nicht einfach in den Wind schlagen. Die Haldorns mögen Scharlatane sein, sind es wohl auch, aber feststeht, daß Haldorn der einzige Mensch ist, mit dem Gabrielle von sich aus sprechen wollte und in dessen Gegenwart sie zum erstenmal seit dem Tode ihrer Eltern eine Art inneren Frieden fand. Dr. Riese meinte, ihre Gemütskrankheit würde sich nur noch vertiefen, wenn man ihr den Wunsch, in den Tempel zu ziehen, abschlüge. Konnte ich das denn mit einem Achselzucken abtun, bloß weil's dem jungen Collinson nicht paßte?«

»Nein«, sagte ich.

»Was diesen Kult angeht, so mach ich mir keine Illusionen«, fuhr er fort sich zu verteidigen. »Es ist wahrscheinlich genausoviel Quacksalberei dabei wie bei allen andern. Aber die religiöse Seite der Sache ist ja für uns nicht relevant. Wir interessieren uns für die Kultgemeinde als Therapie, als Heilmittel für Gabrielles Gemüt. Selbst wenn sie *nicht* aus solchen Mitgliedern bestünde, daß ich mit Sicherheit darauf rechnen könnte, Gabrielle würde dort nichts passieren, wäre ich versucht gewesen, sie hinzulassen. Worauf es uns in erster Linie ankommen sollte, ist, in meinen Augen, daß sie sich erholt, und dahinter müßte eigentlich alles andere zurücktreten.«

Er machte sich Sorgen. Ich nickte und wartete still, um zu erfahren, was für Sorgen das waren. Nach und nach, während er in Kreisen drumherum redete, bekam ich es heraus.

Auf Dr. Rieses Rat hin und gegen den Protest Collinsons hatte er Gabrielle Leggett für einige Zeit in den Tempel des Heiligen Gral ziehen lassen. Sie hatte es so gern gewollt, eine prominente Persönlichkeit von nicht geringerem Ansehen als Mrs. Livingston Rodman hielt sich derzeit dort auf, Edgar Leggett war mit den Haldorns befreundet gewesen – und so ließ Andrews sie gehen. Das war vor sechs Tagen gewesen. Als Dienstmädchen hatte sie sich Minnie Hershey, die Mulattin, mitgenommen. Dr. Riese hatte jeden Tag nach ihr gesehen. Vier Tage lang hatte ihr Befinden sich stetig gebessert. Am fünften Tag hatte ihr Zustand ihn erschreckt. Ihr Geist war völlig vernebelt, mehr als je zuvor, und sie zeigte die Symptome eines Menschen, der irgendeinen Schock erlitten hat. Er konnte nichts aus ihr herauskriegen. Er konnte nichts aus Minnie herauskriegen. Er konnte nichts aus den Haldorns herauskriegen. Es gab keine Möglichkeit festzustellen, was geschehen war oder ob überhaupt etwas geschehen war.

Eric Collinson belagerte Riese täglich und verlangte Berichte über Gabrielle. Collinson ging an die Decke. Er wollte, daß das Mädchen unverzüglich aus dem Tempel herausgeholt werde: nach seinem Dafürhalten waren die Haldorns drauf und dran, sie zu ermorden. Er und Andrews kriegten prächtig Krach miteinander. Andrews war der Meinung, das Mädchen habe einfach einen Rückfall erlitten, von dem es sich schnellstens erholen werde, wenn man sie da lasse, wo sie zu sein wünschte. Riese war geneigt, Andrews beizupflichten. Collinson nicht. Er drohte Stunk zu machen, wenn sie sie nicht loseisten, und zwar *pronto*.

Das war es, was Andrews Sorgen machte. Er, der dickköpfige Anwalt, würde gar nicht gut dastehen, wenn ihr etwas zustieße, denn er hatte seine Schutzbefohlene an einen solchen Ort gelassen. Und er wollte vermeiden, daß ihr etwas zustieße. Schließlich kam er mit Collinson zu einem Kompromiß. Gabrielle sollte wenigstens noch ein paar Tage in dem Tempel bleiben dürfen, aber irgendwer sollte hineingesetzt werden, der ein Auge auf sie hatte und aufpaßte, daß die Haldorns nicht irgend etwas mit ihr anstellten.

Riese hatte mich vorgeschlagen: es hatte ihm Eindruck gemacht, mit welch glücklicher Hand ich auf die Umstände von Leggetts Tod getippt hatte. Collinson hatte eingewandt, an Gabrielles gegenwärtigem Zustand sei zum größten Teil meine Brutalität schuld. Doch schließlich hatte er nachgegeben. Ich kannte Gabrielle und ihre Geschichte bereits, und meinen ersten Auftrag hatte ich ja nun nicht gerade völlig vermasselt. Meine Tüchtigkeit wiege meine Brutalität auf – so ungefähr hatte er sich ausgedrückt. Andrews hatte also den Alten angerufen, ihm einen Betrag angeboten, der so hoch war, daß es sich lohnte, mich von einem andern Auftrag abzuziehen, und da war ich nun.

»Die Haldorns wissen, daß Sie kommen«, schloß Andrews. »Es spielt keine Rolle, was sie davon halten. Ich habe ihnen gesagt, Dr. Riese und ich seien zu der Überzeugung gekommen, es wäre am besten, für den Notfall einen fähigen Mann an Ort und Stelle zu haben, bis Gabrielles Gemüt sich etwas beruhigt habe, vielleicht ebensosehr, um andere zu schützen wie sie selber. Irgendwelche Anweisungen brauche ich Ihnen ja nicht zu geben. Es handelt sich einfach darum, alle Vorsichtsmaßnahmen zu treffen.«

»Weiß Miss Leggett, daß ich komme?«

»Nein, und ich glaube auch nicht, daß wir ihr was davon zu sagen brauchen. Sie überwachen sie natürlich so unauffällig wie möglich, und ich möchte bezweifeln, daß sie bei ihrem jetzigen Gemütszustand Ihrer Anwesenheit überhaupt so viel Beachtung schenkt, daß sie sich daran stoßen könnte. Wenn sie das tut – na, wir werden ja sehn.«

Andrews gab mir eine Nachricht an Aaronia Haldorn mit.

Anderthalb Stunden später saß ich ihr im Empfangszimmer des Tempels gegenüber, während sie sie las. Sie legte sie beiseite und bot mir aus einem weißen Jadekästchen lange russische Zigaretten an. Ich bat um Entschuldigung, daß ich bei meinen Fatimas blieb und betätigte das Feuerzeug auf dem Rauchgestell, das sie mir hinschob. Als unsere Zigaretten brannten, sagte sie:

»Wir werden bemüht sein, es Ihnen so angenehm wie möglich zu machen. Wir sind weder Barbaren noch Fanatiker. Ich sage das nur, weil so viele Leute erstaunt sind, wenn sie feststellen, daß wir nichts von all dem sind. Dieses Haus ist zwar ein Tempel, aber keiner von uns ist der Meinung, daß Behaglichkeit, Komfort oder irgendwelche alltäglichen Dinge des zivilisierten Lebens ihn entweihen können. Nun, Sie gehören nicht zu uns. Vielleicht – ich hoffe es – werden Sie eines Tages zu uns gehören. Trotzdem – oh, zucken Sie nicht zurück bei dem Gedanken! – werden Sie, das versichere ich Ihnen, nicht belästigt werden. Sie können an unseren Andachten teilnehmen oder nicht, ganz wie es Ihnen beliebt, und Sie können kommen und gehen, wie Sie wollen. Sie werden uns, dessen bin ich sicher, dieselbe Rücksicht erweisen, die wir Ihnen erweisen, und ebenso sicher bin ich, daß Sie sich in nichts einmischen werden – ganz gleich, wie sonderbar Sie es finden mögen –, solange es nicht so aussieht, als könnte es Ihre – Patientin berühren.«

»Selbstverständlich nicht«, versprach ich.

Sie lächelte, wie um mir zu danken, drückte das Ende ihrer Zigarette im Aschenbecher aus, stand auf und sagte: »Ich werde Ihnen Ihr Zimmer zeigen.«

Meinen früheren Besuch hatte keiner von uns mit einem Wort erwähnt.

Mit Hut und Reisetasche in der Hand, folgte ich ihr zum Fahrstuhl. Im fünften Stock stiegen wir aus.

»Dies ist Miss Leggetts Zimmer«, sagte sie auf die Tür zeigend, gegen die Collinson und ich vor zwei Wochen abwechselnd gepocht hatten. »Und das hier ist Ihres.« Sie öffnete die Tür, die der Gabrielles gegenüberlag.

Mein Zimmer glich dem ihren aufs Haar, nur daß kein Boudoir dazugehörte. Auch bei mir war die Tür ohne Schloß.

»Wo schläft denn ihr Dienstmädchen?« fragte ich.

»In einem der Personalzimmer im obersten Stock. Ich glaube, Dr. Riese ist gerade bei Miss Leggett. Ich werd ihm sagen, daß Sie gekommen sind.«

Sie ging aus dem Zimmer und machte die Tür hinter sich zu.

Nach einer Viertelstunde klopfte es, und Dr. Riese kam herein.

»Ich bin froh, daß Sie hier sind«, sagte er und drückte mir die Hand. Er hatte eine klare, präzise Art zu sprechen und unterstrich seine Worte zuweilen durch Gesten mit der Hand, in der er seinen Kneifer mit dem schwarzen Band hielt. Ich habe den Kneifer nie auf seiner Nase gesehen. »Ich hoffe zwar sehr, daß wir Ihre beruflichen Fähigkeiten nicht in Anspruch zu nehmen brauchen, aber ich bin froh, daß Sie hier sind.«

»Was ist denn nicht in Ordnung?« fragte ich in einem Ton, der zur Vertraulichkeit einladen sollte.

Er sah mich scharf an, klopfte mit dem Kneifer auf seinen linken Daumennagel und sagte:

»Was nicht in Ordnung ist, gehört, soweit ich sehe, ganz in mein Gebiet. Ich wüßte nicht, daß sonst noch etwas nicht in Ordnung wäre.« Er gab mir wieder die Hand. »Sie werden Ihre Rolle ziemlich langweilig finden, hoff ich.«

»Und Ihre Rolle, die ist nicht langweilig?« wollte ich ihn zum Reden bringen.

Schon im Begriff, sich von mir abzuwenden und zur Tür zu gehen, hielt er inne, runzelte die Brauen, klopfte wieder mit dem Kneifer auf den Daumennagel und sagte:

»Nein, das ist sie nicht.« Er zögerte, als müßte er sich erst entschließen, ob er noch etwas sagen wollte, entschied, es nicht zu tun, und ging zur Tür.

»Ich habe ein Recht zu wissen, was Sie ehrlich darüber denken«, sagte ich.

Wieder sah er mich scharf an. »Ich weiß nicht, was ich ehrlich darüber denke.« Eine Pause. »Ich bin nicht zufrieden.« Er sah nicht zufrieden aus. »Ich schau heut abend noch mal rein.«

Er ging hinaus und machte die Tür zu. Gleich darauf ging die Tür wieder auf, er sagte: »Miss Leggett ist schwer krank«, machte die Tür wieder zu und ging fort.

»Das kann ja heiter werden«, brummte ich vor mich hin, setzte mich an ein Fenster und rauchte eine Zigarette.

Es klopfte an der Tür. Ein Dienstmädchen in Schwarz und Weiß fragte mich, was ich zum Mittagessen wünschte. Sie war eine rundliche Blondine, Mitte zwanzig, mit frischer rosiger Gesichtsfarbe und blauen Augen, die mich neugierig anblickten und in denen der Schalk saß. Ich nahm einen Schluck Scotch aus der Flasche, die ich in meiner Reisetasche hatte, ließ mir das Essen schmecken, mit dem das Mädchen alsbald zurückkam, und verbrachte den Nachmittag in meinem Zimmer.

Da ich die Ohren offen hielt, konnte ich Minnie abfangen, als sie kurz nach vier aus dem Zimmer ihrer Herrin kam. Die Mulattin riß die Augen auf, als sie mich in der Tür stehen sah.

»Kommen Sie rein«, sagte ich. »Hat Dr. Riese Ihnen nicht gesagt, daß ich hier bin?«

»Nein, Sir. Haben ... haben Sie ...? Sie haben doch nix vor mit Miss Gabrielle?«

»Ich paß nur auf sie auf und seh zu, daß ihr nichts passiert. Und wenn Sie so nett sind und mich auf dem laufenden halten und mir Bescheid geben, was sie so sagt und tut, und was andere sagen und tun, dann helfen Sie mir und ihr; denn dann brauch ich sie nicht zu behelligen.«

»Ja, ja«, sagte die Mulattin durchaus bereitwillig, doch nach ihrem braunen Gesicht zu schließen, schien sie nicht ganz zu begreifen, wie diese Zusammenarbeit gedacht war.

»Wie geht's ihr denn heute nachmittag?« fragte ich.

»Och, sie is ganz fidel heut nachmittag, Sir. Sie tut sich wohlfühlen hier.«

»Und wie hat sie den Nachmittag verbracht?«

»Sie – ich weiß nich, Sir. Sie hat ihn halt so – na, halt ziemlich ruhig verbracht.«

Nicht viel Neues also. Ich sagte:

»Dr. Riese meint, es sei besser für sie, wenn sie nicht weiß, daß ich hier bin; also brauchen Sie ihr nichts von mir zu erzählen.«

»Nein, Sir, mach ich bestimmt nich«, versprach sie, aber es klang eher höflich als aufrichtig.

Am frühen Abend kam Aaronia Haldorn zu mir und lud mich ein, zum Abendessen hinunterzukommen. Das Eßzimmer war in dunklem Nußbaum getäfelt und möbliert. Wir waren zehn Personen zu Tisch.

Joseph Haldorn war hochgewachsen, gebaut wie eine Statue, und trug ein schwarzes Seidengewand. Er hatte dichtes, langes, weißes und schimmerndes Haar. Aaronia Haldorn stellte mich ihm vor, wobei sie ihn ›Joseph‹ nannte, als hätte er keinen Nachnamen. Auch die anderen redeten ihn so an. Er lächelte mir mit weißen, ebenmäßigen Zähnen zu und reichte mir eine warme, kräftige Hand. Sein Gesicht, rosig gesund, war ohne Falten oder Runzeln. Es war ein Gesicht voller Ruhe, besonders durch die klaren braunen Augen, die einem irgendwie das Gefühl gaben, man befände sich im Einklang mit der Welt. Die gleiche besänftigende Kraft lag in seiner Baritonstimme.

Er sagte: »Wir freuen uns, daß Sie hier sind.«

Die Worte waren lediglich höflich, eine Floskel, doch als er sie sagte, glaubte ich tatsächlich, daß er sich aus irgendeinem Grunde freute. Jetzt verstand ich Gabrielle Leggetts Wunsch, hierherzukommen. Ich sagte, auch ich freute mich, hier zu sein, und während ich es sagte, kam es mir tatsächlich so vor.

Außer Joseph und seiner Frau und dem Sohn der beiden war noch eine Mrs. Rodman zu Tisch, eine große, zarte Frau mit durchscheinender Haut, glanzlosen Augen und einer Stimme, die sich nie über ein Murmeln erhob; des weiteren ein Mann namens Fleming, der jung, brünett und sehr dürr war, einen dunklen Schnurrbart hatte und die Miene eines Menschen machte, der mit seinen Gedanken woanders ist; dann Major Jeffries, ein Mann von betont guten Manieren, untersetzt, kahlköpfig und blaß, in einem Maßanzug; seine Frau, eine nette Person trotz des kätzchenhaften Getues, für das sie dreißig Jahre zu alt war; eine Miss Hillen, mit spitzem Kinn und spitzer Stimme und einem ungemein eifrigen Benehmen; und eine Mrs. Pawlow, die noch recht jung war, einen dunklen Teint hatte und hohe Wangenknochen und niemandem in die Augen sehen konnte.

Das von zwei Filipino-Boys servierte Essen war gut. Man unterhielt sich nicht viel bei Tisch, und religiöse Themen wurden nicht berührt. Es war gar nicht so übel.

Nach dem Essen ging ich wieder auf mein Zimmer. Ich horchte kurz an Gabrielle Leggetts Tür, hörte aber nichts. Bei mir im Zimmer fummelte ich ein bißchen herum und rauchte und wartete, daß Dr. Riese auftauchte, wie er versprochen hatte. Er tauchte nicht auf. Ich vermutete einen Notruf, wie er bei Ärzten nun mal zum normalen Leben gehört, habe ihn irgendwoanders aufgehalten, aber daß er nicht kam, machte mich gereizt. In Gabrielles Zimmer ging niemand hinein, und niemand kam heraus. Zweimal schlich ich mich auf Zehenspitzen an ihre Tür hinüber und horchte. Das eine Mal hörte ich nichts, das andere Mal ein schwaches, nichtssagendes Rascheln.

Kurz nach zehn hörte ich einige Hausbewohner an meiner Tür vorbeigehen, wahrscheinlich gingen sie auf ihre Zimmer, um sich schlafen zu legen.

Fünf nach elf hörte ich Gabrielles Tür aufgehen. Ich öffnete die meine. Minnie Hershey ging den Gang zum hinteren Teil des Hauses entlang. Ich war versucht, ihr nachzurufen, tat es aber nicht. Mein letzter Versuch, etwas aus ihr herauszukriegen, war ein Reinfall gewesen, und ich fühlte mich jetzt nicht so taktvoll, daß ich viel Aussicht gehabt hätte, diesmal mehr Glück zu haben.

Mittlerweile hatte ich die Hoffnung aufgegeben, Riese vor dem kommenden Tag noch zu sehen.

Ich machte das Licht bei mir aus, ließ meine Tür offen, und da saß ich nun im Dunkeln, blickte auf die Tür des Mädchens und verfluchte die Welt. Ich mußte an die Geschichte von dem Blinden denken, der in einem dunklen Zimmer einen schwarzen Hut sucht, der gar nicht da ist, und ich wußte, wie ihm zumute war.

Kurz vor Mitternacht kehrte Minnie Hershey in Hut und Mantel, als käme sie gerade von der Straße herauf, zu Gabrielles Zimmer zurück. Sie schien mich nicht zu sehen. Leise stand ich auf und versuchte, an ihr vorbeizuspähen, als sie die Tür öffnete, hatte aber kein Glück dabei.

Minnie blieb fast bis eins bei Gabrielle im Zimmer, und als sie herauskam, machte sie die Tür sehr leise zu und ging auf Zehenspitzen. Das war unnötig bei dem dicken Läufer. Und weil es unnötig war, machte es mich nervös. Ich trat an meine Tür und rief leise:

»Minnie.«

Vielleicht hatte sie mich nicht gehört. Auf Zehenspitzen ging sie weiter den Gang entlang. Das machte mich noch kribbliger. Ich lief schnell hinter ihr her, schnappte mir eins ihrer sehnigen Handgelenke und hielt sie fest.

Ihr Indianergesicht war ausdruckslos.

»Wie geht's ihr?« fragte ich.

»Miss Gabrielle geht's gut. Tun Sie sie man in Ruhe lassen«, murmelte sie.

»Es geht ihr nicht gut. Was macht sie jetzt?«

»Sie schläft.«

»Wieder voll mit Junk?«

Empört sah sie mich mit ihren kastanienbraunen Augen an und senkte dann wortlos den Blick.

»Sie hat Sie losgeschickt, damit Sie ihr Junk holen?« wollte ich wissen und packte ihr Handgelenk fester.

»Sie hat mich losgeschickt, damit ich ihr – eine – eine Medizin hole – ja, Sir.«

»Und davon hat sie was genommen und ist eingeschlafen?«

»J-ja, Sir.«

»Wir gehn nochmal zurück und sehn sie uns an«, sagte ich.

Mit einem Ruck versuchte die Mulattin, ihr Handgelenk freizubekommen. Ich hielt es fest. Sie sagte:

»Lassen Sie mich in Ruhe, Mister, sonst schrei ich.«

»Wenn wir sie uns angesehn haben, werd ich Sie vielleicht in Ruhe lassen«, sagte ich und drehte sie um, indem ich sie mit der anderen Hand an der Schulter faßte. »Und wenn Sie schreien wollen, dann fangen Sie man nur schon an.«

Sie wollte nicht zum Zimmer ihrer Herrin zurück, aber sie zwang mich auch nicht, sie hinzuzerren. Gabrielle Leggett lag im Bett auf der Seite, ruhig schlafend, und die Bettdecke hob und senkte sich sanft mit ihren Atemzügen. Ihr weißes Gesichtchen, um das sich die braunen Locken kringelten, war friedlich und ruhig und sah aus wie das eines kranken Kindes.

10

Tote Blumen

Mit Mühe kriegte ich die Augen auf, entschied, daß ich kurz eingedämmert sein mußte, schloß die Augen, sackte wieder in Schlummer und rappelte mich dann träge von neuem auf. Irgend etwas stimmte nicht.

Unter Aufbietung meines ganzen Willens schlug ich die Augen auf, schloß sie dann wieder und öffnete sie erneut. Das, was nicht stimmte, hatte damit etwas zu tun. Schwärze war vor meinen Augen, wenn sie offen und wenn sie geschlossen waren. Eigentlich ganz normal: die Nacht war finster, und das Licht der Straßenlaternen reichte nicht bis zu mir herauf. Ganz normal – und doch nicht: mir fiel ein, daß ich meine Tür hatte offenstehen lassen und daß auf dem Gang das Licht angewesen war. Vor mir lag kein Rechteck matten Lichts, begrenzt von meinem Türrahmen, durch den vorhin Gabrielles Tür zu sehen gewesen war.

Ich war nun bereits zu wach, als daß ich gleich aufgesprungen wäre. Ich hielt die Luft an und horchte, hörte aber nichts als das Ticken meiner Armbanduhr. Vorsichtig meinen Arm bewegend, blickte ich auf das Leuchtzifferblatt – drei Uhr siebzehn. Ich hatte länger geschlafen als gedacht, und auf dem Gang war das Licht ausgemacht worden.

Ich hatte einen Dumpfkopf, einen üblen Geschmack im Mund, und mein Körper war steif und schwer. Mit bleiernen Knochen, kaum gehorchenden Muskeln kroch ich unter meiner Decke hervor und von meinen Sesseln herunter. Auf Strümpfen schlich ich zur Tür – und bumste dagegen. Sie war zugemacht worden. Als ich sie öffnete, brannte auf dem Gang das Licht wie zuvor. Die Luft im Gang kam mir überraschend frisch, kühl und rein vor.

Ich wandte das Gesicht ins Zimmer zurück und schnupperte. Es roch nach Blumen, schwach, muffig, eher der Geruch eines Raumes, in dem Blumen vermodert waren als der Duft von Blüten. Maiglöckchen, Stiefmütterchen – vielleicht noch ein oder zwei andere Sorten. Ich gab mich eine Weile mit dem Versuch ab, die Gerüche voneinander zu scheiden, bemühte mich ernsthaft, festzustellen, ob tatsächlich eine Spur von Geißblatt dabei sei. Dann erinnerte ich mich undeutlich, daß ich von einer Beerdigung geträumt hatte. Während ich am Türrahmen lehnte und versuchte, mir meinen Traum genau in Erinnerung zurückzurufen, überkam mich von neuem der Schlaf.

Das Zucken meiner Nackenmuskeln, als mein Kopf zu tief gesunken war, schreckte mich auf. Ich quälte mir die Augen auf, stand da, auf Beinen, die nicht zu mir gehörten, und fragte mich benommen, warum ich nicht ins Bett ging. Während ich über dem Gedanken brütete, daß es vielleicht einen Grund gäbe, weswegen ich mich nicht schlafen legen wollte (wenn er mir nur einfiele!), legte ich eine Hand an die Wand, um mich zu stützen. Die Hand berührte den Lichtschalter. Ich war so vernünftig draufzudrücken.

Das Licht war schmerzhaft. Blinzelnd erkannte ich die Welt der Wirklichkeit und konnte mich erinnern, daß ich etwas zu tun hatte. Ich steuerte ins Badezimmer, wo ich trotz kalten Wassers über Kopf und Gesicht noch dumpf und benebelt blieb, aber doch halbwegs wieder zur Besinnung kam.

Ich machte in meinem Zimmer das Licht aus, ging hinüber an Gabrielles Tür, horchte und hörte nichts. Ich machte die Tür auf, trat ein und machte die Tür wieder zu. Meine Taschenlampe zeigte mir ein leeres Bett, dessen Decken über das Fußende auf den Boden geworfen waren. Ich legte eine Hand in die Mulde, die ihr Körper in das Bett gedrückt hatte – kalt. Weder im Badezimmer noch in dem Boudoir war jemand. Unter dem Bett standen ein Paar grüne Pantoffeln, und über einer Stuhllehne hing ein grüner Morgenrock oder etwas dergleichen.

Ich ging in mein Zimmer, um mir Schuhe anzuziehen, und dann die vordere Treppe hinunter. Ich wollte das Haus von unten bis oben abgehen. Ich hatte vor, zunächst einmal ganz ruhig zu gehen und dann, wenn ich – was durchaus anzunehmen war – nichts finden würde, konnte ich anfangen, Türen aufzustoßen, Leute aus dem Bett zu werfen und Krach zu schlagen, bis ich das Mädchen aufgetrieben hätte. Ich wollte sie so schnell wie möglich finden, aber sie hatte einen zu großen Vorsprung, als daß ein paar Minuten jetzt noch viel ausgemacht hätten; wenn ich also auch nicht gerade bummelte, so rannte ich doch auch nicht.

Ich war auf halbem Weg zwischen dem ersten Stock und dem Erdgeschoß, als ich sah, wie sich unten etwas bewegte – oder vielmehr die Bewegung von etwas sah, ohne es selbst wirklich zu sehen. Es bewegte sich aus der Richtung der Haustür aufs Innere des Hauses zu. Ich sah gerade zum Fahrstuhl, als ich die Treppe hinunterging. Das Geländer versperrte mir den Blick zur Haustür. Was ich sah, war eine blitzschnelle Bewegung über ein halbes Dutzend der Zwischenräume von einem Geländerstab zum andern. Als meine Augen sich darauf eingestellt hatten, war nichts mehr zu sehen. Ich meinte, ein Gesicht gesehen zu haben, aber das hätte an meiner Stelle wohl jeder gedacht, und alles, was ich wirklich gesehen hatte, war ein fahles Huschen.

Die Vorhalle und die Gänge, soweit ich sie übersehen konnte, lagen leer da, als ich im Erdgeschoß ankam. Ich wandte mich dem hinteren Teil des Gebäudes zu und – blieb stehen. Zum erstenmal, seit ich aufgewacht war, hörte ich ein Geräusch, das nicht von mir war. Über die steinernen Stufen vor der Haustür waren Schuhsohlen gekommen.

Ich ging an die Haustür, legte eine Hand an den Riegel, die andere an das Patentschloß, ließ beides gleichzeitig zurückschnappen und riß mit der linken Hand die Tür auf, während ich die rechte in die Nähe meiner Pistole brachte. Eric Collinson stand vor der Tür.

»Was zum Donner machen Sie denn hier?« fragte ich sauer.

Es war eine lange Geschichte, und er war zu aufgeregt, um sie klar zu erzählen. Nach dem, was ich seinen wirren Worten entnehmen konnte, hatte er Dr. Riese täglich angerufen und sich von ihm über Gabrielles Fortschritte informieren lassen. Im Laufe des heutigen – oder vielmehr des gestrigen – Tages und Abends war es ihm nicht gelungen, den Arzt an den Apparat zu kriegen. Er hatte noch um zwei Uhr morgens wieder angerufen. Doktor Riese sei nicht zu Hause, hatte man ihm gesagt, und niemand in seiner Wohnung wußte, wo er steckte und warum er nicht zu Hause war. Collinson war dann, nach dem Anruf um zwei, zu dem Tempel gefahren, weil er hoffte, mich irgendwie zu sehen und etwas über das Mädchen zu erfahren. Er habe, sagte er, nicht vorgehabt, an die Tür zu kommen, bis er mich habe herausschauen sehen.

»Bis Sie was?« fragte ich.

»Sie gesehn hab.«

»Wann?«

»Na eben, vor einer Minute, als Sie rausgeguckt haben.«

»Da haben Sie nicht mich gesehen«, sagte ich. »Sondern *was* haben Sie gesehn?«

»Jemanden, der rausguckte, rauslugte. Ich dachte, Sie wären's, und bin von der Ecke, wo ich im Wagen saß, hergekommen. Geht's Gabrielle gut?«

»Na sicher«, sagte ich. Es hatte keinen Zweck, ihm zu erzählen, daß ich hinter ihr her war, und ihn vor Wut über mich explodieren zu sehen. »Sprechen Sie nicht so laut. Wissen die bei Riese zu Hause nicht, wo er ist?«

»Nein – sie scheinen sich Sorgen zu machen. Aber das geht schon klar, wenn nur bei Gabrielle alles in Ordnung ist.« Er legte eine Hand auf meinen Oberarm. »Kann ich sie vielleicht mal sehn? Ich werd kein Wort sagen. Sie braucht nicht mal zu wissen, daß ich sie gesehn hab. Ich mein ja nicht gleich jetzt – aber können Sie's nicht irgendwie arrangieren?«

Dieser Bursche war jung, groß, stark und durchaus bereit, für Gabrielle Leggett durchs Feuer zu gehen. Ich wußte, daß irgend etwas krumm war. Ich wußte nicht, was. Ich wußte nicht, was ich zu tun haben würde, um es wieder geradezubiegen, und wieviel Hilfe ich dabei brauchen würde. Ich konnte es mir nicht leisten, ihn wegzuschicken. Andererseits konnte ich ihm auch nicht reinen Wein einschenken – es hätte ihn zu einem Rasenden gemacht. Ich sagte:

»Kommen Sie rein. Ich mache gerade 'ne Inspektionsreise. Wenn Sie schön ruhig sind, können Sie mitkommen, und danach woll'n wir mal sehn, was sich machen läßt.«

Er trat ein – mit einem Gesicht und Benehmen, als wäre ich der Heilige Peter und ließe ihn in den Himmel ein. Ich machte die Tür zu und führte ihn durch die Vorhalle in den Hauptgang. Soweit wir sehen konnten, hatten wir den Laden für uns. Und dann hatten wir ihn nicht mehr für uns.

Knapp vor uns kam Gabrielle Leggett um die Ecke. Sie war barfuß. Das einzige, was sie auf dem Leib hatte, war ein gelbes Seidennachthemd mit dunklen Spritzern darauf. Mit beiden ausgestreckten Händen trug sie einen langen Dolch vor sich her, fast ein Schwert. Es war rot und naß. Ihre Hände und ihre bloßen Arme waren rot und naß. Auf der einen Backe hatte sie einen Blutspritzer. Ihre Augen waren klar, hell und ruhig. Ihre kleine Stirn war glatt, ihr Mund und Kinn fest.

Mit unbekümmertem Blick meinen wahrscheinlich bekümmerten fixierend, kam sie auf mich zu und sagte gleichmütig, geradeso, als hätte sie erwartet, mich hier zu treffen, als wäre sie hier hergekommen, um mich zu treffen:

»Nehmen Sie ihn. Er ist ein Beweisstück. Ich habe ihn getötet.«

»Hm?« machte ich.

Mir immer noch gerade in die Augen blickend, sagte sie:

»Sie sind doch Detektiv. Bringen Sie mich dahin, wo man mich hängen wird.«

Es war leichter, meine Hand zu rühren als meine Zunge. Ich nahm den blutigen Dolch entgegen. Es war eine Waffe mit breiter, starker, zweischneidiger Klinge und bronzenem Kreuzgriff.

Eric Collinson drängte sich an mir vorbei, plapperte Worte, die niemand hätte verstehen können, und ging mit ausgestreckten, bebenden Händen auf das Mädchen zu. Sie wich vor ihm gegen die Wand zurück – Entsetzen im Gesicht.

»Er soll mich nicht berühren! Helfen Sie mir!« flehte sie.

»Gabrielle!« rief er und faßte nach ihr.

»Nein! Nicht!« keuchte sie.

Mit einem Schritt war ich zwischen sie getreten, und indem ich eine Hand auf seine Brust setzte, drückte ich ihn zurück und knurrte ihn an: »Geben Sie Ruhe, Sie!«

Er nahm mich mit seinen großen braunen Händen bei den Schultern und fing an, mich aus dem Weg zu schieben. Ich setzte dazu an, ihm mit dem schweren Bronzegriff des Dolches einen aufs Kinn zu geben, aber wir brauchten es nicht so weit kommen zu lassen. Als er über mich hinweg auf das Mädchen blickte, vergaß er seine Absicht, mich beiseite zu schieben, und seine Hände auf meinen Schultern wurden schlaff. Ich legte mein Körpergewicht auf die Hand, die ich ihm auf die Brust gesetzt hatte, und schob ihn zurück, bis er an der Wand stand; dann trat ich von ihm weg, ein wenig nach einer Seite, so daß ich sie beide sehen konnte, wie sie von Wand zu Wand einander gegenüberstanden.

»Halten Sie Ruhe, bis wir sehn, was passiert ist!« sagte ich zu ihm; und mit dem Dolch auf das Mädchen zeigend, wandte ich mich an sie: »Was ist passiert?«

Sie war wieder ruhig.

»Kommen Sie«, sagte sie. »Ich zeig's Ihnen. Aber lassen Sie Eric nicht mitkommen, bitte!«

»Er wird Sie nicht anfassen«, versprach ich.

Sie nickte dazu, düster, und führte uns weiter den Gang entlang, um die Ecke, bis zu einer kleinen Eisentür, die offenstand. Sie ging zuerst hindurch. Ich folgte ihr; und mir auf den Fersen Collinson. Frische Luft schlug uns entgegen, als wir durch die Tür traten. Ich blickte empor und sah trübe Sterne an einem dunklen Himmel. Ich blickte wieder nach unten. In dem Licht, das von hinten durch die offene Tür fiel, sah ich, daß wir über einen Boden aus weißem Marmor gingen oder aus fünfeckigen Platten, die weißen Marmor imitierten. Bis auf das Licht von hinten war es dunkel um uns. Ich holte meine Taschenlampe hervor.

Langsam, ohne Eile ging sie uns voran, mit nackten Füßen, die den Plattenboden als kühl empfinden mußten, und führte uns schnurgerade auf ein viereckiges graues Gebilde zu, das schemenhaft vor uns aufragte. Als sie dicht davor stehenblieb und »Da« sagte, knipste ich meine Lampe an.

Der Lichtschein ließ einen breiten Altar glänzen und glitzern – schneeweiß, kristallen und silbrig.

Auf der untersten der drei Altarstufen lag Doktor Riese tot auf dem Rücken. Sein Anzug war nicht in Unordnung, nur daß Jacke und Weste aufgeknöpft waren. Sein Hemd war über und über voll Blut. In der Hemdbrust waren vier Löcher, alle gleich, alle in Größe und Form der Waffe entsprechend, die das Mädchen mir übergeben hatte. Aus den Wunden kam jetzt kein Blut mehr, doch als ich ihm die Stirn fühlte, war sie noch nicht ganz erkaltet. Blut war auf den Altarstufen und davor auf dem Boden, wo sein Kneifer, noch heil, am Ende des schwarzen Bandes lag.

Ich richtete mich auf und schwenkte den Kegel meiner Taschenlampe dem Mädchen ins Gesicht. Sie zwinkerte und blinzelte, doch sonst ließ ihr Gesicht nichts weiter erkennen als eben diese physische Abwehrreaktion.

»Sie haben ihn getötet?« fragte ich.

Der junge Collinson wachte aus seiner Trance auf und brüllte: »Nein!«

»Halten Sie den Mund!« sagte ich zu ihm und trat näher an das Mädchen heran, so daß er sich nicht zwischen uns drängen konnte. »Haben Sie's getan?« fragte ich sie noch einmal.

»Überrascht Sie das?« fragte sie ruhig zurück. »Sie sind doch dabeigewesen, als meine Stiefmutter vom Fluch des Dain-Blutes gesprochen hat, das ich in mir habe, und was es angerichtet hat und auch mit mir anrichten würde und mit allen, die mich berühren. Haben Sie das da«, fragte sie, auf den Toten zeigend, »etwa nicht erwartet?«

»Reden Sie kein dummes Zeug«, sagte ich, während ich mir ihre Ruhe zu erklären suchte. Ich hatte sie schon einmal mit Schnee vollgepumpt gesehen, aber das jetzt war etwas anderes. Was es war, wußte ich nicht. »Und warum haben Sie ihn getötet?«

Collinson packte mich am Arm und riß mich zu sich herum. Er schäumte.

»Wir können doch hier nicht rumstehn und reden!« rief er. »Wir müssen sie hier rausbringen, weg von dem da. Wir müssen die Leiche verstecken oder irgendwo hinbringen, wo man denkt, jemand anders wär's gewesen. Sie wissen doch, wie man so was macht. Ich bring sie nach Hause, und Sie deichseln das hier.«

»Ja?« fragte ich. »Wie stelln Sie sich das denn vor? Soll ich's einem von den Filipino-Boys in die Schuhe schieben, damit sie den an ihrer Stelle aufhängen?«

»Ja, so! Sie wissen doch, wie man . . .«

»Von wegen, das könnt Ihnen so passen«, sagte ich. »Sie haben ja reizende Ideen.«

Sein Gesicht wurde noch röter. Er stammelte: »Ich meinte – ich meinte doch nicht, Sie sollen's so machen, daß irgendwer aufgehängt wird, wirklich nicht. Ich werd doch so was nicht verlangen von Ihnen. Aber kann man's nicht so drehn, daß er schnell abhaun kann? Ich würde dafür sorgen, daß es sich lohnt für ihn. Er könnte . . .«

»Hören Sie auf!« knurrte ich. »Sie vergeuden unsere Zeit.«
»Aber Sie müssen!« Er ließ nicht locker. »Sie sind hergekommen, um aufzupassen, daß Gabrielle nichts passiert, und das müssen Sie auch durchhalten.«

»Ja? Sie sind ein kluges Köpfchen.«

»Ich weiß, es ist viel verlangt, aber ich werde zahlen ...«

»Schluß jetzt!« Ich entzog meinen Arm seinen Händen, wandte mich wieder dem Mädchen zu und fragte: »Wer war sonst noch hier, als es geschehen ist?«

»Niemand.«

Ich ließ den Schein meiner Lampe umhergleiten, auf die Leiche und den Altar, über den ganzen Fußboden, die Wände, und sah nichts, was ich nicht schon gesehen hatte. Die Wände waren weiß, glatt und nur von der Tür durchbrochen, durch die wir gekommen waren, und von einer anderen, genau gleichen, auf der gegenüberliegenden Seite. Diese vier geraden, weißgetünchten Wände, ohne jeden Schmuck, erhoben sich sechs Stockwerke hoch zum Himmel.

Ich legte den Dolch neben Rieses Leiche, machte die Taschenlampe aus und sagte zu Collinson: »Wir bringen Miss Leggett hoch in ihr Zimmer.«

»Bringen wir sie doch um Gottes willen raus hier aus diesem Haus – jetzt, wo noch Zeit ist!«

Ich sagte, sie würde bestimmt toll aussehen, wenn sie so barfuß durch die Straßen liefe und mit nichts weiter an als einem blutbespritzten Nachthemd.

Als ich ihn irgendwelche Geräusche machen hörte, knipste ich die Lampe wieder an. Er riß die Arme aus den Mantelärmeln. Er sagte: »Ich hab den Wagen an der Ecke stehn, bis dahin kann ich sie tragen« – und näherte sich ihr mit aufgehaltenem Mantel.

Sie lief an meine andere Seite herum und jammerte: »Ach, helfen Sie doch, daß er mich nicht berührt!«

Ich streckte einen Arm vor, um ihn zurückzuhalten. Der Arm war nicht stark genug. Das Mädchen verkroch sich hinter mir. Collinson verfolgte sie, und sie kam herum, vor mich. Ich kam mir vor wie der Mittelpunkt eines Karussells und fühlte mich nicht wohl dabei. Als Collinson vor mich kam, rannte ich ihm meine Schulter in die Seite, so daß er gegen die Seitenwand des Altars taumelte. Ich folgte ihm, pflanzte mich vor dem Riesenkamel auf und ließ Dampf ab: »Schluß jetzt! Wenn Sie mit uns spielen wollen, dann seien Sie kein Spielverderber. Hören Sie auf, hier den Affen zu machen. Lassen Sie sie in Ruhe. Wollen Sie das – ja oder nein?«

Er drückte die Beine wieder durch und fing an: »Aber Mensch, Sie können doch nicht . . .«

»Lassen Sie sie in Ruhe!« sagte ich. »Lassen Sie mich in Ruhe! Bei Ihrer nächsten Extratour knall ich Ihnen den Pistolengriff in die Fassade. Sie können das auch schon jetzt haben, Sie brauchen's bloß zu sagen. Wollen Sie sich benehmen?«

Er murmelte: »Na gut.«

Ich drehte mich um und sah das Mädchen, einen grauen Schatten, auf die offene Tür zulaufen, fast geräuschlos mit ihren nackten Füßen auf dem Plattenboden. Meine Schuhe machten einen Höllenlärm, als ich hinter ihr herrannte. Kurz vor der Tür kriegte ich sie mit einem Arm um die Taille zu fassen. Im nächsten Augenblick wurde mir der Arm wegge-rissen, ich flog auf die Seite, so daß ich gegen die Wand knallte und auf ein Knie hinabrutschte. Collinson, der in der Dunkelheit zweieinhalb Meter groß zu sein schien, stand über mir und wetterte zu mir herunter, aber alles, was ich aus seinen vielen Worten heraushören konnte, war »Schwein«.

Ich war in bester Laune, als ich von meinem Knie hoch-kam. Nicht genug damit, daß ich bei einer Verrückten Kin-dermädchen zu spielen hatte, ich mußte mich auch noch von ihrem Freund herumschubsen lassen. Ich bot meine ganze Heuchelkunst auf, als ich gelassen zu ihm sagte: »So was tut man aber nicht« – und zu dem Mädchen ging, das an der Tür stand.

»Wir gehn jetzt rauf in Ihr Zimmer«, sagte ich zu ihr.
»Aber nicht Eric!« protestierte sie.

»Er wird Sie nicht anfassen«, versprach ich ihr wieder und hoffte, daß es diesmal der Wahrheit mehr entsprechen würde. »Na, nun gehn Sie schon.«

Sie zögerte und trat dann durch die Tür. Collinson, halb belämmert, halb wütend, jedenfalls sehr unzufrieden aussehend, folgte mir. Ich machte die Tür zu und fragte das Mädchen, ob sie den Schlüssel habe. »Nein«, sagte sie, und es klang, als wüßte sie tatsächlich nicht, daß es einen Schlüssel gab.

Wir fuhren im Fahrstuhl hinauf, wobei das Mädchen darauf achtete, daß ich immer zwischen ihr und ihrem Verlobten stand – sofern er das noch war. Er blickte starr ins Leere. Ich musterte ihr Gesicht, immer noch bemüht, aus ihr schlau zu werden, festzustellen, ob sie durch den Schock wieder normal oder noch irrer geworden war. Wenn man sie ansah, schien die erste Annahme wahrscheinlich, wenngleich mir schwante, daß dieser Eindruck trog.

Von dem Altar bis zu ihrem Zimmer sahen wir keinen Menschen. Ich machte das Licht an, und wir gingen hinein. Ich machte die Tür zu und stellte mich mit dem Rücken dagegen. Collinson legte seinen Hut und Mantel auf einen Stuhl und blieb daneben stehen, verschränkte die Arme und blickte Gabrielle an. Sie setzte sich auf den Bettrand und blickte auf meine Füße.

»Erzählen Sie uns mal kurz das Ganze, los!« befahl ich.

Sie sah zu mir auf und sagte: »Ich würde jetzt gern schlafen gehn.«

Damit war für mich die Frage ›normal oder irre‹ entschieden: sie war jenseits von Gut und Böse. Aber jetzt machte mir etwas anderes Kopfschmerzen. Dieses Zimmer war nicht mehr genauso wie es vorher gewesen war. Es hatte sich etwas darin verändert, seit ich vor noch gar nicht so vielen Minuten hier gewesen war. Ich schloß die Augen und suchte in meinem Gedächtnis nach einem Bild des Zimmers, wie es vorhin ausgesehen hatte. Ich öffnete die Augen und sah es nun vor mir.

»Kann ich denn nicht?« fragte sie.

Ich ließ ihre Frage warten, derweil meine Augen das Zimmer abtasteten, und, so gut es ging, alles Stück für Stück überprüften. Die einzige Veränderung, auf die ich mit dem Finger weisen konnte, war Collinsons Hut und Mantel auf dem Stuhl. An ihrem Vorhandensein war nichts Geheimnisvolles. Und der Stuhl? Mir wurde klar, daß er es war, der mir Kopfzerbrechen machte. Ich ging hin und hob den Mantel hoch. Es war nichts darunter. Das war es, was nicht stimmte: vorhin hatte ein grüner Morgenmantel oder etwas dergleichen über der Lehne gehangen, und der war jetzt weg. Ich sah ihn auch sonst nirgends im Zimmer; und meine Zuversicht, ihn zu finden, war nicht so groß, daß ich nach ihm gesucht hätte. Die grünen Pantoffeln standen unterm Bett.

Ich sagte zu dem Mädchen: »Jetzt nicht. Gehn Sie ins Badezimmer und waschen Sie sich das Blut ab; und dann ziehn Sie sich an! Nehmen Sie Ihre Sachen mit rein. Wenn Sie angezogen sind, geben Sie Collinson Ihr Nachthemd.« Ich wandte mich an ihn: »Stecken Sie's in die Tasche und lassen Sie's da drin! Gehn Sie nicht aus dem Zimmer, eh ich zurück bin, und lassen Sie keinen rein! Ich bin gleich wieder da. Haben Sie eine Pistole?«

»Nein«, sagte er, »aber ich . . .«

Das Mädchen war vom Bett aufgestanden, dicht an mich herangetreten und hatte ihn unterbrochen.

»Sie können mich hier nicht mit ihm allein lassen«, sagte sie ernst. »Ich will das nicht. Genügt es denn nicht, daß ich heute nacht *einen* Menschen getötet habe? Bringen Sie mich nicht dazu, daß ich noch einen töte.« Sie war ernst, aber nicht erregt, und sprach, als wären ihre Worte ganz vernünftig.

»Ich muß aber einen Moment hier weg«, sagte ich. »Und Sie können nicht allein bleiben. Tun Sie, was ich Ihnen sage.«

»Wissen Sie, was Sie tun?« fragte sie mit schwacher, müder Stimme. »Bestimmt nicht – sonst würden Sie's nicht tun.« Sie stand mit dem Rücken zu Collinson. Sie hob ihr Gesicht, so daß ich die nahezu lautlosen Worte, die ihre Lippen bildeten, mehr sah als hörte: »Nicht Eric. Schicken Sie ihn weg.«

Sie machte mich besoffen – noch ein bißchen mehr davon, und ich wäre reif gewesen für die Zelle neben ihr: ich war tatsächlich in Versuchung, ihr ihren Willen zu lassen. Energisch mit dem Daumen auf das Badezimmer zeigend, sagte ich: »Wenn Sie wollen, können Sie da drin warten, bis ich wiederkomme, aber er muß schon hierbleiben.«

Sie nickte hoffnungslos und ging in das Boudoir. Als sie von dort ins Badezimmer hinüberging, ihre Sachen überm Arm, glänzte unter jedem Auge eine Träne.

Ich gab Collinson meine Pistole. Er umklammerte sie fest mit zittriger Hand. Er atmete schnaufend. Ich sagte: »Nun seien Sie kein Trottel. Stellen Sie sich nicht so an und helfen Sie mir zur Abwechslung mal, statt mir immer bloß Ärger zu machen. Keiner rein und keiner raus: wenn Sie schießen müssen, schießen Sie!«

Er versuchte etwas zu sagen, konnte aber nicht, ergriff meine nächste Hand und gab sich Mühe, sie zu zerquetschen. Ich zog sie ihm weg und fuhr hinunter an den Schauplatz von Doktor Rieses Ermordung.

Es war nicht ganz einfach, da hinzukommen. Die Eisentür, durch die wir noch vor wenigen Minuten gegangen waren, war jetzt verschlossen. Das Schloß sah ziemlich einfach aus. Mit dem diversen Schnickschnack an meinem Taschenmesser hatte ich die Tür bald auf.

Drinnen fand ich den grünen Morgenmantel nicht. Auf den Altarstufen fand ich Rieses Leiche nicht. Sie war nirgends zu sehen. Der Dolch war verschwunden. Jede Blutspur, bis auf einen schwachen gelblichen Fleck, den die Lache auf dem weißen Boden hinterlassen hatte, war verschwunden. Jemand hatte aufgeräumt.

11

Gott

Ich ging zurück in die Vorhalle, in eine Nische, wo ich ein Telefon gesehen hatte. Das Telefon war da, aber die Leitung war tot. Ich legte auf und machte mich auf den Weg zu Minnie Hersheys Zimmer im sechsten Stock. Die Mulattin hatte mir zwar noch nicht viel geholfen, aber ihrer Herrin war sie offenbar treu ergeben, und da das Telefon ausfiel, brauchte ich einen Boten.

Ich machte die Zimmertür der Mulattin auf – wie die andern war sie ohne Schloß –, ging hinein und machte sie hinter mir zu. Ich hielt die Hand vor die Linse meiner Taschenlampe und knipste sie an. Durch meine Finger sickerte gerade so viel Licht, daß ich das braune Mädchen im Bett liegen sehen konnte, schlafend. Die Fenster waren geschlossen, die Luft war zum Schneiden und hatte jene schwere Muffigkeit, die ich schon kannte – der Geruch eines Raumes, in dem Blumen vermodert waren.

Ich sah mir das Mädchen im Bett an. Sie lag auf dem Rücken, durch den offenen Mund atmend, und nun, da Schlaf auf ihrem Gesicht lastete, wirkte es indianerhafter als je. Ich wurde selber schläfrig, als ich sie so sah. Daß ich sie aus dem Schlaf reißen wollte, kam mir gemein vor. Vielleicht träumte sie von – ich schüttelte den Kopf, um das Kuddelmuddel zu klären, das sich da breit machte. Maiglöckchen, Stiefmütterchen – vermoderte Blumen – war Geißblatt dabei? Die Frage schien äußerst wichtig. Die Taschenlampe wurde mir schwer in der Hand, zu schwer. Zum Teufel damit: ich ließ sie fallen. Sie traf auf meinen Fuß, und ich rätselte: wer hat bloß meinen Fuß angefaßt? Gabrielle Leggett, die darum bat, sie von Eric Collinson zu erlösen? Das war doch Unsinn – oder nicht?

Ich versuchte noch einmal, den Kopf zu schütteln, versuchte es verzweifelt. Er wog eine Tonne und ließ sich kaum von einer Seite zur anderen bewegen. Ich merkte, daß ich schwankte, und setzte einen Fuß vor, um mich zu fangen. Der Fuß und das Bein waren schlaff, weich, teigig. Ich mußte noch einen Schritt machen oder fallen; ich machte ihn, hielt krampfhaft den Kopf hoch und die Augen offen, suchte eine Stelle zum Fallen und sah zwei Handbreit vor meinem Gesicht das Fenster.

Ich schwankte vorwärts, bis ich mit den Oberschenkeln Halt am Fensterbrett fand. Dann waren meine Hände auf dem Fensterbrett. Ich tastete nach den Handgriffen unten am Fensterrahmen, wußte nicht genau, ob ich sie gefunden hatte, legte aber meine ganze Kraft in eine Hebebewegung. Das Fenster rührte sich nicht. Es war, als wären meine Hände unten festgenagelt. Ich glaube, da schluchzte ich. Und dann, mit der Rechten am Fensterbrett mich festhaltend, schlug ich mit der flachen Linken in die Mitte der Scheibe.

Luft, stechend wie Salmiak, kam durch die Öffnung. Ich hielt mein Gesicht daran, klammerte mich mit beiden Händen an das Fensterbrett und sog die Luft ein, mit Mund, Nase, Augen, Ohren und Poren, und lachte, und aus meinen brennenden Augen lief mir Wasser in den Mund. Ich hing da und trank Luft, bis ich der Beine unter mir und meiner Sehfähigkeit wieder einigermaßen sicher war, bis ich wußte, daß ich wieder denken und mich bewegen konnte, wenn auch nicht gerade schnell und sicher. Ich konnte es mir nicht leisten, noch länger zu warten. Ich hielt mir ein Taschentuch vor Mund und Nase und wandte mich ab vom Fenster.

In dem schwarzen Zimmer, nicht mehr als einen Schritt vor mir, stand ein fahl leuchtendes, sich windendes Etwas, wie ein Körper, aber nicht aus Fleisch und Blut.

Es war groß, doch nicht so groß, wie es schien, denn es stand nicht auf dem Boden, sondern schwebte einen Fuß oder etwas mehr darüber – mit den Füßen in der Luft. Ja, es hatte

Füße – aber ich weiß nicht, welche Form sie hatten. Sie hatten keine Form, ebenso wie die Beine und der Rumpf dieses Etwas, wie seine Arme und Hände, sein Kopf und sein Gesicht keine Form hatten, keine feste Gestalt. Sie wanden sich, schwellend und schrumpfend, sich dehnend und sich zusammenziehend, nicht sehr, aber unaufhörlich. Ein Arm verfloß in den Körper, wurde von dem Körper aufgesogen, kam wieder heraus, als würde er ausgegossen. Die Nase wuchs über den gähnenden, formlosen Mund hinab, schrumpfte wieder hinauf ins Gesicht, bis sie mit den qualligen Backen verschwamm, und wucherte wieder heraus. Die Augen weiteten sich, bis sie ein einziges riesenhaftes Auge waren, das den ganzen oberen Teil des Gesichts verschlang, verengten sich, bis gar kein Auge mehr da war, und öffneten sich wieder, jedes an seiner Stelle. Die Beine waren bald *ein* Bein, wie eine lebende gewundene Säule, dann drei Beine, dann zwei. Kein Teil, kein Glied hörte lange genug auf, sich zu winden, zu wabern und zu wogen, um seine normalen Umrisse, seine eigentliche Form erkennen zu lassen. Das Etwas war ein Wesen wie ein Mensch, der über dem Boden schwebte, mit einem grauenhaften, grimassierenden grünlichen Gesicht und aus fahlem Fleisch, das nicht Fleisch war, das im Dunkeln sichtbar war und so fließend und ruhelos und transparent wie bei Flut heranleckendes Meerwasser.

Da erst merkte ich, daß das Einatmen des Moderblumenzeugs mich aus dem Gleichgewicht gebracht hatte und ich wohl immer noch nicht ganz klar war. Aber obwohl ich mir Mühe gab, konnte ich mir nicht einreden, daß ich dieses Etwas nicht sähe. Es war da. Es war da, so nahe, daß ich es mit der Hand hätte greifen können, wenn ich mich vorbeugte, es bebte und wand sich, zwischen mir und der Tür. Ich glaubte nicht an Übernatürliches – aber was half mir das? Das Etwas war da. Es war da, und es war – das wußte ich – nicht etwa ein Gaukelgebilde aus Leuchtfarbe, ein Mann mit einem Bettlaken über dem Kopf. Ich gab es auf. Ich stand da, das Taschentuch vor Mund und Nase gepreßt, ohne mich zu rühren, ohne zu atmen, möglicherweise hielt ich sogar meine Blutzirkulation an. Ich war da, und das Etwas war da, und ich blieb, wo ich war.

Das Etwas sprach, wenngleich ich nicht sagen kann, daß ich die Worte wirklich gehört hätte – es war, als ob ich durch meinen ganzen Körper der Worte innewurde:

»Nieder mit dir, du Widersacher Gottes des Herrn, nieder auf die Knie!«

Da machte ich die erste Bewegung: ich leckte mir die Lippen mit einer Zunge, die trockener war als die Lippen selbst.

»Nieder mit dir, der du verflucht bist von Gott dem Herrn, nieder, bevor der Schlag dich trifft!«

Das war zwar kein Argument, aber ich verstand es wenigstens. Ich hob kurz mein Taschentuch vom Mund und sagte: »Fahr zur Hölle!« Es klang albern, besonders in der piepsigen Stimme, mit der ich es hervorbrachte.

Der Körper des Etwas krümmte sich konvulsivisch, schwankte und neigte sich auf mich zu.

Ich ließ mein Taschentuch fallen und griff mit beiden Händen nach dem Etwas. Ich kriegte es zu fassen – und doch wieder nicht. Meine Hände waren auf ihm, *in* ihm, bis zu meinen Handgelenken, bis mitten in das Etwas hinein, und schlossen sich um die Mitte. Und ich hatte nichts in den Händen als Feuchtigkeit ohne Temperatur, weder warm noch kalt.

Dieselbe Feuchtigkeit kam mir ins Gesicht, als das Gesicht des Etwas in meins überflutete. Ich biß nach dem Gesicht – ja –, und meine Zähne schlossen sich um nichts, und doch konnte ich sehen, konnte fühlen, daß mein Gesicht *in* seinem Gesicht war. Und in meinen Händen, an meinen Armen, meinem Körper quoll und schwoll, waberte und wand sich das Etwas, wirbelte nun wild umher, teilte sich in tollem Auf und Ab und floß wieder zusammen in der schwarzen Luft.

Durch das transparente Fleisch des Etwas konnte ich meine geballten Hände inmitten des feuchten Körpers sehen. Ich öffnete sie, riß mit steifen, krummen Fingern darin herum, ich wollte es zerfetzen; und ich konnte sehen, wie es auseinanderriß, konnte sehen, wie es wieder zusammenfloß, wenn meine Krallen vorbei waren. Fühlen aber konnte ich nichts als dieses Feuchte.

Jetzt kam ein anderes Gefühl mich an, das schnell stärker wurde, nachdem es einmal eingesetzt hatte – das Gefühl eines gewaltigen, erstickenden Gewichts, das mich niederdrückte. Dieses Etwas, das keine feste Masse besaß, hatte doch Gewicht, ein Gewicht, das mich niederpreßte, zu Boden zwang. Meine Knie wurden weich. Ich spuckte ihm ins Gesicht, zerrte meine rechte Hand aus seinem Körper und schlug nach oben, ihm ins Gesicht, und fühlte nichts als Feuchtigkeit, die meine Faust streifte.

Mit der linken Hand riß ich wieder an seinen Innereien herum, zerrte an dieser Substanz, die so deutlich zu sehen und doch kaum zu fühlen war. Und dann sah ich etwas anderes an meiner linken Hand – Blut. Blut, das dunkel war und dick und wirklich, bedeckte meine Hand, tropfte davon herab, rann mir glitschig durch die Finger.

Ich lachte, und trotz des ungeheuren Gewichts auf mir fand ich die Kraft, den Rücken zu strecken, wobei ich nicht nachließ, in den Eingeweiden des Etwas zu wühlen, krächzend: »Ich reiß dir die Därme raus!« Immer mehr Blut sickerte mir durch die Finger. Ich versuchte von neuem zu lachen, triumphierend, und konnte es nicht, röchelte statt dessen. Das Gewicht des Etwas auf mir war jetzt doppelt so schwer. Ich stolperte rückwärts, sackte an die Wand, stemmte mich gegen sie, um nicht daran herunterzurutschen.

Luft, kalt, rein, beißend, kam durch das zersplitterte Fenster über meine Schulter, drang mir stechend in die Nase, und an ihrer Verschiedenheit von der Luft, die ich bisher geatmet hatte, erkannte ich, daß nicht das Gewicht des Etwas, sondern das giftige Blumenduftzeug mich niedergedrückt hatte.

Die fahlgrüne Feuchtigkeit des Etwas waberte über meinem Gesicht und Körper. Hustend torkelte ich durch das Etwas hindurch zur Tür, kriegte die Tür auf und fiel der Länge nach auf den Gang hinaus, der jetzt so dunkel war wie das Zimmer hinter mir.

Als ich fiel, fiel jemand über mich. Doch dies war kein undefinierbares Etwas. Es war menschlich. Die Knie, die mich in den Rücken trafen, waren Menschenknie, und zwar spitze. Das Knurren, mit dem mir warmer Atem ins Ohr drang, war ein menschliches Knurren, und es klang überrascht. Der Arm, den meine Finger erwischten, war ein Menschenarm, und er war dürr. Und Gott sei Dank war er dürr, denn obgleich die Luft im Gang mir sehr gut tat, war ich noch lange nicht so weit in Form, es mit einem Athleten aufnehmen zu können.

Mit all meiner Kraft umklammerte ich den dürren Arm und zerrte ihn unter mich, während ich mich, soweit ich konnte, über den Körper wälzte, zu dem er gehörte. Meine andere Hand, die dabei über den dürren Körper des Mannes flog, traf auf etwas Hartes und Metallisches am Fußboden. Mein Handgelenk zurückbiegend, konnte ich es mit den Fingern erreichen und fühlen, was es war: der überdimensionale Dolch, mit dem der Riese getötet worden war. Der Mann, auf dem ich mich wälzte, hatte offenbar neben der Tür von Minnies Zimmer gestanden und darauf gewartet, mich zu tranchieren, wenn ich herauskäme; und mein Hinfallen hatte mich gerettet: der Mann hatte ins Leere gemetzelt und war über mich gestolpert. Mit dem Gesicht nach unten auf dem Boden liegend, wo meine fünfundachtzig Kilo ihn festnagelten, trat, stieß und knuffte er jetzt mit Füßen, Kopf und Ellbogen zu mir hoch.

Ohne den Dolch loszulassen, nahm ich meine rechte Hand von seinem Arm, spreizte die Finger um seinen Hinterkopf und drehte ihm das Gesicht in den Teppich. Ich strengte mich nicht allzusehr an dabei, sondern wartete auf die wachsenden Kräfte, die mir mit jedem Atemzug wiederkehrten. Noch ein oder zwei Minuten, und ich würde fähig sein, ihn hochzuzerren und zum Reden zu bringen.

Aber man ließ mir keine Zeit, so lange zu warten. Etwas Hartes knallte auf meine rechte Schulter, dann auf meinen Rücken und schlug dann dicht neben unseren Köpfen auf den Teppich. Da schwang jemand einen Knüppel nach mir.

Ich ließ mich von dem spindeligen Männchen herunterrollen. Die Füße des Knüppelschwingers bremsten mich. Ich holte aus, um ihm meinen rechten Arm oberhalb der Füße um die Beine zu schlingen, steckte noch einen Schlag auf den Rücken ein, verfehlte die Beine mit meinem im Kreise geschwungenen Arm und fühlte einen Frauenrock an meiner Hand. Überrascht zog ich die Hand zurück. Ein neuer Hieb des Knüppels – diesmal in meine Seite – machte mir bewußt, daß Galanterie hier fehl am Platze war. Ich ballte die Hand und schlug nach dem Rock zurück. Meine Faust versank in seinen Falten, bis eine weiche Wade sie aufhielt. Die Eigentümerin der Wade fauchte über mir los und verzog sich, bevor ich von neuem zuschlagen konnte.

Auf Hände und Knie mich hochrappelnd, bumste ich mit dem Kopf an Holz – eine Tür. Mit einer Hand an der Klinke, zog ich mich hoch. Irgendwo im Dunkeln, Zentimeter entfernt, sauste wieder der Knüppel. Die Klinke in meiner Hand ging runter. Mit der sich öffnenden Tür glitt ich in das Zimmer, so leise wie möglich, praktisch lautlos die Tür wieder schließend.

Hinter mir im Zimmer sagte eine Stimme sehr leise, aber auch sehr ernst:

»Gehn Sie sofort hier raus, oder ich schieße.«

Es war die Stimme des rundlichen, blonden Zimmermädchens; sie klang erschreckt. Geduckt – für den Fall, daß sie tatsächlich schießen sollte – drehte ich mich um. Das stumpfe

Grau des heraufziehenden Tageslichts genügte, um einen Schatten zu umreißen, der aufrecht im Bett saß und etwas Kleines und Dunkles in der vorgestreckten Hand hielt.

»Ich bin's«, flüsterte ich.

»Ach Sie!« Sie senkte das Ding in ihrer Hand nicht.

»Machen Sie bei dem Rummel hier etwa auch mit?« fragte ich und riskierte einen langsamen Schritt auf das Bett zu.

»Ich mache, was mir gesagt wird, und halt den Mund, aber bei so handfesten Sachen spiel ich nicht mit, jedenfalls nicht für das Geld, das die mir hier zahlen.«

»Ist ja prima«, sagte ich und ging noch ein paar Schritte auf das Bett zu, schneller diesmal. »Ob ich durch das Fenster hier wohl einen Stock tiefer komme, wenn ich ein paar Laken zusammenknote?«

»Ich weiß nicht – Autsch! Hören Sie doch auf!«

Ihre Pistole – eine 32er Automatic – hatte ich in der Rechten, ihr Handgelenk in der Linken, und ich begann zu drehen. »Loslassen!« befahl ich, und sie gehorchte. Ihre Hand freigebend, trat ich zurück und nahm den Dolch wieder an mich, den ich auf das Fußende des Bettes hatte fallen lassen.

Auf Zehenspitzen ging ich zur Tür und horchte. Es war nichts zu hören. Langsam machte ich die Tür auf. Nichts war zu hören, auch zu sehen war nichts in dem trüben grauen Licht, das durch die Tür fiel. Minnie Hersheys Tür stand noch offen, wie ich sie zurückgelassen hatte, als ich hinausgestürzt war. Das Etwas, mit dem ich gekämpft hatte, war nicht mehr da. Ich ging in Minnies Zimmer und machte das Licht an. Wie vorhin lag sie fest schlafend da. Ich steckte meine Pistole ein, zog die Bettdecke weg, hob Minnie hoch und trug sie hinüber in das Zimmer des Stubenmädchens.

»Sehn Sie mal zu, ob Sie die wieder lebendig kriegen«, sagte ich zu dem Stubenmädchen und ließ die Mulattin neben sie aufs Bett plumpsen.

»Die wird bald wieder zu sich kommen. Sie wachen jedesmal wieder auf.«

»So?« sagte ich und ging hinaus, einen Stock tiefer zum Zimmer von Gabrielle Leggett.

Gabrielles Zimmer war leer. Collinsons Hut und Mantel waren verschwunden, ebenso die Sachen, die sie mit ins Badezimmer genommen hatte, und auch das blutige Nachthemd war weg.

Ich verwünschte sie alle beide – wobei ich versuchte, keinen zu bevorzugen, meinen Ärger aber wohl hauptsächlich auf Collinson richtete –, machte das Licht aus und rannte die Vordertreppe hinunter. Innerlich war ich ebenso wild wie ich ausgesehen haben muß – übel zugerichtet und abgerissen und verschrammt, in der einen Hand einen roten Dolch, in der anderen eine Pistole. Auf den ersten vier Treppen nach unten hörte ich nichts, aber als ich im zweiten Stock ankam, war unter mir ein Geräusch wie leiser Donner vernehmbar. Die letzte Treppe hinuntersausend, erkannte ich, was es war – jemand bummerte an die Haustür. Ich hoffte, dieser Jemand würde eine Uniform tragen. Ich ging zur Tür, zog das Schnappschloß zurück und riß sie auf.

Vor mir stand Eric Collinson, mit wilden Augen, weißem Gesicht und außer sich.

»Wo ist Gaby?« japste er.

»Hol Sie der Teufel!« sagte ich und schlug ihm die Pistole ins Gesicht.

Er knickte ein, sank vornüber, fing sich mit den Händen am Türrahmen, blieb einen Moment so hängen und richtete sich dann langsam wieder auf. Blut sickerte ihm aus einem Mundwinkel.

»Wo ist Gaby?« wiederholte er verbissen.

»Wo haben Sie sie denn gelassen?«

»Hier. Ich wollte sie wegbringen. Sie hat mich darum gebeten. Sie hat mich rausgeschickt, damit ich erst mal nachgucke, ob irgendwer auf der Straße ist. Dann ist die Tür zugefallen.«

»Sie sind ein kluges Köpfchen«, brummte ich. »Sie hat Sie

reingelegt, weil sie Sie immer noch vor diesem blödsinnigen Fluch bewahren will. Warum zum Henker haben Sie nicht tun können, was ich Ihnen gesagt habe? Aber nun kommen Sie schon her, wir müssen sie eben suchen.«

Sie war in keinem der Empfangszimmer, die der Vorhalle angegliedert waren. Wir ließen das Licht in ihnen brennen und eilten durch den Hauptgang.

Eine kleine Gestalt in weißem Schlafanzug sprang aus einer Tür hervor, klammerte sich an mich, verhedderte sich in meinen Beinen und hätte mich fast zu Fall gebracht. Sie sprudelte unverständliche Worte. Ich löste sie von mir und sah, daß es Manuel war, der Junge. Sein angstverzerrtes Gesicht war tränennaß, und sein Schluchzen verstümmelte all die Worte, die zu sagen er sich abmühte.

»Nun mal ruhig Blut, mein Junge«, sagte ich. »Ich kann ja kein Wort verstehen.«

Ich verstand: »Helfen Sie, daß er sie nicht umbringt.«

»Wer wen umbringt?« fragte ich. »Und nun rede mal langsam.«

Er redete nicht langsam, aber es gelang mir, die Worte ›Vater‹ und ›Mama‹ herauszuhören.

»Dein Vater will deine Mutter umbringen?« fragte ich, da dies die wahrscheinlichste Kombination zu sein schien.

Sein Kopf bewegte sich auf und nieder.

»Wo?« fragte ich.

Mit flatternder Hand deutete er auf die Eisentür vor uns. Ich machte einen Schritt in diese Richtung und blieb stehen.

»Hör zu, mein Junge«, begann ich zu handeln, »ich will deiner Mutter gern helfen, aber erst muß ich wissen, wo Miss Leggett ist. Weißt du, wo sie ist?«

»Da drin, bei ihnen!« rief er. »Ach, machen Sie schnell, machen Sie doch schnell!«

»Gut. Los, Collinson« – und damit rannten wir auf die Eisentür zu.

Die Tür war zu, aber nicht abgeschlossen. Ich riß sie auf.

Schneeweiß glitzerte der Altar, kristallen und silbrig, in einem gewaltigen Strahl blau-weißen Lichts, das schräg von einem Rande des Daches herabfiel.

Auf der einen Seite des Altars kauerte Gabrielle, das Gesicht in den Lichtstrahl emporgewandt. Ihr Gesicht war geisterhaft weiß und ausdruckslos in dem scharfen Licht. Aaronia Haldorn lag auf der Altarstufe, wo Riese gelegen hatte. Auf ihrer Stirn war eine dunkle Schramme. Ihre Hände und Füße waren mit breiten weißen Stoffstreifen gefesselt, ihre Arme an den Körper gefesselt. Die Kleider waren ihr größtenteils heruntergerissen.

Joseph, weißgewandet, stand vor dem Altar und vor seiner Frau. Er stand da, die Arme hoch erhoben und weit auseinandergebreitet, Rücken und Kopf so weit zurückgebeugt, daß sein bärtiges Gesicht zum Himmel emporgewandt war. In der rechten Hand hielt er ein gewöhnliches Tranchiermesser mit Horngriff und langer, geschwungener Klinge. Er sprach hinauf zum Himmel, stand aber mit dem Rücken zu uns, und so konnten wir seine Worte nicht verstehen. Als wir durch die Tür kamen, ließ er die Arme sinken und beugte sich über seine Frau. Wir waren noch gut zehn Schritt von ihm entfernt. Ich brüllte:

»Joseph!«

Sich wieder aufrichtend, drehte er sich um, und als das Messer in mein Blickfeld kam, sah ich, daß es noch sauber war und blank.

»Wer ruft da Joseph, einen Namen, den es nicht mehr gibt?« fragte er; und als ich da so stand – denn ich war mit Collinson drei Schritt vor ihm stehengeblieben –, ihn ansah und seine Stimme hörte, bekam ich das Gefühl, daß das, was da hatte geschehen sollen, am Ende vielleicht gar nicht so schrecklich gewesen wäre; ich müßte lügen, wollte ich das nicht zugeben. »Es gibt keinen Joseph mehr«, fuhr er fort, ohne eine Antwort auf seine Frage abzuwarten. »Wisset denn schon jetzt, daß der, welcher wandelte als Joseph unter euch, nicht Joseph war, sondern Gott selber. Nun ihr es wisset, gehet hin.«

»Stuß!« hätte ich sagen und mich auf ihn werfen sollen. Bei jedem anderen hätte ich das getan. Bei dem hier tat ich's nicht. Ich sagte: »Ich werde Miss Leggett und Mrs. Haldorn wohl mitnehmen müssen«, und ich sagte es nicht sehr entschieden, eher entschuldigend.

Er richtete sich noch höher auf, und sein weißbärtiges Gesicht war streng.

»Geh!« gebot er. »Weiche von mir, bevor dein Hochmut zur Vernichtung führt!«

Von der Stufe aus, wo sie gefesselt lag, sagte Aaronia Haldorn zu mir:

»Schießen Sie! Los, schießen Sie – schnell. Jetzt!«

Ich sagte zu dem Mann:

»Ist mir egal, wie Sie sich nennen. Sie wandern ins Kittchen. Und nun legen Sie mal das Messer weg.«

»Lästerer!« donnerte er und machte einen Schritt auf mich zu. »Jetzt wirst du sterben.«

Das hätte komisch sein können; war es aber nicht.

»Halt!« schrie ich ihn an. Er blieb nicht stehen. Ich bekam es mit der Angst. Ich gab Feuer. Die Kugel traf ihn in die Backe. Ich sah das Loch, das sie machte. Kein Muskel verzog sich in seinem Gesicht; nicht mal mit den Augen zuckte er. Er kam bedächtig, ohne Eile auf mich zu.

Ich betätigte den Abzug der Automatic und jagte ihm noch sechs Kugeln in Gesicht und Körper. Ich sah, wie sie hineinschlugen. Und er kam unentwegt auf mich zu, ohne irgendein Anzeichen, daß er sie überhaupt bemerkte. Seine Augen und sein Gesicht waren streng, doch ohne Zorn. Als er dicht vor mir stand, hob er das Messer in seiner Hand hoch über seinen Kopf. Man kämpft so nicht mit dem Messer; aber er kämpfte auch gar nicht – er brachte mir Vergeltung, und er achtete auf meine Versuche, ihn aufzuhalten, ebensowenig wie ein Vater auf die Abwehrversuche eines kleinen Kindes, das er straft.

Ich kämpfte. Als das über unseren Köpfen blitzende Messer zum Stoß nach unten ansetzte, duckte ich mich darunter weg, meinen rechten Unterarm gegen seinen Messerarm anwinkelnd, und stieß mit dem Dolch in meiner Linken nach seinem Hals. Ich trieb ihm die schwere Klinge in den Hals, bis der Kreuzbalken des Heftes sie aufhielt. Da war ich durch.

Erst als ich die Augen wieder öffnete, wurde mir bewußt, daß ich sie zugemacht hatte. Das erste, was ich sah, war Eric Collinson, der neben Gabrielle Leggett kniete, ihr Gesicht aus dem blendenden Lichtkegel drehte und sie aufzurichten versuchte. Als nächstes sah ich Aaronia Haldorn, die offenbar bewußtlos auf der Altarstufe lag, mit dem über ihr weinenden kleinen Manuel, der mit fliegenden Händen an ihren Fesseln zerrte. Dann sah ich, daß ich breitbeinig dastand und daß zwischen meinen Füßen Joseph lag, tot, mit dem Dolch durch den Hals.

»Gott sei Dank, daß er nicht wirklich Gott war«, murmelte ich für mich.

Ein brauner Körper in Weiß streifte an mir vorbei. Minnie Hershey warf sich vor Gabrielle Leggett nieder und heulte:

»Ach, Miss Gabrielle, ich hab gedacht, dieser Teufel wäre wieder lebendig geworden und noch immer hinter Ihnen her!«

Ich ging zu der Mulattin, faßte sie bei den Schultern, hob sie auf und fragte sie: »Wie könnte er? Haben Sie ihn denn nicht totgemacht?«

»Ja, Sir, aber...«

»Aber Sie haben gedacht, er wär vielleicht in anderer Gestalt wiedergekommen?«

»J-ja, Sir. Ich hab gedacht, er wär in...« Sie verstummte und kaute auf den Lippen herum.

»In *mich* gekrochen?« fragte ich.

Sie nickte, ohne mich anzusehen.

12

Der unheilige Gral

Owen Fitzstephan und ich aßen an diesem Abend wieder eins der guten Gerichte von Mrs. Schindler, wobei ich allerdings Mühe hatte, vor Redenmüssen überhaupt zum Essen zu kommen. Fitzstephans Neugier löcherte mich mit Fragen, mit Aufforderungen, diesen oder jenen Punkt näher zu erklären, und sobald ich einmal innehielt, um Luft zu holen oder einen Bissen einzuschieben, ertönten seine Kommandos, weiterzusprechen.

»Du hättest mich dazuholen können«, hatte er mir vorgeworfen, noch ehe die Suppe vor uns stand. »Du wußtest genau, daß ich die Haldorns kenne oder sie wenigstens ein- oder zweimal bei den Leggetts angetroffen habe. Das hättest du zum Vorwand nehmen können, um mich irgendwie in die Geschichte mit einzubeziehen, dann wüßte ich jetzt aus erster Hand, was sich abgespielt hat und warum, statt mich auf das verlassen zu müssen, was ich dir aus der Nase ziehen kann und was nach Meinung der Zeitungen die Leute gern lesen würden.«

»Ich habe«, sagte ich, »schon genug Ärger gehabt mit dem einen, den ich mit einbezogen habe – Eric Collinson.«

»An dem Ärger, den du mit dem gehabt hast, bist du selber schuld, weil du dir den falschen Helfer ausgesucht hast, wo doch ein viel besserer zur Verfügung stand. Aber komm, Junge, laß hören, raus mit der Geschichte, und dann kann ich dir sagen, wo du auf dem Holzweg warst.«

»Allerdings«, nickte ich, »dazu bist du imstande! Also – ursprünglich waren die Haldorns Schauspieler. Das meiste von dem, was ich dir erzählen kann, stammt von ihr, darum muß man stellenweise eine ganze Menge Fragezeichen setzen.

Fink will überhaupt nicht reden, und was das übrige Personal weiß – Hausmädchen, Filipino-Boys, der chinesische Koch und so weiter –, scheint uns auch nicht groß weiterzuhelfen. Keiner von ihnen scheint in die Illusionskiste eingeweiht worden zu sein. Als Schauspieler, sagt Aaronia Haldorn, seien sie halt bloß ganz gut gewesen und nicht so vorangekommen, wie sie's gern gehabt hätten. Ungefähr vor einem Jahr ist ihr ein alter Bekannter über den Weg gelaufen, ein ehemaliger Ensemblekollege, der von der Wanderbühne zur Kanzel umgesattelt hatte und gut damit gefahren war, denn er reiste jetzt im Packard statt in Bummelzügen. Das hat ihr zu denken gegeben. In dieser Richtung zu denken, bedeutete ziemlich bald, über Aimée nachzudenken, über Buchman, Jeddu Dingsbums oder wie er heißt und über die andern Schlagzeilenmacher. Und am Ende lief ihr Nachdenken auf die Frage hinaus: Warum nicht auch wir? Die beiden – oder vielmehr sie allein, denn Joseph war Fliegengewicht – bastelten sich einen Kult zurecht, der sich als Erneuerung einer alten gälischen Kirche aus König Artus' Zeit gab – so was jedenfalls meinte sie.«

»Ja«, sagte Fitzstephan, »die Sekte von Artus Machen. Aber erzähl weiter.«

»Sie sind mit ihrem Kult nach Kalifornien gekommen, weil das alle so machen, und San Francisco haben sie sich ausgesucht, weil hier weniger Konkurrenz war als in Los Angeles. Sie haben einen kleinen Burschen namens Tom Fink mitgebracht, der bei den meisten bekannten Zauberkünstler- und Gauklernummern irgendwann mal die technische Seite in der Hand gehabt hatte, und dazu Finks Frau, einen Dorfschmied von Weib. Sie wollten keine Masse von Jüngern – sie wollten wenige, aber reiche. Der Rummel lief ein bißchen lahm an; bis sie Mrs. Rodman an Land ziehn konnten. Die war Feuer und Flamme. Sie luchsten ihr eins von ihren Apartmenthäusern ab, und für den Umbau blechte sie ebenfalls. Der Bühnentechniker Fink nahm den Umbau in die

Hand und machte seine Sache glänzend. Die vielen Küchen, die – eine pro Apartment – über das ganze Haus verteilt waren, brauchten sie nicht, und Fink verstand es, diese einzelnen Küchenräume zum Teil als Geheimzimmer und verborgene Kammern zu benutzen; und er verstand es auch, die Gas- und Wasserrohre und die elektrischen Leitungen für seinen Hokuspokus umzufunktionieren. Die technischen Einzelheiten kann ich dir jetzt nicht beschreiben, dazu müßten wir erst Zeit gehabt haben, die Bude auseinanderzunehmen. Das wird noch interessant. Eine Kostprobe ihrer Kunst hab ich genossen – mit Leib und Seele –, ein Gespenst, das durch Lichtkombinationen erzeugt war, die auf Dampfschwaden geworfen wurden. Der Dampf stieg aus einem wärmeisolierten Rohr auf, das durch eine verborgene Öffnung in der Holztäfelung unter einem Bett in ein dunkles Zimmer geschoben war. Der Teil der Dampfwolke, der nicht angeleuchtet war, blieb in der Dunkelheit unsichtbar, so daß man nur eine sich windende, sich krümmende Menschengestalt sah, die feucht und wirklich war, wenn man sie anfaßte, aber ohne feste Substanz. Du kannst mir aufs Wort glauben, daß das ein unheimliches Hexenstück ist, besonders wenn man die Lunge voll hat von dem Zeug, das sie ins Zimmer gepumpt haben, bevor sie ihren Spuk auf einen loslassen. Ich weiß nicht, ob sie dazu Äther genommen haben oder Chloroform oder sonstwas; der Geruch war mit irgendeiner Sorte Blumenparfüm hübsch verschleiert. Dieser Spuk – unter uns gesagt, ich hab damit gekämpft und hab sogar gedacht, ich hätte ihm eine Wunde beigebracht, weil ich nicht wußte, daß ich mir die Hand verletzt hatte, als ich die Fensterscheibe aufschlug, um Luft reinzulassen – war also ein Wunderwerk: es bewirkte, daß ein paar Minuten mir vorkamen wie viele Stunden. Bis ganz zuletzt, bis Haldorn dann überschnappte, war an dem, was sie machten, nichts Plumpes. Sie haben dafür gesorgt, daß die Andachten – also die ganze öffentliche Seite des Kultes – so würdig und manierlich und zurückhaltend wie möglich waren. Der eigentliche Hokuspokus ging nur im intimen Rahmen, im Schlafzimmer des Opfers vor sich. Zuerst wurde das parfümierte Gas reingepumpt. Dann wurde der illuminierte Dampfspuk auf das Opfer losgelassen, gleichzeitig mit einer Stimme, die aus derselben Röhre kam – oder vielleicht war dafür auch eine andere Vorrichtung da –, jedenfalls hat die Stimme ihm seine Befehle gegeben oder was sie sonst zu geben hatte. Das Gas sorgte dafür, daß das Opfer nicht zu scharfsinnig und argwöhnisch sein konnte, und schwächte zugleich seinen Willen, damit es auch wirklich tat, was ihm gesagt wurde. Es war unheimlich gerissen, und ich kann mir vorstellen, daß sie den Leuten auf die Tour so manchen Penny aus der Tasche geholt haben. Da diese Erscheinungen sich im Zimmer des Opfers abspielten, wenn es allein war, machten sie gewaltig Eindruck, und die Haldorns verstärkten das noch durch die Art und Weise, wie sie sich dazu stellten. Es war nicht geradezu verboten, von diesen Erscheinungen zu sprechen, aber es war verpönt. Sie galten – diese Spuksitzungen – als vertrauliche Kommunikation des Opfers mit seinem Gott, als zu heilig, um damit hausieren zu gehen. Darüber zu reden, selbst mit Joseph, wenn nicht irgendein besonderer Grund dafür vorlag, galt als geschmacklos, unfein. Siehst du, wie schön das funktionieren mußte? Es sah so aus, als ob die Haldorns nicht darauf bedacht wären, aus diesen Spuksitzungen Kapital zu schlagen, als ob sie nicht wüßten, was dabei vorging, und deshalb kein Interesse daran hätten, ob das Opfer die Anweisungen, die es von der Spukerscheinung bekam, ausführte oder nicht. Ihre These war: das wäre einzig und allein eine Angelegenheit zwischen dem Opfer und seinem Gott.«

»Das ist gut, sehr gut«, sagte Fitzstephan genießerisch lächelnd, »eine glatte Umkehrung der Prinzipien bei den normalen Kulten, den normalen Sekten überhaupt, wo Wert gelegt wird auf die Beichte, auf öffentliches Zeugnisablegen oder auf sonstige Formen, die Mysterien groß anzupreisen. Na weiter.«

Ich versuchte zu essen. Er sagte:

»Was ist mit den Mitgliedern, den Kunden? Was halten die jetzt von ihrem Kult? Du hast doch sicher mit dem einen oder andern gesprochen, nicht?«

»Ja«, sagte ich, »aber was kann man mit solchen Leuten schon anfangen? Die Hälfte ist immer noch bereit, nach Aaronia Haldorns Pfeife zu tanzen. Ich habe Mrs. Rodman so ein Rohr gezeigt, aus dem die Spukgestalten kamen. Sie hat einmal tief Luft geholt und zweimal geschluckt, und dann schlug sie vor, uns in den Dom mitzunehmen und uns zu zeigen, daß die Heiligenbilder dort, einschließlich der Figur am Kreuz, aus noch festeren und irdischeren Stoffen als Dampf gemacht sind. Und ob wir denn den Bischof verhaften würden, fragte sie, bloß weil sich nachweisen ließe, daß in der Monstranz kein echtes Fleisch und Blut ist, ganz egal ob göttliches oder nicht. Ich dachte, O'Gar, der ein guter Katholik ist, würde mit dem Knüppel über sie herfallen.«

»Die Colemans sind nicht dabeigewesen, was? Ralph Coleman und seine Frau?«

»Nein.«

»Schade«, sagte er grinsend. »Ich muß Ralph mal aufsuchen und hören, was der zu sagen hat. Inzwischen wird er sich natürlich in irgendein Versteck verkrochen haben, aber es lohnt sich, ihn aufzustöbern. Er hat immer die stichhaltigsten und glaubwürdigsten Gründe dafür, daß er die idiotischsten Sachen gemacht hat. Er ist« – als würde das etwas erklären – »Werbefachmann.« Fitzstephan machte ein unmutiges Gesicht, als er bemerkte, daß ich wieder aß, und sagte ungeduldig: »Rede, Junge, rede!«

»Du hast doch Haldorn mal kennengelernt«, sagte ich. »Was hast du so von ihm gehalten?«

»Ich bin zweimal mit ihm zusammengekommen, glaub ich. Er war ohne Zweifel eine imponierende Erscheinung.«

»Das war er«, bestätigte ich. »Er hatte, was er brauchte. Mal mit ihm gesprochen?«

»Nein – das heißt, ein paar Höflichkeitsfloskeln haben wir wohl schon ausgetauscht – ›Sehr angenehm‹ und so.«

»Na, er hat einen angesehn und was gesagt, und da passierte schon was in einem innerlich, mein ich. Ich gehör ja nun nicht grade zu denen, die sich leicht blenden lassen – hoff ich wenigstens –, aber mich hat er ganz schön um den Finger gewickelt. Zum Schluß hab ich fast geglaubt, er wäre Gott. Er war noch ziemlich jung – so in den Dreißigern. Sie hatten den Farbstoff, das Pigment in seinem Kopfhaar und Bart kaputtgemacht, damit er mehr nach Vater Joseph aussieht. Seine Frau sagt, sie hätte ihn immer hypnotisiert, bevor er in Aktion trat, und ohne Hypnose hätte er nicht so auf die Leute gewirkt. Später ist er so weit gekommen, daß er sich selber, ohne ihre Hilfe hypnotisieren konnte, und zum Schluß ist das ein Dauerzustand bei ihm geworden. Sie hat erst gemerkt, daß ihr Mann sich in Gabrielle verknallt hatte, als das Mädchen für länger in den Tempel gezogen war. Bis dahin hat sie gedacht, Gabrielle wäre für ihn, ebenso wie für sie, bloß irgendeine Kundin – eine, die wegen ihrer Schwierigkeiten in letzter Zeit eine sehr aussichtsreiche Kandidatin war. Aber Joseph hatte sich in sie verknallt und begehrte sie. Ich weiß nicht, wie weit er sie schon bearbeitet hatte, nicht mal wie er sie bearbeitet hatte, aber ich nehme an, er hat sie eingewickelt, indem er seinen Hokuspokus gegen ihre Angst vor dem Dain-Fluch anwendete. Doktor Riese hat jedenfalls schließlich gemerkt, daß bei ihr nicht alles zum besten stand. Gestern vormittag sagte er zu mir, er wollte am Abend noch mal wiederkommen, um nach ihr zu sehen, und er ist auch wiedergekommen, aber gesehen hat er sie nicht mehr – das heißt, nicht um diese Zeit. Er ist wiedergekommen und hat mit Joseph sprechen wollen, bevor er zum Zimmer des Mädchens raufging, und irgendwie kam es dazu, daß er mit anhörte, wie Joseph den beiden Finks Anweisungen gab. Das wär schön und gut gewesen, wenn Riese nicht so blöd gewesen wäre, Joseph zu verstehen zu geben, daß er alles mit angehört hatte. Joseph schloß Riese ein – als Gefangenen. Sie haben es gleich von Anfang an auf Minnie abgesehn gehabt. Sie war Mulattin und deshalb für solchen Zauber sehr empfänglich; und außerdem war sie Gabrielle Leggett treu ergeben. Sie hatten das arme Mädchen mit Erscheinungen und Stimmen bombardiert, bis sich alles drehte bei ihr. Und nun beschlossen sie, sie dazu zu bringen, Riese zu töten. Sie betäubten ihn und legten ihn auf den Altar. Sie brachten sie durch Gespensterkünste dazu, ihn für den Leibhaftigen zu halten – das ist ernst, das haben die wirklich gemacht –, der aus der Hölle heraufgekommen wäre, um Gabrielle zu sich zu holen, so daß sie keine Heilige werden könnte. Minnie war reif dafür – das arme Negermädchen –, und als der Geist ihr sagte, sie sei auserwählt, ihre Herrin zu retten, die geweihte Waffe würde sie auf ihrem Tisch finden, da hat sie die Anweisungen befolgt, die der Geist ihr gab. Sie ist aus dem Bett gestiegen, hat sich den Dolch gegriffen, den man ihr auf den Tisch gelegt hatte, ist runtergegangen zum Altar und hat Riese getötet. Sicherheitshalber haben sie was von dem Gas in mein Zimmer gepumpt, damit ich, solange Minnie an der Arbeit war, auch gut schliefe. Aber ich war nervös gewesen und kribblig und schlief auf einem Sessel mitten im Zimmer, statt im Bett dicht an dem Gasrohr; und so wachte ich aus der Betäubung auf, bevor die Nacht noch allzu weit vorgeschritten war. Inzwischen hatte Aaronia Haldorn einige Entdeckungen gemacht: erstens, daß das Interesse ihres Mannes an dem Mädchen nicht bloß finanzieller Natur war, und zweitens, daß er einen Sprung in der Schüssel hatte, ein gefährlicher Irrer war. Weil er dauernd unter Hypnose rumlief, war sein bißchen Grips – es ist wirklich nicht viel gewesen, sagt sie – restlos in die Brüche gegangen. Der Erfolg bei seinen Jüngern, die er so schön betüdelt hatte, war ihm zu Kopf gestiegen. Er hat sich eingebildet, er könnte alles machen, sich alles leisten. Er hat davon geträumt, sagt sie, daß er eines Tages die ganze Welt dazu verführt haben würde, an seine Göttlichkeit zu glauben. Er konnte sich nicht vorstellen, daß das irgendwie – oder jedenfalls wesentlich – schwerer sein sollte, als die Handvoll Menschen zu narren, die er genarrt hatte. Sie sagt, er hätte tatsächlich Wahnvorstellungen von seiner eigenen Göttlichkeit gehabt. Ich gehe nicht so weit. Ich glaube, er wußte sehr wohl, daß er nicht göttlich war, aber er hat sich eingebildet, er könnte es der übrigen Welt weismachen. Diese Einzelheiten ändern nicht viel an der Sache. Wesentlich ist, daß er ein Verrückter war, der die Grenzen seiner Macht nicht mehr gesehen hat. Von dem Mord an Riese, sagt Aaronia Haldorn, hätte sie erst hinterher erfahren. Joseph hat Gabrielle mit Hilfe seines Visions-und-Stimmen-Tricks runtergeschickt, damit sie Riese auf der Altarstufe liegen sieht. Verstehst du: das würde zu seiner ursprünglichen Absicht passen, sie dadurch an sich zu binden, daß er seine Göttlichkeit gegen ihren Fluch ausspielt. Offenbar hat er vorgehabt, dort vor sie hinzutreten und ihr irgendeine Szene vorzuspielen. Aber da sind Collinson und ich dazwischen gekommen. Joseph und Gabrielle haben uns an der Tür sprechen gehört, und da hat Joseph sich zurückgehalten, ist nicht mit ihr vor den Altar getreten, und sie ist uns im Gang entgegengekommen. Josephs Plan hat insoweit geklappt, als das Mädchen wirklich geglaubt hat, der Fluch wäre schuld an Rieses Tod. Sie hat zu uns gesagt, sie hätte ihn umgebracht und müßte dafür aufgehängt werden. Als ich Rieses Leiche sah, wußte ich sofort, daß sie ihn nicht getötet hat. Er lag in gerader Haltung da. Es war klar, daß er betäubt worden war, bevor man ihn umgebracht hatte. Außerdem war die Tür, die zum Altar führte und die ich für stets abgeschlossen hielt, offen, und von einem Schlüssel hat sie nichts gewußt. Es war wohl denkbar, daß sie an dem Mord beteiligt gewesen ist, aber nicht, daß sie es allein getan hatte, wie sie behauptete. Der Laden war mit allen Abhörvorrichtungen der Technik ausgestattet, die Haldorns haben also beide Gabrielles Geständnis gehört. Aaronia machte sich daran, Beweismaterial herzustellen, das zu dem Geständnis paßte. Sie ist hochgegangen in Gabrielles Zimmer und hat deren Morgenrock geholt; sie hat den blutigen Dolch weggenommen, den ich neben der Leiche fallen gelassen hatte, nachdem ich ihn dem Mädchen abgenommen hatte; sie hat den Dolch in den Morgenrock gewickelt und das Bündel in eine Ecke gelegt, wo die Polizei es möglichst leicht finden konnte. Inzwischen betätigt sich Joseph in einer andern Richtung. Im Gegensatz zu seiner Frau will er nicht, daß Gabrielle ins Gefängnis oder in die Klapsmühle geschleppt wird. Er will sie für sich. Er will, daß ihr Glaube an ihre Schuld und Verantwortlichkeit sie an ihn bindet und nicht, daß sie das von ihm trennt. Er schafft Rieses sterbliche Überreste weg – verstaut sie in einer der Geheimkammern – und läßt die Schmierage von den Finks saubermachen. Er hat mit angehört, wie Collinson mir zugeredet hat, ich soll die Vorgänge vertuschen, und daher weiß er, daß der Knabe – der einzige andere vollkommen normale Zeuge – den Mund hält, wenn ich nur erst auf Nummer Sicher gebracht bin. Wer A sagt, muß auch B sagen. Mich auf Nummer Sicher bringen, bedeutet für Joseph, diesen Verrückten, jetzt nichts weiter als eben noch einen Mord. Zusammen mit den Finks – ich glaube allerdings nicht, daß wir deren Anteil werden nachweisen können – hat er wieder angefangen, Minnie mit den Spukereien zu bearbeiten. Sie hatte doch Riese ganz folgsam umgebracht: warum nicht auch mich? Verstehst du, sie waren dadurch gehandikapt, daß sie für diese Morderei en gros, in die sie da auf einmal reingerasselt waren, gar nicht ausgerüstet waren. Beispielsweise ist außer meiner Pistole und noch einer bei dem Dienstmädchen – von der sie aber keine Ahnung hatten – nicht eine einzige Schußwaffe im Haus gewesen; und an andern Waffen war nur der Dolch da – bis sie dann darauf gekommen sind, Tranchierbestecke und Schlosserwerkzeuge rauszukramen. Außerdem, denk ich mir, mußten sie auch noch auf die schlafenden Kunden Rücksicht nehmen – zum Beispiel darauf, daß Mrs. Rodman sich wahrscheinlich nicht gern von ihren Seelsorgern aufstören ließ, wenn die gegen einen hartgesottenen Spürhund auf den Kriegspfad zogen. Jedenfalls gedacht war es so, daß man Minnie dazu veranlassen könnte, auf mich zuzugehen und mir heimlich, still und leise den Dolch in den Bauch zu stecken. Den Dolch hatten sie wiedergefunden, in dem Morgenrock, in dem Aaronia ihn gewickelt hatte, und Joseph hat Verdacht geschöpft, daß seine Frau hinter seinem Rücken gegen ihn arbeitete. Als er sie dabei ertappte, wie sie das Moderblumenzeug in Minnies Zimmer so stark aufdrehte, daß es Minnie total umwarf – sie dermaßen in Tiefschlaf versetzte, daß auch ein Dutzend Gespenster sie nicht hätten mobil machen können –, war er von ihrem Verrat überzeugt und beschloß, groß in Fahrt jetzt, *sie* umzubringen.«

»Seine Frau?« fragte Fitzstephan.

»Ja, aber was tut das zur Sache? Es hätte ebensogut irgendwer anders sein können, sinnvoller oder sinnloser wär's deswegen auch nicht. Du strengst dich doch wohl hoffentlich nicht an, diesen Unsinn in deinem Kopf klarzukriegen. Du weißt ganz genau, daß das alles gar nicht so gewesen ist.«

»Und was«, fragte er verdutzt, »*ist* gewesen?«

»Ich weiß nicht. Ich glaube, niemand weiß das. Ich erzähl dir nur, was ich gesehen habe, plus den Teil von Aaronia Haldorns Darstellung, der zu dem paßt, was ich gesehen habe. Damit es zu dem paßt, was ich gesehen habe, muß das meiste davon ziemlich so gewesen sein, wie ich's dir erzählt habe. Wenn du glaubst, daß es so gewesen ist – bitte sehr. Ich glaub nicht daran. Ich möchte eher glauben, daß ich Dinge sah, die gar nicht da waren.«

»Jetzt nicht!« bat er. »Später, wenn du deine Geschichte zu Ende erzählt hast, kannst du dein Wenn und Aber dranhängen, sie verzerren und verdrehen und so nebelhaft und verwirrend und überhaupt aussichtslos machen, wie du willst. Aber erst erzähl sie bitte mal zu Ende, damit ich sie wenigstens einmal in ihrem Urzustand sehe, bevor du anfängst, über das Thema zu improvisieren.«

»Du glaubst tatsächlich, was ich dir bisher erzählt habe?« fragte ich.

Grinsend nickte er und sagte, er glaube es nicht nur, es gefalle ihm sogar.

»Was hast du doch für ein kindliches Gemüt«, sagte ich. »Ich werd dir mal die Geschichte von dem Wolf erzählen, der ins Haus der Großmutter von dem kleinen Mädchen ging und . . .«

»Die hat mir auch immer gefallen. Aber jetzt erzähl mal die hier zu Ende. Joseph hatte beschlossen, seine Frau umzubringen.«

»Na gut. Viel mehr kommt nicht. Während Minnie also bearbeitet wird, hab ich in ihr Zimmer reingeguckt. Ich wollte sie wecken, damit sie Hilfe holen geht. Noch bevor ich ans Wecken kam, hatt ich's selber nötig: ich hatte die Lunge voll von dem Gas. Das Gespenst müssen die Finks auf mich losgelassen haben, denn Joseph war zu der Zeit wahrscheinlich unterwegs die Treppe runter, zusammen mit seiner Frau. Er hatte so viel Vertrauen in die Unverletzlichkeit seiner Göttlichkeit oder er war so irre, daß er sie erst runterführte und auf den Altarstufen fesselte, bevor er sie abschlachten wollte. Vielleicht gehörte dieser Zauber auch irgendwie in sein System oder er hatte einfach eine Schwäche für blutige Theatralik. Jedenfalls hat er sie wahrscheinlich da runtergeführt, während ich mich oben in Minnies Zimmer mit dem Gespenst rumbalgte. Das Gespenst hat mich zum Tinteschwitzen gebracht, und als ich's endlich stehn ließ und auf den Gang raustorkelte, sind die Finks über mich hergefallen. Ich sage, daß sie es waren, und ich weiß es auch, aber es war zu dunkel, als daß ich sie hätte sehen können. Ich hab sie abgeschla-

gen, mir eine Pistole gegriffen und bin nach unten gegangen.
Collinson und Gabrielle waren nicht mehr da, wo ich sie verlassen hatte. Ich fand Collinson: Gabrielle hatte ihn rausge-
setzt und ihm die Tür vor der Nase zugemacht. Der Sohn der
Haldorns, ein Bub von vielleicht dreizehn, kam auf uns zu
und sagte, Papa wäre drauf und dran, Mama umzubringen,
und Gabrielle wär bei ihnen. Ich habe Haldorn getötet, aber
beinah hätt ich's nicht geschafft. Ich hab ihm sieben Schuß
reingejagt. Die 38er Projektile mit dem harten Mantel gehn
doch wirklich glatt rein, ohne viel Aufschlagwiderstand, und
sieben von der Sorte hab ich ihm reingejagt, in Gesicht und
Leib, auf kurze Entfernung und kerngrade – und er hat's
überhaupt nicht gemerkt! So war der unter Hypnose. Zu
Boden gekriegt hab ich ihn schließlich, indem ich ihm den
Dolch durch den Hals stieß.«

Ich hielt inne. Fitzstephan fragte: »Und?«

»Was und?«

»Und dann?«

»Nichts weiter«, sagte ich. »So eine Geschichte ist das eben.
Ich habe dir ja gleich gesagt, daß sie keine Logik hat.«

»Aber was hat denn Gabrielle dort gemacht?«

»Neben dem Altar gehockt und in den schönen Scheinwerfer hochgeguckt.«

»Aber wieso war sie denn da? Welchen Grund hatte sie,
sich dort aufzuhalten? War sie wieder da hingerufen worden? Oder war sie aus eigenem freien Willen da? Wie kam
es, daß sie dort war? Und wozu war sie dort?«

»Ich weiß nicht. Sie hat's auch nicht gewußt. Ich hab sie
gefragt. Sie hat nicht gewußt, daß sie da war.«

»Aber du hast doch bestimmt von den andern was erfahren können?«

»Ja, schon«, sagte ich. »Das, was ich dir erzählt habe.
Hauptsächlich von Aaronia Haldorn. Sie hat zusammen mit
ihrem Mann einen Kult betrieben, und er ist verrückt geworden und hat angefangen, Leute umzubringen, und was konn-

te sie dagegen machen? Fink will nicht reden. Er ist Techniker, ja; und er hat den Haldorns seine Gaukelapparatur hingebaut und sie bedient; aber was letzte Nacht vorgegangen ist, weiß er nicht. Er hat wohl allerlei Geräusche gehört, aber es war nicht seine Sache, die Nase rauszustecken und nachzugucken, was da los ist. Daß irgendwas faul war, hat er erst gemerkt, als ein paar Leute von der Polizei kamen und anfingen, ihm die Hölle heiß zu machen. Mrs. Fink ist verschwunden. Die andern Angestellten wissen wahrscheinlich wirklich nichts, obwohl natürlich klar ist, daß sie ein paar brauchbare Vermutungen von sich geben könnten. Manuel, der kleine Junge, hat zuviel Angst, um zu reden, und wenn er seine Angst überwunden hat, wird er bestimmt auch nichts wissen. Folgender Lage stehen wir gegenüber: Wenn Joseph verrückt geworden ist und ganz auf eigene Faust ein paar Morde begangen hat, sind die andern, auch wenn sie ihm unwissentlich geholfen haben, aus allem raus. Das Schlimmste, was irgendeiner von ihnen abbekommen kann, ist eine leichte Strafe wegen Teilnahme an dem Kultschwindel. Aber wenn irgendeiner von ihnen zugibt, irgendwas zu wissen, kommt er in Schwulitäten wegen Beihilfe zum Mord. Nicht anzunehmen, daß einer das tut.«

»Ich verstehe«, sagte Fitzstephan langsam. »Joseph ist tot, also hat alles Joseph gemacht. Wie willst du daran vorbeikommen?«

»Will ich gar nicht«, sagte ich. »Aber die Polizei wird's natürlich wenigstens versuchen. Meine Arbeit ist erledigt, wie mir Madison Andrews vor ein paar Stunden gesagt hat.«

»Aber wenn du, wie du sagst, noch unzufrieden bist, weil du die volle Wahrheit der ganzen Angelegenheit noch nicht in Erfahrung gebracht hast, sollte ich doch meinen, du . . .«

»Auf mich kommt's ja nicht an«, sagte ich. »Ich möchte zwar noch allerhand machen, aber für diesmal hatte ich von Andrews den Auftrag, sie zu bewachen, solange sie in dem Tempel war. Da ist sie jetzt nicht mehr, und Andrews ist der

Meinung, über die Vorgänge dort wäre nichts weiter rauszukriegen. Und soweit es nötig ist, sie zu bewachen, nun, das müßte doch ihr Mann können.«

»Ihr was?«

»Ihr Mann.«

Fitzstephan knallte seinen Krug auf den Tisch, daß das Bier überschwappte.

»Da hast du's wieder!« sagte er vorwurfsvoll. »Davon hast du mir kein Wort gesagt. Weiß Gott, was du mir sonst noch alles verschwiegen hast.«

»Collinson hat die Verwirrung ausgenutzt und sie nach Reno geschleppt, wo sie nicht erst die kalifornischen drei Tage Aufgebotsfrist abzuwarten brauchen. Ich wußte nicht, daß sie hingefahren waren, bis Andrews mir drei oder vier Stunden danach ins Genick gesprungen ist. Er ist ziemlich ungemütlich geworden deshalb, und das ist einer der Gründe, warum wir unsere Geschäftsverbindung gelöst haben.«

»Ich wußte gar nicht, daß er gegen Collinson als ihren Ehemann was einzuwenden hatte.«

»Ich kann nicht sagen, daß er was dagegen hat, er meinte nur, es wäre nicht der richtige Zeitpunkt und auch nicht die richtige Art und Weise, Hochzeit zu machen.«

»Das kann ich verstehn«, sagte er, als wir vom Tisch aufstanden. »Andrews will meistens alles nach seinem Kopf.«

Dritter Teil
Quesada

13

Der Klippenweg

Eric Collinson telegraphierte mir aus Quesada:

SOFORT KOMMEN STOP BRAUCHE SIE STOP IN NOT UND
GEFAHR STOP TREFFPUNKT SUNSET HOTEL STOP NICHT
ANTWORTEN STOP GABRIELLE SOLL NICHTS WISSEN STOP
BEEILUNG

ERIC CARTER

Das Telegramm kam Freitagmorgen im Büro der Continental
Agency an.

Ich war an diesem Morgen nicht in San Francisco. Ich war
oben in Martinez und feilschte mit einer geschiedenen Frau
von Phil Leach alias allerlei Namen. Wir suchten ihn, weil er
im ganzen Nordwesten haufenweise Blüten verteilte, und
wir suchten ihn dringend. Diese Ex-Frau – eine süße kleine
blonde Telefonistin – hatte ein noch ziemlich neues Foto von
Phil und war gewillt, es zu verkaufen.

»Ich bin ihm nie so viel wert gewesen, daß er's mal mit
ungedeckten Schecks riskiert hätte, damit ich mir was hätte
anschaffen können«, beklagte sie sich. »Ich hab mir meine
Kröten selber verdienen müssen. Warum soll ich also nicht
jetzt was an ihm profitieren, wo doch bestimmt irgend so'n
Gauner seinen dicken Reibach macht. Was wollen Sie mir
denn dafür geben?«

Sie machte sich natürlich übertriebene Vorstellungen
davon, wieviel das Foto uns wert sei, aber schließlich wurde
ich mit ihr handelseinig. Es war dann allerdings nach sechs,
als ich wieder in die Stadt kam, zu spät, um noch einen Zug
zu kriegen, der mich am selben Abend nach Quesada

gebracht hätte. Ich packte meine Reisetasche, holte den Wagen aus der Garage und fuhr runter.

Quesada, etwa hundertzwanzig Meilen von San Francisco entfernt, war ein Städtchen mit nur einem Hotel und klebte am Felshang eines jungen Berges, der zum Pazifischen Ozean abfiel. Die Küste von Quesada war zu steil und schroff und zerklüftet zum Baden, so daß der Ort an Feriengästen niemals viel verdient hatte. Eine Zeitlang war es ein florierender Schmugglerhafen gewesen, aber dieser Rummel war jetzt vorbei – die Schnapsschieber hatten gemerkt, daß einheimischer Alkohol mehr Profit abwarf als importierter und weniger Kummer machte. Quesada war wieder in Schlaf gesunken.

Ich kam an jenem Abend um elf und nochwas an, stellte meinen Wagen ein und ging über die Straße ins Sunset Hotel. Es war ein weitläufiger gelber Flachbau. In der Lobby war nur der Nachtportier, ein effeminiertes Männchen, gut über sechzig, das sich weidlich anstrengte, mir zu zeigen, daß seine Fingernägel rosig und blank waren.

Als er im Anmeldebuch meinen Namen gelesen hatte, übergab er mir einen verschlossenen Umschlag mit dem Aufdruck des Hotels, der in Eric Collinsons Handschrift an mich adressiert war. Ich riß ihn auf und las:

Nicht das Hotel verlassen,
bevor ich Sie gesprochen habe.
E. C.

»Wie lange liegt das schon hier?« fragte ich.

»Seit acht ungefähr. Mr. Carter hat über eine Stunde auf Sie gewartet, bis der letzte Bus von der Bahn vorbei war.«

»Wohnt er denn nicht hier?«

»I wo, Lieber, nein! Er hat doch mit seiner Braut das Tooker-Haus, unten in der Mulde.«

Collinson gehörte nicht gerade zu den Menschen, auf deren Anweisungen ich viel gab. Ich fragte:

»Wie kommt man denn da hin?«

»Das finden Sie nachts nie«, versicherte mir der Portier, »höchstens vielleicht, wenn Sie den ganzen Bogen auf der Oststraße rumgehn, aber auch dann bestimmt noch nicht – es sei denn Sie kennen die Gegend.«

»So? Und wie kommt man am Tage hin?«

»Da gehn Sie die Straße hier bis ans Ende durch, nehmen an der Gabelung die Straße auf der Seeseite und gehn da immer am Kliff lang. Eigentlich ist das gar keine Straße, mehr ein Weg. Es sind ungefähr fünf Meilen bis zu dem Haus, und das Haus ist braun, ganz mit Schindeln gedeckt, und steht auf einer kleinen Anhöhe. Am Tag ist es ganz leicht zu finden, wenn man aufpaßt, daß man sich immer rechts hält, zur See hin, den ganzen Weg lang. Aber nie, nie im Leben würden Sie's finden . . .«

»Danke«, sagte ich, denn ich wollte die ganze Geschichte nicht noch mal von vorne hören.

Er führte mich in ein Zimmer hinauf, versprach mir, mich um fünf zu wecken, und um Mitternacht schlief ich.

Der Morgen war trüb, häßlich, neblig und kalt, als ich aus dem Bett stieg und ins Telefon sagte: »Ja gut, danke.« Und als ich mich angezogen hatte und nach unten gegangen war, fühlte ich mich auch noch nicht viel wohler. Der Portier sagte, es sei völlig ausgeschlossen, in Quesada vor sieben irgendwo was zu essen zu kriegen.

Ich trat aus dem Hotel, ging die Straße runter, bis sie zu einem Dreckweg wurde, hielt mich auf dem Dreckweg, bis er sich gabelte, und bog in die Abzweigung ein, die sich zur See hinwand. Diese Abzweigung war noch nie eine richtige Straße gewesen, und bald war sie nichts weiter als ein felsiger Pfad, der an einem felsigen Abhang dahinkroch und immer dichter an den Rand des Meeres heranrückte. Das Kliff wurde steiler und steiler, bis der Pfad nur noch ein unregelmäßiger Sims in der Felsfläche war, stellenweise zwei oder drei Meter breit, an anderen Stellen nicht mehr als einen oder anderthalb Meter. Über und hinter mir ragte die Felswand etwa zwanzig Meter auf, unter und vor mir fiel sie dreißig Meter oder mehr ab und tauchte in den Ozean. Eine Brise aus der allgemeinen Richtung China schob Nebel über den Grat der Klippe und schlug an ihrem Fuß das Meer zu brausendem Schaum.

Als ich um eine Krümmung bog, wo die Felswand am steilsten war – wo sie auf einer Breite von vielleicht knapp hundert Metern geradezu senkrecht aufstieg und abfiel –, blieb ich stehen, um mir ein kleines, schartiges Loch am Außenrand des Weges etwas näher anzuschauen. Das Loch maß im Durchmesser etwa fünfzehn Zentimeter; frische, lockere Erde war an einer Seite zu einem halbkreisförmigen Wällchen aufgeworfen, an der anderen lose verteilt. Es war kein aufregender Anblick, aber selbst einem Stadtmenschen wie mir verriet das deutlich: hier war vor gar nicht langer Zeit ein Busch samt Wurzeln ausgerissen worden.

Es war aber kein ausgerissener Busch zu sehen. Ich warf meine Zigarette fort, ließ mich auf Hände und Knie nieder und streckte meinen Kopf über den Wegrand hinaus, um nach unten zu gucken. Sechs Meter tiefer sah ich den Busch. Er hatte sich oben in einem verkümmerten Bäumchen verfangen, das fast parallel zu der Felswand wuchs, und an seinen Wurzeln hing frische braune Erde. Was mir als nächstes ins Auge fiel, war ebenfalls braun – ein Schlapphut, der auf halber Höhe zwischen mir und dem Wasser mit der Öffnung nach oben zwischen zwei grauen Felszacken lag. Ich blickte hinunter zum Fuß der Felswand und sah die Füße und Beine.

Es waren Männerfüße und -beine, in schwarzen Schuhen und dunklen Hosen. Die Füße lagen auf einem vom Wasser glattgeschliffenen Felsblock, lagen auf der Seite, zwei Handbreit auseinander, beide nach links zeigend. Von den Füßen aus senkten sich die dunkelbehosten Beine ins Wasser hinab und verschwanden ein paar Zentimeter oberhalb der Knie unter der Oberfläche. Das war alles, was ich von dem Klippenweg aus sehen konnte.

Ich ging an der Felswand hinunter, freilich nicht an dieser Stelle. Sie war dort viel zu steil, als daß ein rundlicher Mann mittleren Alters sich hätte daranwagen können. Ein paar hundert Meter vorher hatte eine gewundene Schlucht den Weg gekreuzt, die sich quer von oben bis unten durch die Felswand schnitt. Ich ging bis zu der Schlucht zurück und stieg in ihr hinunter, stolpernd, rutschend, schwitzend und fluchend, kam aber noch heil unten an, ohne mir Schlimmeres geholt zu haben als zerschundene Finger, schmutzige Klamotten und ruinierte Schuhe.

Der schmale Felsstreifen zwischen Kliff und Meer war nicht zum Spazierengehen gedacht, aber den größten Teil des Weges konnte ich darauf zurücklegen, nur ein- oder zweimal mußte ich waten, und auch dann reichte das Wasser nicht bis zu den Knien. Doch als ich zu der Stelle kam, wo die Füße und Beine lagen, mußte ich bis zur Hüfte in den Pazifik steigen, um die Leiche anheben zu können, die auf der verschliffenen Schrägseite eines größtenteils überspülten Felsblocks auf dem Rücken lag und von den Oberschenkeln ab von schäumendem Wasser bedeckt war. Meine Hände fanden die Achselhöhlen, meine Füße festen Grund, und dann hob ich an.

Es war Eric Collinsons Leiche. An seinem zerfetzten Rücken waren durch Kleidung und Fleisch Knochen zu sehen. Der Hinterkopf – die ganze Hälfte – war zerschmettert. Ich schleppte ihn aus dem Wasser und legte ihn auf trockenen Stein. Seine triefenden Taschen enthielten hundertvierundfünfzig Dollar und zweiundachtzig Cents, eine Uhr, ein Messer, einen goldenen Federhalter und Drehbleistift, Papiere, ein paar Briefe und ein Notizbuch. Ich glättete die Papiere, Briefe und das Notizbuch und las. Nichts von dem, was da geschrieben stand, hatte mit seinem Tod etwas zu tun. Und auch sonst konnte ich weder bei ihm noch in seiner Nähe etwas finden, was mir über seinen Tod mehr verraten hätte als der ausgerissene Busch, der zwischen Felszacken hängengebliebene Hut und die Lage seiner Leiche.

Ich ließ sie liegen, ging zurück bis zu der Senke, in der ich keuchend zu dem Klippenweg hochkraxelte, und kehrte zurück zu der Stelle, wo der Busch gestanden hatte. Ich fand dort keinerlei Merkmale wie Fußabdrücke oder dergleichen. Der Weg war in der Hauptsache harter Stein. Ich ging ihn weiter. Bald begann die Felswand vom Meer zurückzutreten, und der Weg, der an ihr entlangführte, senkte sich. Nach einem weiteren knappen Kilometer war gar keine Felswand mehr da, nur noch eine buschbewachsene Bodenwelle, an deren Fuß der Weg verlief. Noch war die Sonne nicht raus. Unangenehm klebten mir die Hosen an den kalten Beinen. In meinen zerrissenen Schuhen quatschte Wasser. Ich hatte nicht gefrühstückt. Meine Zigaretten waren naß geworden. Mein linkes Knie tat weh von einer falschen Bewegung, die ich bei meiner Rutschpartie durch die Schlucht gemacht hatte. Den Detektivberuf verfluchend, zockelte ich den Weg entlang.

Der Weg führte mich eine Weile von der See ab, über den Sattel einer bewaldeten Landspitze, die den Ozean zurückdrängte, und hinunter in ein kleines Tal, dann am Hang eines Hügels hinauf, und endlich erblickte ich das Haus, das der Nachtportier mir beschrieben hatte.

Es war ein ziemlich großer, zweigeschossiger Bau, dessen Dach und Wände mit braunen Schindeln verkleidet waren und das ganz in der Nähe einer Stelle, wo der Ozean ein U-förmiges Stück von fast einem halben Kilometer aus der Küste herausgebissen hatte, auf einer Bodenerhebung stand. Die Hausfront war dem Wasser zugekehrt. Ich kam von hinten. Es war niemand zu sehen. Die Fenster des Erdgeschosses waren geschlossen, die Vorhänge zu. Zu einer Seite hin lagen ein paar kleinere landwirtschaftliche Bauten.

Ich ging herum zur Vorderseite des Hauses. Auf der Veranda, die mit einem feinen Drahtgewebe gegen Fliegen und

Mücken abgesichert war, standen Korbstühle und ein Tisch. Der Drahtrahmen der Tür war innen festgehakt. Geräuschvoll rüttelte ich daran. Ich rüttelte mindestens fünf Minuten, aber niemand reagierte darauf. Ich ging wieder herum zur Rückseite und klopfte an die Hintertür. Meine klopfenden Knöchel stießen die Tür eine Handbreit auf. Drinnen war eine dunkle Küche. Alles still. Ich klopfte noch einmal, laut. Immer noch alles still.

Ich rief: »Mrs. Collinson!«

Als keine Antwort kam, ging ich durch die Küche und ein noch dunkleres Eßzimmer, entdeckte eine Treppe, ging sie hinauf und fing an, den Kopf in ein Zimmer nach dem andern zu stecken.

Es war niemand im Hause.

In dem einen Schlafzimmer lag mitten auf dem Fußboden eine 38er Automatic. Dicht daneben lag eine leere Hülse, eine weitere unter einem Stuhl am andern Ende des Zimmers, und in der Luft hing ein schwacher Geruch nach verbranntem Schießpulver. In einer Ecke der Zimmerdecke war ein Loch, das wohl von einer 38er Patrone stammen konnte, und darunter lagen ein paar Krümel Putz auf dem Fußboden. Die Bettdecken waren glatt und unberührt. Kleidungsstücke im Schrank, Gegenstände auf und in dem Sekretär verrieten mir, daß dies Eric Collinsons Schlafzimmer gewesen war.

Daneben war, aus ähnlichen Anzeichen zu schließen, Gabrielles Schlafzimmer. Auch sie hatte nicht in ihrem Bett geschlafen, oder es war gemacht worden, seit sie darin geschlafen hatte. Auf dem Boden ihres Schrankes fand ich ein schwarzes Seidenkleid, ein Taschentuch, das einmal weiß gewesen war, und ein Paar schwarze Wildlederpumps, alles durchnäßt und erdverdreckt – das Taschentuch auch blutdurchtränkt. In ihrem Badezimmer, in der Wanne, lagen ein Badetuch und ein Handtuch, beides voller Erd- und Blutflecken und noch feucht. Auf ihrem Toilettentisch lag ein kleines Stück dickes weißes Papier, das gefaltet gewesen war. In einem Falz hing noch eine Spur weißen Pulvers. Ich berührte es mit der Zungenspitze – Morphium.

Ich ging zurück nach Quesada, zog mir andere Strümpfe und Schuhe an, versorgte mich mit Frühstück und einem Vorrat trockener Zigaretten und fragte den Portier – ein flotter Bursche war es diesmal –, wer hier für Gesetz und Ordnung zuständig sei.

»Der Sheriff ist Dick Cotton«, sagte er mir, »aber der ist gestern abend in die Stadt hochgefahren. Ben Rolly ist Hilfs-Sheriff. Den können Sie wahrscheinlich drüben im Kontor von seinem alten Herrn finden.«

»Und wo ist das?«

»Gleich neben der Garage.«

Ich fand das Haus, einen einstöckigen roten Backsteinbau mit breiten Glasfenstern, an denen zu lesen stand: *J. King Rolly, Immobilien, Hypotheken, Darlehen, Aktien und Wertpapiere, Versicherung, Banknoten, Arbeitsvermittlung, amtlich zugelassener Notar, Transporte und Lagerung* und noch eine ganze Menge mehr, aber das hab ich vergessen.

Drinnen saßen hinter einem abgewetzten Zahltisch zwei Männer, die Füße auf einem abgewetzten Schreibpult. Der eine war ein Mann von etwas über fünfzig, mit Haaren, Augen und Haut in unbestimmbaren, verwaschenen Brauntönen – ein freundlicher, etwas desinteressiert wirkender Mann in schäbiger Kleidung. Der andere war zwanzig Jahre jünger und würde in zwanzig Jahren genauso aussehen wie der ältere.

»Ich suche den Hilfs-Sheriff«, sagte ich.

»Bin ich«, sagte der jüngere der beiden, indem er die Füße vom Pult auf den Boden gleiten ließ. Er stand nicht auf. Statt dessen streckte er einen Fuß aus, angelte damit nach den Rundleisten eines Stuhles, zog ihn von der Wand heran und legte die Füße wieder auf die Pultplatte. »Setzen Sie sich. Das ist Pa«, und damit wies er mit einem wackelnden Daumen auf den anderen Mann. »Wegen dem brauchen Sie sich nicht weiter genieren.«

»Kennen Sie Eric Carter?« fragte ich.

»Den Burschen, der da unten im Tooker-Haus Flitterwochen macht? Hab nicht gewußt, daß der mit Vornamen Eric heißt.«

»Eric Carter«, sagte der ältere Rolly. »Auf den Namen hab ich ihm die Mietquittung ausgeschrieben.«

»Er ist tot«, berichtete ich den beiden. »Gestern abend oder heute morgen ist er vom Klippenweg abgestürzt. Könnte ein Unfall gewesen sein.«

Der Vater sah den Sohn mit runden braunen Augen an. Der Sohn sah mich mit fragenden braunen Augen an und machte: »Tz-tz-tz.«

Ich gab ihm meine Karte. Er las sie sorgfältig, drehte sie um, sah, daß auf der Rückseite nichts stand, und reichte sie seinem Vater weiter.

»Wolln Sie nicht mal runtergehn und sich das angucken?« schlug ich vor.

»Werd ich wohl müssen«, nickte der Hilfs-Sheriff und erhob sich von seinem Stuhl. Er war länger als ich vermutet hatte, so groß wie der tote Collinson-Junge, und hatte trotz seiner Schlaksigkeit einen ganz hübsch muskulösen Körper.

Ich folgte ihm hinaus zu einem staubigen Wagen vor dem Kontor. Rolly Senior kam nicht mit.

»Hat Ihnen das wer erzählt?« fragte der Hilfs-Sheriff, als wir fuhren.

»Ich bin sozusagen über ihn gestolpert. Wissen Sie, wer die Carters sind?«

»Jemand Besonderes?«

»Haben Sie von dem Riese-Mord in diesem Tempel in San Francisco gehört?«

»Mhm, ich les doch Zeitung.«

»Mrs. Carter, das ist die Gabrielle Leggett, die dabei eine Rolle gespielt hat, und Carter war der Eric Collinson.«

»Tz-tz-tz«, machte er.

»Und ihr Vater und ihre Stiefmutter sind ein paar Wochen davor umgekommen.«

»Tz-tz-tz«, machte er. »Was ist denn los mit denen?«

»Ein Fluch der Familie.«

»Glauben Sie wirklich?«

Obwohl er einen ziemlich ernsten Eindruck machte, wußte ich nicht, ob er diese Frage ernst meinte. Ich hatte ihn noch nicht ganz eintaxiert. Immerhin, ob er Witze machte oder nicht, er war der Hilfs-Sheriff von Quesada, und es handelte sich hier um seine Dienstangelegenheit. Er hatte Anspruch darauf, die Tatsachen zu kennen. Ich teilte sie ihm mit, während wir über die höckerige Straße dahinholperten, teilte ihm alles mit, was ich wußte, von Paris im Jahre 1913 bis zum Klippenweg vor wenigen Stunden.

»Als sie von der Trauung aus Reno zurückkamen, besuchte mich Collinson. Sie mußten wegen dem Prozeß gegen die Haldorn-Bande in der Nähe bleiben, und er suchte einen ruhigen Ort, wo er das Mädchen hinbringen könnte – sie war nämlich immer noch ganz schön weggetreten. Kennen Sie Owen Fitzstephan?«

»Diesen Schriftstellertyp, der voriges Jahr 'ne Weile hier unten war? Mhm.«

»Also der hat Quesada vorgeschlagen.«

»Ich weiß. Mein Alter hat davon gesprochen. Aber für was soll denn der falsche Name gut sein?«

»Um Aufsehn zu vermeiden; und wohl auch, um es nicht so weit kommen zu lassen, wie's jetzt gekommen ist.«

Er runzelte etwas undurchsichtig die Stirn und fragte:

»Sie meinen, die ham so was erwartet?«

»Na ja – hinterher kann man leicht sagen, ›Das mußte ja kommen!‹ Aber ich jedenfalls habe nie behauptet, wir hätten die beiden Geschichten, in die sie verwickelt war, restlos klargekriegt. Und wenn man einen Fall nicht aufgeklärt hat, wie kann man da sagen, was zu erwarten ist? Ich war nicht sehr dafür, daß sie sich so in die Einsamkeit verzogen haben, solange das, was da über ihr hing – wenn es das überhaupt gab –, nicht aus der Welt geschafft war. Aber Collinson hat's durchaus gewollt. Er hat mir versprechen müssen, daß er mir ein Telegramm schickt, wenn ihm irgendwas komisch vorkommt. Na ja, und das hat er nun gemacht.«

Drei- oder viermal nickte Rolly, dann fragte er:

»Wie kommen Sie auf die Idee, es wär *kein* Unfall, daß er vom Kliff gestürzt ist?«

»Er hat mich hergerufen. Also hat irgendwas nicht gestimmt. Aber ganz davon abgesehen – um seine Frau herum ist so viel passiert, daß ich da an Unfälle nicht mehr glaube.«

»Aber der Fluch«, sagte er.

»Ja schon«, nickte ich und versuchte immer noch, in seinem unbestimmten Gesicht zu lesen und aus ihm schlau zu werden. »Das Dumme daran ist nur, daß er zu gut funktioniert hat, zu regelmäßig. Ich hab noch keinen erlebt, bei dem das so klappte.«

Er runzelte über meine Meinung ein paar Minuten lang die Stirn und hielt dann an. »Wir müssen hier aussteigen, die Straße ist jetzt nicht mehr so besonders.« Sie war es auch vorher nicht gewesen. »Aber trotz allem, manchmal hört man doch, daß sie funktionieren. Ich mein, es passieren doch Sachen, da denkt man, es gibt Dinge auf der Welt – im Leben –, von denen man keine große Ahnung hat.« Als wir uns in Marsch setzten, runzelte er wieder die Stirn und fand dann ein Wort, das ihm gefiel: »Unergründlich«, schloß er, »'s ist unergründlich.«

Ich ließ das auf sich beruhen.

Er ging vor mir her den Klippenweg hinauf und blieb von sich aus an der Stelle stehen, wo der Busch ausgerissen worden war, eine Einzelheit, die ich nicht erwähnt hatte. Ich sagte nichts, während er zu Collinsons Leiche hinunterstarrte und die Felswand mit den Augen absuchte, dann auf dem Weg hin und her ging, tief gebückt, die braunen Augen aufmerksam auf den Boden geheftet.

Er strich zehn Minuten oder länger umher, richtete sich

dann auf und sagte: »Hier kann ich nichts finden. Gehn wir mal runter.«

Ich wollte umdrehen und zu der Schlucht gehen, doch er sagte, weiter vorn sei ein besserer Weg. Er war wirklich besser. Wir gingen auf ihm zu dem Toten hinunter.

Rolly blickte von der Leiche empor zum Rande des Weges hoch über uns und bemerkte verwundert: »Kann mir eigentlich kaum vorstellen, daß er ausgerechnet *so* gelandet sein soll.«

»Ist er auch nicht. Ich hab ihn aus dem Wasser gezogen«, sagte ich und zeigte dem Hilfs-Sheriff die genaue Stelle, wo ich die Leiche gefunden hatte.

»Das sieht schon anders aus«, stellte er fest.

Ich setzte mich auf einen Stein und rauchte eine Zigarette, während er umherging und Steinbrocken, Kiesel und Sand untersuchte, berührte und hin und her wälzte. Anscheinend hatte er kein Glück dabei.

14

Der zerknautschte Chrysler

Wir kletterten wieder zu dem Weg hoch und gingen weiter bis zum Haus der Collinsons. Ich zeigte Rolly die blutbefleckten Handtücher, das Taschentuch, das Kleid und die Pumps sowie das Stück Papier, in dem das Morphium gewesen war, die Pistole auf dem Fußboden in Collinsons Zimmer, das Loch in der Decke und die leeren Hülsen am Boden.

»Die Hülse unterm Stuhl liegt noch da wie heute morgen«, sagte ich; »aber die andere – die da in der Ecke – hat hier gelegen, gleich neben der Pistole, als ich sie vorhin gesehn habe.«

»Sie meinen, sie ist verschoben worden, seit Sie hiergewesen sind?«

»Ja.«

»Aber was sollte denn irgendwer davon haben?« wandte er ein.

»Wüßt ich auch nicht; aber sie ist verschoben worden.«

Er hatte das Interesse verloren. Er blickte hinauf zur Decke. Er sagte:

»Zwei Schuß und ein Loch. Komisch. Vielleicht ist der andere zum Fenster rausgegangen.«

Er ging zurück in Gabrielle Collinsons Schlafzimmer und untersuchte das schwarze Seidenkleid. Es war an ein paar Stellen eingerissen – unten, unweit vom Saum –, aber es hatte keine Einschußlöcher. Er legte das Kleid hin und nahm das Morphiumpapier vom Toilettentisch.

»Was meinen Sie denn, was *das* hier zu suchen hat?« fragte er.

»Sie nimmt das immer. Das ist so eins von den Dingen, das ihre Stiefmutter ihr beigebracht hat.«

»Tz-tz-tz. Sieht fast so aus, als könnte sie's gewesen sein.«

»So?«

»Na, das wissen Sie doch selber ganz genau. Sie ist süchtig, stimmt's? Sie haben Krach gehabt, und er hat Ihnen telegraphiert, und . . .« Er brach ab, stülpte die Lippen vor und sagte dann: »Was schätzen Sie – wann ist er umgebracht worden?«

»Ich weiß nicht. Vielleicht gestern abend auf dem Heimweg, nachdem er auf mich gewartet hatte.«

»Sie sind die ganze Nacht im Hotel gewesen?«

»Von elf Uhr und noch was bis heute morgen um fünf. Natürlich hatt ich dazwischen genug Zeit, mich rauszuschleichen und einen kleinen Mord zu liefern.«

»So hab ich das nicht gemeint«, sagte er. »Ich wollt's bloß wissen. Wie sieht sie denn aus, diese Mrs. Collinson-Carter? Ich hab sie nie gesehen.«

»Sie ist ungefähr zwanzig; einssechzig bis -zweiundsechzig groß; wirkt schlanker als sie ist; hellbraunes Haar, kurz und lockig; große Augen, die manchmal braun sind und manchmal grün; weiße Haut; extrem niedrige Stirn; kleiner Mund mit kleinen Zähnen; spitzes Kinn; keine Ohrläppchen, und nach oben laufen die Ohren spitz zu; ist ein paar Monate krank gewesen und man sieht's ihr noch an.«

»Kann eigentlich nicht so schwer sein, sie zu schnappen«, sagte er und begann in Schubfächern, Schränken, Koffern und so weiter herumzuwühlen. Ich hatte schon bei meinem ersten Besuch alles durchstöbert und ebenfalls nichts Interessantes gefunden.

»Sieht nicht so aus, als hätte sie viel eingepackt oder mitgenommen«, stellte er fest, als er zu dem Toilettentisch zurückkam, an dem ich saß. Mit einem dicken Zeigefinger zeigte er auf das Monogramm in der silbernen Toilettengarnitur auf dem Tisch. »Das G. D. L. – wofür steht das?«

»Ihr Mädchenname ist Gabrielle Dingsbums Leggett.«

»Ach ja. Sie ist mit dem Wagen losgefahren, schätz ich, hm?«

»Waren sie denn mit dem Auto hier?« fragte ich.

»Er ist immer mit einem Chrysler-Sportwagen in die Stadt gekommen, wenn er nicht zu Fuß gegangen ist. Sie kann damit nur über die Oststraße abgehaun sein. Wollen wir da mal rausfahren und gucken.«

Draußen vor der Tür wartete ich, während er das Haus umkreiste, ohne etwas zu finden. Vor einem Schuppen, in dem offenbar ein Wagen untergestellt gewesen war, zeigte er auf ein paar Reifenspuren und sagte: »Heute morgen rausgefahren.« Ich zweifelte nicht an seinen Worten.

Wir gingen einen Feldweg entlang, der zu einer Kiesstraße wurde, und auf dieser kamen wir nach etwa einer Meile zu einem grauen Haus, das in einer Gruppe roter Gehöfte stand. Ein schmächtiger, hagerer Mann, der leicht hinkte, war hinter dem Haus damit beschäftigt, eine Pumpe zu ölen. Rolly redete ihn mit ›Debro‹ an.

»Freilich, Ben«, antwortete er auf Rollys Frage. »Sie ist hier vorbeigekommen, so um sieben heute morgen, wie ’ne Fledermaus aus der Hölle. Sonst war keiner im Wagen.«

»Und was hatte sie an?« fragte ich.

»Auf’m Kopf hat sie nix gehabt, aber’n bräunlichen Mantel an.«

Ich fragte ihn, was er von den Carters wüßte – er war ja ihr nächster Nachbar. Er wußte nichts von ihnen. Zwei- oder dreimal hatte er mit Carter gesprochen und ihn für einen durchaus netten jungen Mann gehalten. Einmal war er ›mit der Frau‹ rübergegangen, um Mrs. Carter einen Besuch abzustatten, aber Mr. Carter hatte ihnen gesagt, sie hätte sich hingelegt, sie würde sich nicht wohl fühlen. Weder Debro noch seine Frau hatten sie je gesehen, nur aus der Ferne, wenn sie mit ihrem Mann spazierenging oder -fuhr.

»Ich glaube kaum, daß irgendwer in der Gegend hier mit ihr gesprochen hat«, schloß er, »außer natürlich Mary Nuñez.«

»Mary hat geputzt bei ihnen?« fragte der Hilfs-Sheriff.

»Ja. Was ist denn los, Ben? Irgendwas los da drüben?«

»Er ist gestern abend vom Klippenweg gestürzt, und sie ist weggefahren, ohne irgendwem was zu sagen.«

Debro gab einen Pfeifton von sich.

Rolly ging ins Haus, um von Debros Apparat aus zu telefonieren und dem County-Sheriff Meldung zu machen. Ich blieb mit Debro draußen und versuchte, mehr aus ihm herauszukriegen – seien es auch nur persönliche Ansichten. Alles, was ich herauskriegte, waren Ausdrücke der Verwunderung.

»Wir gehn mal rüber und reden mit Mary«, sagte der Hilfs-Sheriff, als er vom Telefon zurückkam. Dann, als wir uns von Debro verabschiedet, die Straße überquert hatten und durch ein Feld auf eine Baumgruppe zugingen, meinte er: »Komisch, daß sie nicht da war.«

»Wer ist sie?«

»Eine Mexikanerin. Wohnt bei den andern da unten im Loch. Ihr Mann, Pedro Nuñez, sitzt lebenslänglich in Folsom, weil er vor zwei-drei Jahren bei einem Überfall auf Schnapsschmuggler einen davon – Dunne hieß er – umgelegt hat.«

»Ist das hier passiert?«

»Mhm. Es hat sich da unten in der Mulde vor dem Tooker-Haus abgespielt.«

Unter den Bäumen hindurch und einen Abhang hinunter gingen wir auf ein halbes Dutzend Hütten zu – in Form, Größe und Mennige-Rot erinnerten sie an Viehwagen –, die das Ufer eines Baches säumten und hinter denen sich Gemüsegärten erstreckten. Vor einer der Hütten saß in einem rosakarierten Kleid eine unförmige Mexikanerin auf einer leeren Suppendosenkiste, rauchte eine Maiskolbenpfeife und stillte ein braunes Baby. Struppige und schmutzige Kinder spielten zwischen den Hütten mit struppigen und schmutzigen Kötern, die ihnen Krachmachen halfen. In einem der Gärten tat ein Mann in einem Overall, der einmal blau gewesen war, kaum einen Handschlag mit seiner Hacke.

Die Kinder hörten auf zu spielen und sahen zu, wie Rolly und ich auf günstig liegenden Steinen über den Bach balancierten. Die Hunde kamen uns kläffend entgegen, japsten und jaulten um uns herum, bis einer der Jungen sie wegjagte. Vor der Frau mit dem Baby blieben wir stehen. Mit breitem Grinsen sah der Hilfs-Sheriff auf das Baby hinab und sagte: »Junge, Junge, na das wird aber'n Mordskerl!«

Die Frau nahm kurz die Pfeife aus dem Mund, um dumpf zu jammern: »Dauernd hat er Durchfall.«

»Tz-tz-tz. Wo ist denn Mary Nuñez?«

Der Pfeifenstiel wies auf die Hütte nebenan.

»Ich dachte, sie arbeitet bei den Leuten im Tooker-Haus«, sagte er.

»Manchmal«, erwiderte die Frau gleichgültig.

Wir gingen zu der Hütte nebenan. Eine alte Frau mit einem grauen Umhang war aus der Tür getreten und sah uns entgegen, während sie etwas in einer gelben Schale rührte.

»Wo's Mary?« fragte der Hilfs-Sheriff.

Sie sprach über die Schulter ins Innere der Hütte hinein und trat beiseite, um einer anderen Frau den Platz in der Tür freizumachen. Diese andere war klein und kräftig gebaut, mochte Anfang dreißig sein und hatte intelligente dunkle Augen in einem breiten, flachen Gesicht. Vor ihrem Hals hielt sie eine dunkle Decke zusammen. Die Decke hing bis auf den Boden und hüllte sie rundum ein.

»Tagchen, Mary«, begrüßte Rolly sie. »Warum sind Sie denn nicht drüben bei den Carters?«

»Ich bin krank, Mr. Rolly.« Sie sagte es ohne jede Betonung. »Schüttelfrost – da bin ich heut mal zu Hause geblieben.«

»Tz-tz-tz. Das ist ja Pech. Waren Sie schon beim Arzt?«

Nein, beim Arzt sei sie noch nicht gewesen. Rolly sagte, sie sollte aber hingehen. Sie sagte, sie brauche ihn nicht, sie hätte öfter mal Schüttelfrost. Rolly sagte, das könnte ja sein, aber dann sollte sie erst recht hingehen, es sei doch das Beste, vorsichtig zu sein und auf solche Sachen aufpassen zu lassen. Ja, sagte sie, aber die Ärzte nähmen so viel Geld, und Kranksein sei doch schon schlimm genug, auch ohne daß man dafür noch bezahlen müsse. Er sagte, auf die Dauer könne es einen mehr Geld kosten, wenn man nicht zum Arzt gehe als wenn man hinginge. Ich dachte schon, sie würden den ganzen Tag so weitermachen, als Rolly die Rede endlich wieder auf die Carters brachte und die Frau nach ihrer Arbeit dort fragte.

Sie erzählte uns, daß sie vor zwei Wochen, als sie das Haus bezogen hatten, von ihnen angestellt worden sei. Sie ging jeden Morgen um neun hin – vor zehn standen sie nie auf –, kochte ihnen das Essen, machte die Hausarbeit und ging abends weg, wenn sie das Geschirr gespült hatte – meistens so gegen halb acht. Die Nachricht, daß Collinson – für sie Carter – umgekommen und daß seine Frau weggefahren war, schien sie zu überraschen. Sie sagte uns, gestern abend sei Carter gleich nach dem Essen allein weggegangen – auf einen Spaziergang, hätte er gesagt. Das sei so um halb sieben gewesen, da es – ohne besonderen Grund – ein bißchen früher Abendbrot gegeben habe. Als sie kurz nach sieben nach Hause gegangen sei, habe Mrs. Carter mit einem Buch oben im Vorderzimmer gesessen und gelesen.

Mary Nuñez konnte – oder wollte – uns nichts erzählen, worauf ich eine plausible Vermutung hätte aufbauen können, warum Collinson mir telegraphiert hatte. Sie wisse, behauptete sie, nichts über sie, außer daß Mrs. Carter sich wohl nicht recht glücklich gefühlt habe – nicht glücklich gewesen sei. Ihr, Mary Nuñez, sei der Grund dafür völlig klar und würde auch alles andere klären: Mrs. Carter liebte einen andern, aber ihre Eltern hatten sie zu der Ehe mit Carter gezwungen, und so war Carter natürlich von dem andern Mann ermordet worden, mit dem Mrs. Carter nun durchgegangen war. Ich konnte sie nicht dazu bringen, für diese Annahme irgendwelche anderen Gründe anzugeben als eben ihre weibliche Intuition, und so fragte ich sie nach etwaigen Besuchern der Carters.

Sie sagte, sie habe nie welche gesehen.

Rolly fragte sie, ob es bei den Carters manchmal Streit gegeben hätte. Sie setzte zu einem Nein an, sagte dann aber schnell, ja, sie hätten oft Krach gehabt und sich nie gut vertragen. Mrs. Carter habe ihren Mann nicht gern um sich gehabt und mehrere Male habe sie zu ihm gesagt – so, daß Mary es hören konnte –, wenn er sich nicht von ihr wegmachte und wegbliebe, würde sie ihn umbringen. Ich versuchte, Mary auf Einzelheiten festzulegen – wie es zu diesen Drohungen gekommen sei, welche Worte gefallen seien –, aber sie ließ sich nicht festlegen. Sie sagte uns, alles, woran sie sich wirklich erinnern könne, sei, daß Mrs. Carter gedroht habe, Mr. Carter umzubringen, wenn er sich nicht von ihr wegmachte.

»Damit wär das ja so ziemlich klar«, sagte Rolly befriedigt, als wir wieder über den Bach balanciert waren und den Hang zu Debros Haus hinaufstiegen.

»Womit wäre was klar?«

»Daß seine Frau ihn umgebracht hat.«

»Meinen Sie?«

»Sie doch auch!«

Ich sagte: »Nein.«

Rolly blieb stehen und musterte mich mit undurchsichtigem, bekümmertem Blick.

»Aber wie können Sie so was sagen?« begehrte er auf. »Ist sie kein Dopeteufel? Hat sie nicht, wie Sie selber sagen, noch'n andern Stich? Ist sie nicht verduftet? Waren die Sachen, die sie dagelassen hat, etwa nicht zerrissen und verdreckt und blutig? Und sie hat ihm auch nicht gedroht, ihn umzubringen, so daß er's schließlich mit der Angst gekriegt hat und Sie hergeholt hat?«

»Was Mary gehört hat«, sagte ich, »das waren keine Drohungen, sondern Warnungen – wegen dem Fluch. Gabrielle Collinson hat wirklich daran geglaubt, und er war ihr immerhin so viel wert, daß sie ihn davor bewahren wollte.

Ich hab das schon mal erlebt bei ihr. Das ist auch der Grund, warum sie ihn nie geheiratet hätte – wenn er sie nicht zum Standesamt geschleppt hätte, als sie noch so durcheinander war, daß sie nicht wußte, was sie tat. Und später hat sie deshalb Angst gehabt.«

»Aber wer wird denn glauben . . .?«

»Ich verlange von niemandem, daß er irgendwas glaubt«, brummte ich und ging wieder weiter. »Ich sage nur, was ich glaube. Und wo ich nun schon mal dabei bin, will ich Ihnen auch sagen, daß ich glaube, Mary Nuñez lügt, wenn sie behauptet, sie wär heut morgen nicht in dem Haus gewesen. Kann sein, daß sie mit Collinsons Tod nichts zu tun gehabt hat. Kann sein, daß sie einfach hingekommen ist, gesehen hat, daß die Collinsons weg waren, die blutigen Sachen und die Pistole gefunden hat – und dabei hat sie, ohne es zu merken, die leere Patronenhülse über den Fußboden geschubst –, und dann hat sie sich schleunigst wieder in ihre Hütte verzogen. Den Schüttelfrost hat sie erfunden, um sich aus der Sache rauszuhalten, weil sie schon genug solche Scherereien erlebt hat, als ihr Mann eingelocht worden ist. Kann auch sein, daß es nicht so gewesen ist. Aber so jedenfalls hätten neun von zehn Frauen ihrer Art es in ihrer Situation angestellt, und ich muß erst weitere Beweise sehen, bevor ich glaube, daß ihr Schüttelfrost sie zufällig gerade heute morgen gepackt hat.«

»Na ja«, sagte der Hilfs-Sheriff, »wenn sie nichts damit zu tun gehabt hat, was tut denn das alles dann überhaupt zur Sache?«

Was mir dazu an Entgegnungen einfiel, war unflätig und beleidigend; ich behielt es für mich.

Wieder bei Debro angekommen, borgten wir uns einen klapprigen Straßenkreuzer aus, der aus mindestens drei verschiedenen Typen zusammengebastelt war, und verfolgten die Spur des Mädchens in dem Chrysler über die Oststraße. Unsere erste Station war das Haus eines Mannes namens Claude Baker. Es war ein schmächtiger, bleicher Mensch mit kantigem Gesicht, das drei oder vier Tage hinter dem Rasiermesser zurück war. Seine Frau war wahrscheinlich jünger als er, sah jedoch älter aus – eine müde, welke und magere Frau, die einstmals vielleicht hübsch gewesen war. Das älteste der sechs Kinder war ein krummbeiniges, sommersprossiges Mädchen von zehn Jahren, das jüngste ein geräuschvoller und fetter Säugling im ersten Lebensjahr. Einige von den Zwischengrößen waren Jungen und einige Mädchen, aber eine Rotznase hatten sie unterschiedslos alle. Die ganze Familie Baker kam heraus auf die Veranda, um uns zu empfangen. Sie hätten sie nicht gesehen, sagten sie. Um sieben Uhr, nein, so früh stünden sie nie auf. Sie kannten die Carters vom Sehen, wußten aber nichts über sie. Sie stellten mehr Fragen als Rolly und ich.

Kurz hinter dem Bakerschen Haus wurde aus der Kiesstraße eine Asphaltstraße. Nach den Spuren des Chryslers zu schließen, war er der letzte Wagen, der über die Straße gerollt war. Drei Kilometer von den Bakers entfernt hielten wir vor einem kleinen hellgrünen Haus, das von Rosenbüschen umgeben war. Rolly brüllte:

»Harve! Hey, Harve!«

Ein starkknochiger Mann von etwa fünfunddreißig Jahren machte die Tür auf, sagte »Tag, Ben« und kam zwischen den Rosenbüschen hindurch zu uns an den Wagen. Seine Züge, ebenso wie seine Stimme, waren grob, und er sprach und bewegte sich bedächtig. Sein Nachname war Whidden. Rolly fragte ihn, ob er den Chrysler gesehen habe.

»Ja, Ben, ich hab sie gesehn«, sagte er. »Die zweie sin heute morgen so um Viertel nach sieben rum vorbeigekommen. Hatt 'nen ganz schönen Zahn druff.«

»Die zwei?« fragte ich, während Rolly fragte: »Die zweie?«

»'n Mann und 'ne Frau – oder 'n Mädel – saßen drin. Ich hab sie nich gut sehn können – bloß wie sie vorbeigezischt sind. Sie hat gefahren. Wie 'ne ziemlich kleine Frau is sie mir von hier aus vorgekommen, mit braunem Haar.«

»Und der Mann, wie sah der aus?«

»Och, der war vielleicht so vierzig und is mir auch nich besonders groß vorgekommen. 'n rötliches Gesicht hat er gehabt und 'n grauen Hut und Mantel.«

»Haben Sie Mrs. Carter mal gesehn?« fragte ich.

»Die Braut, die da unten in der Mulde wohnt? Nee. Ihn ja, ihn hab ich mal gesehn, aber sie nich. Is die das gewesen?«

Ich sagte, das vermuteten wir.

»Der Mann war das nich«, sagte er. »Das war einer, den ich noch nie gesehn hab.«

»Würden Sie ihn wiedererkennen?«

»Ich schätze ja – wenn ich ihn so vorbeifahren sehn tät.«

Sechs Kilometer hinter Whiddens Haus fanden wir den Chrysler. Er stand einen oder zwei Fuß neben der Straße, linkerhand, auf allen vieren, und der Kühler war in einen Eukalyptusbaum hineingerammt. Sämtliche Scheiben waren zersplittert, und das vordere Drittel der Metallteile war ganz schön zerknautscht. Er war leer. Es waren keine Blutflecke darin. Der Hilfs-Sheriff und ich schienen weit und breit die einzigen Menschen zu sein.

Wir gingen in Kreisen herum, angestrengt die Augen auf den Boden geheftet, und als wir damit fertig waren, wußten wir, was wir von Anfang an gewußt hatten – der Chrysler war in einen Eukalyptusbaum gefahren. Es waren Reifenspuren auf der Straße, und auf dem Erdboden neben dem Chrysler waren Spuren, die von Füßen stammen konnten, aber solche Spuren konnte man auf dieser wie auf jeder anderen Straße hundertfach finden. Wir stiegen wieder in unseren geborgten Wagen, fuhren weiter und fragten aus, wen wir irgendwo zum Ausfragen fanden. Alle Antworten lauteten: Nein, wir haben das Mädchen – oder das Mädchen und den Mann – nicht gesehen.

»Was ist mit diesem Burschen, dem Baker?« fragte ich Rolly, als wir wendeten, um zurückzufahren. »Debro hat sie allein gesehen. Als sie bei Whiddens vorbeikam, war ein

Mann bei ihr. Die Bakers haben gar nichts gesehen, und auf deren Gebiet muß der Mann doch bei ihr eingestiegen sein.«

»Na ja«, sagte er im Ton widersprechend, »könnt's denn nich so gewesen sein?«

»Ja, schon, aber es wär vielleicht keine schlechte Idee, noch ein bißchen mehr mit ihnen zu reden.«

»Wenn Sie wollen«, willigte er nicht sehr begeistert ein. »Aber gehn Sie bloß nich hin und ziehn mich in irgendwelche Streitereien mit denen! Er ist der Bruder von meiner Frau.«

Das änderte natürlich die Lage. Ich fragte:

»Was für ein Typ ist er denn so?«

»Claude – tja, der ist wirklich ein bißchen ungeschickt. Wie mein Alter sagt – er bringt's einfach nicht fertig, auf seiner Farm was anderes gedeihen zu lassen als Kinder. Aber ich hab noch nie gehört, daß er irgendwem was Böses getan hätte.«

»Wenn Sie sagen, er ist in Ordnung, genügt mir das«, log ich. »Dann wollen wir ihn nicht behelligen.«

15

Ich hab ihn umgebracht

County-Sheriff Feeney, dick, rötlich glänzend und mit einem gewaltigen Schnauzbart, und Staatsanwalt Vernon, mit scharfgeschnittenen Zügen, aggressiv und ruhmsüchtig, kamen aus der Kreisstadt herüber. Sie hörten sich unsere Berichte an, besichtigten das Terrain und äußerten die gleiche Meinung wie Rolly: daß Gabrielle Collinson ihren Mann umgebracht habe. Als Sheriff Dick Cotton, ein aufgeblasener, unintelligenter Mensch in den Vierzigern, aus San Francisco zurückkam, schloß er sich mit seinem Votum den anderen an. Der Untersuchungsrichter und seine Geschworenen gelangten zu derselben Ansicht. Offiziell beschränkten sie sich zwar auf die übliche Formel »ein oder mehrere Unbekannte«, in ihren Empfehlungen aber spielte das Mädchen eine Rolle.

Den Zeitpunkt von Collinsons Tod setzte man auf Freitagabend zwischen acht und neun Uhr an. Verletzungen, die sich nicht auf seinen Sturz zurückführen ließen, hatte man nicht an ihm festgestellt. Die in seinem Zimmer gefundene Pistole hatte man als seine eigene identifiziert. Fingerabdrücke waren nicht daran. Ich hatte das Gefühl, daß einige der Beamten aus der Kreisstadt mich halb im Verdacht hatten, hierfür gesorgt zu haben, obwohl freilich keiner etwas Derartiges aussprach. Mary Nuñez blieb bei ihrer Aussage, daß Schüttelfrost sie zu Hause festgehalten habe. Sie hatte eine ganze Schar mexikanischer Zeugen, die das bestätigten. Ich konnte keinen finden, der diese Aussage durchlöchert hätte. Von dem Mann, den Whidden gesehen hatte, fanden wir keine weitere Spur. Ich versuchte es von mir aus noch einmal bei den Bakers, doch ohne Erfolg. Die Frau des Sheriffs, eine zarte, jugendliche Frau mit weichem, hübschem Gesicht und

freundlichem, schüchternem Benehmen, die im Telegraphenbüro arbeitete, sagte, Collinson habe sein Telegramm an mich
am frühen Freitagmorgen aufgegeben. Er sei blaß und zittrig
gewesen, sagte sie, und habe dunkel gerändelte, blutunterlau-
fene Augen gehabt. Sie habe ihn für betrunken gehalten,
obwohl sein Atem nicht nach Alkohol gerochen habe.

Collinsons Vater und Bruder kamen aus San Francisco
herüber. Hubert Collinson, der Vater, war ein großer, ruhiger Mann, dem man ansah, daß er aus der Holzwirtschaft an
der Pazifikküste noch so viele weitere Millionen herausholen
konnte wie er wollte. Laurence Collinson war ein oder zwei
Jahre älter als sein toter Bruder und sah ihm sehr ähnlich.
Beide Collinsons waren auf der Hut, nichts zu sagen, was so
hätte ausgelegt werden können, als dächten sie, Gabrielle sei
schuld an Erics Tod; doch daß sie das dachten, war kaum
zweifelhaft.

Hubert Collinson sagte leise zu mir: »Machen Sie nur weiter; gehn Sie der Sache auf den Grund!« – und wurde so der
vierte Klient, in dessen Auftrag unsere Agentur sich um
Gabrielles Angelegenheiten kümmerte.

Madison Andrews kam aus San Francisco herüber. Wir
sprachen zusammen in meinem Hotelzimmer. Er saß auf
einem Stuhl am Fenster, schnitt sich von einer gelblichen
Stange einen Würfel Kautabak ab, steckte ihn in den Mund
und äußerte die Überzeugung, Collinson habe Selbstmord
begangen.

Ich saß auf dem Bettrand, zündete mir eine Fatima an und
widersprach ihm:

»Er hätte den Busch nicht ausgerissen, wenn er freiwillig
runtergesprungen wäre.«

»Dann war es ein Unglücksfall. Der Weg ist doch gefährlich im Dunkeln.«

»Ich habe aufgehört, an solche Unglücksfälle zu glauben«,
sagte ich. »Und er hatte mir einen Notruf geschickt. Und dann
war da noch die in seinem Zimmer abgeschossene Pistole.«

Er beugte sich vor auf seinem Stuhl. Sein Blick war hart und wachsam. Er war jetzt ganz der Rechtsanwalt, der einen Zeugen ins Kreuzverhör nimmt.

»Sie meinen, Gabrielle ist die Schuldige?«

So weit wollte ich nicht gehen. Ich sagte:

»Er ist ermordet worden. Er ist ermordet worden von –? Vor zwei Wochen habe ich Ihnen gesagt, wir wären mit diesem verdammten Fluch noch nicht fertig, und man könnte nur damit fertig werden, wenn man in dieser Tempelgeschichte bis auf den Grund schürft.«

»Ja, daran erinnere ich mich«, sagte er mit unterdrücktem Spott. »Sie vertraten die Theorie, zwischen dem Tod ihrer Eltern und den bösen Erlebnissen, die sie bei den Haldorns gehabt hat, gebe es irgendein Verbindungsglied. Aber wenn ich mich recht erinnere, hatten Sie keine Ahnung, was für ein Verbindungsglied das sein könnte. Meinen Sie nicht, daß dieser Mangel dazu angetan ist, Ihre Theorie ein wenig – sagen wir: dunstig zu machen?«

»So? Ihr Vater, ihre Stiefmutter, ihr Arzt und ihr Mann sind einer nach dem andern in noch nicht mal zwei Monaten umgebracht worden; und ihr Dienstmädchen ist wegen Mord ins Zuchthaus gewandert. Alle, die ihr am nächsten standen. Sieht das nicht nach einem Programm aus? Und« – grinste ich ihn an – »sind Sie sicher, daß es nicht noch weitergeht? Und falls es weitergeht: Sind Sie jetzt nicht derjenige, der ihr am nächsten steht?«

»Lachhaft!« Er war jetzt sehr verärgert. »Wir wissen über den Tod ihrer Eltern und den Tod Rieses Bescheid und wissen auch, daß zwischen diesen Fällen keine Verbindung bestanden hat. Wir wissen, daß diejenigen, die am Tod Rieses schuldig sind, jetzt entweder tot sind oder im Zuchthaus. Daran kann man nicht vorbei. Es ist einfach lachhaft zu behaupten, zwischen dem einen und dem andern dieser Verbrechen gebe es Verbindungsglieder, wo wir doch wissen, daß es keine gibt.«

»Wir wissen das keineswegs«, beharrte ich. »Wir wissen nur, daß wir die Verbindungsglieder nicht gefunden haben. Wer zieht aus dem, was geschehen ist, Nutzen oder hätte vielleicht Aussicht darauf?«

»Keiner, soweit ich weiß.«

»Angenommen, sie stirbt. Wer kriegt das Vermögen?«

»Ich weiß nicht. Entfernte Verwandte in England oder Frankreich, würd ich meinen.«

»Das bringt uns nicht viel weiter«, brummte ich. »Jedenfalls hat noch niemand versucht, *sie* zu ermorden. Es sind ihre Freunde und Verwandten, die umgelegt werden.«

Der Anwalt wies mich in säuerlichem Ton darauf hin, solange wir sie noch nicht gefunden hätten, könnten wir nicht behaupten, daß niemand es versucht oder fertiggebracht habe, sie umzubringen. Das konnte ich nicht bestreiten. Ihre Spur endete immer noch da, wo der Eukalyptusbaum den Chrysler zum Stehen gebracht hatte.

Bevor er ging, gab ich ihm einen Rat:

»Ganz gleich, was Sie glauben, es hat keinen Sinn, daß Sie sich unnötigen Gefahren aussetzen. Vergessen Sie nicht, daß wir es möglicherweise mit einem Programm zu tun haben und daß Sie darauf die nächste Nummer sein könnten. Ein bißchen Vorsicht kann nicht schaden.«

Er bedankte sich nicht dafür. Gereizt erwiderte er, ich wolle ihm wohl nahelegen, sich eine Leibgarde aus Privatdetektiven anzuschaffen.

Madison Andrews hatte tausend Dollar Belohnung für Hinweise ausgesetzt, die zur Entdeckung des Aufenthaltsortes des Mädchens führen würden. Hubert Collinson hatte weitere tausend ausgesetzt und dazu noch zweitausendfünfhundert für die Festnahme und Überführung des Mörders seines Sohnes. Die halbe Einwohnerschaft des Kreises war zu Bluthunden geworden. Wo man hinkam, traf man auf Leute, die auf Feldern, Wegen, Hügeln und in Tälern herumliefen oder gar -krochen und nach verdächtigen Spuren suchten, und in den Wäldern konnte man womöglich mehr Amateurschnüffler antreffen als Bäume.

Gabrielles Foto war ausgiebig verbreitet und veröffentlicht worden. Die Zeitungen von San Diego bis Vancouver verschafften uns eine gewaltige Reklame, indem sie die Sache in allen verfügbaren Druckfarben als Knüller aufmachten. Alle Bediensteten der Continental in San Francisco und Los Angeles, die von anderen Affären abgezogen werden konnten, kontrollierten die Ortsausgänge von Quesada, suchten, fragten – fanden nichts. Rundfunksender halfen mit. Rundum war die Polizei, waren sämtliche Zweigbüros unserer Agentur in Bewegung gesetzt.

Und bis Montag hatte all dieser Rummel uns ganz genau gar nichts eingebracht.

Montag nachmittag fuhr ich zurück nach San Francisco und erzählte all meinen Kummer unserm Alten. Er hörte höflich zu, als handelte es sich um irgendeine mittelmäßig interessante Geschichte, die ihn persönlich nichts anging, setzte sein nichtssagendes Lächeln auf und beschenkte mich, statt mit irgendwelcher Hilfe, mit seiner freundlich geäußerten Meinung, ich würde es über kurz oder lang schon schaffen, alles einer befriedigenden Lösung zuzuführen.

Dann teilte er mir mit, Fitzstephan habe angerufen, um sich mit mir in Verbindung zu setzen. »Vielleicht ist es wichtig. Er wäre selber nach Quesada runtergefahren, um Sie aufzusuchen, wenn ich ihm nicht gesagt hätte, daß ich Sie erwarte.«

Ich wählte Fitzstephans Nummer.

»Komm mal bei mir vorbei«, sagte er. »Ich habe was. Ich weiß nicht, ob's ein neues Rätsel ist oder der Schlüssel zu einem Rätsel; aber es ist was.«

Ich fuhr mit dem Obus nach Nob Hill hoch und war innerhalb einer Viertelstunde in seinem Apartment.

»Na, dann laß die Katze mal aus dem Sack«, sagte ich, als wir uns in seinem von Zeitungen, Zeitschriften und Büchern übersäten Zimmer hinsetzten.

»Schon irgendeine Spur von Gabrielle?« fragte er.

»Nein. Aber pack mal dein Rätsel aus. Du brauchst es für mich nicht literarisch zu machen, auf Höhepunkte hinzuarbeiten und so. Ich bin zu doof dazu – ich würde bloß Bauchschmerzen kriegen davon. Leg's mir einfach so hin.«

»Du wirst dich nie ändern«, sagte er, bemüht, einen enttäuschten und gekränkten Eindruck zu machen, was ihm aber nicht gelang, weil etwas anderes ihn innerlich zu sehr erregte. »Jemand – ein Mann – hat mich am frühen Samstagmorgen – um halb zwei – angerufen. Er fragte: ›Ist dort Fitzstephan?‹ Ich sage: ›Ja‹. Und dann sagte die Stimme: ›Also, ich hab ihn umgebracht.‹ Er hat das einfach so gesagt. Ich weiß bestimmt, daß er sich wörtlich so ausgedrückt hat, obwohl er nicht sehr deutlich zu verstehen war. Es war allerhand Krach in der Leitung, und die Stimme schien weit weg. Ich wußte nicht, wer es war, wovon er redete. Ich fragte: ›Wen umgebracht? Wer ist denn da?‹ Von seiner Antwort konnte ich nichts weiter verstehen als das Wort Geld. Er hat irgendwas von Geld gesagt und das mehrmals wiederholt, aber ich konnte nur dies eine Wort verstehn. Es waren ein paar Leute hier – Marquard und Frau, Laura Joines mit irgendeinem Mann, den sie mitgebracht hatte, Ted und Sue Van Slack –, und wir waren gerade mitten in einem literarischen Freistilringen gewesen. Ich hatte ein Bonmot auf der Zunge – daß Cabell im selben Sinne Romantiker gewesen sei, wie das Holzpferd trojanisch war – und wollte mir von diesem besoffenen Witzbold am Telefon, oder was er sonst gewesen sein mag, nicht die Gelegenheit rauben lassen, es anzubringen. Ich konnte nicht schlau werden aus dem, was er sagte, und da hab ich aufgelegt und bin wieder zu meinen Gästen zurückgegangen. Daß dieser Anruf irgendwas zu bedeuten gehabt haben könnte, ist mir erst gestern morgen klargeworden, als ich von Collinsons Tod las. Ich war bei den Colemans oben in Ross. Ich bin Samstagmorgen zum Wochenende

rausgefahren, nachdem ich Ralph endlich aufgestöbert hatte.«
Er grinste. »Und ich hab's geschafft, daß er heilfroh war,
mich heute morgen wieder losfahren zu sehen.« Er wurde
wieder ernst. »Auch nachdem ich von Collinsons Tod gehört
hatte, war ich nicht davon überzeugt, daß der Anruf irgendwie von Belang oder Bedeutung war. Er war so was Blödsin-
niges. Aber ich hatte natürlich vor, es dir zu erzählen. Und
dann hier – das war bei meiner Post, als ich heute morgen
nach Hause kam.«

Er zog einen Briefumschlag aus der Tasche und warf ihn
zu mir herüber. Es war einer von den billigen und glänzen-
den weißen Umschlägen, wie man sie überall kaufen kann.
Die Ecken waren dunkel und umgebogen, so als wäre er eine
Zeitlang in einer Tasche herumgetragen worden. Fitzstephans
Name und Adresse waren mit hartem Bleistift in Druckbuchstaben von jemandem daraufgeschrieben, der sehr schlecht
Druckbuchstaben schreiben konnte oder doch diesen Anschein
erwecken wollte. Der Umschlag war Samstag früh um neun
in San Francisco abgestempelt worden. Er enthielt ein
dreckiges und unordentlich abgerissenes Stück braunes Packpapier, auf dem in Bleistift und in ebenso schlechten Druckbuchstaben ein einziger Satz stand.

WER MRS. CARTER SUCHT
KANN SIE GEGEN ZAHLUNG
VON $ 10 000 HABEN.

Kein Datum, keine Anrede, keine Unterschrift.

»Samstagmorgen ist sie um sieben noch gesehen worden,
wie sie alleine wegfuhr«, sagte ich. »Das hier ist hundertzwanzig Kilometer davon entfernt so in den Kasten gesteckt
worden, daß es um neun abgestempelt worden ist – sagen wir,
es ist mit der ersten Morgenleerung mitgekommen. Darüber
kann man schon mal graue Haare kriegen. Aber noch viel
komischer ist, daß der Brief zu dir kommt und nicht zu

Andrews, der ihre Geschäfte führt, oder zu ihrem Schwiegervater, der das meiste Geld hat.«

»Es ist komisch und auch wieder nicht komisch«, erwiderte Fitzstephan. Sein hageres Gesicht war voller Eifer. »Vielleicht liegt gerade darin ein Fünkchen Licht: du weißt ja, ich habe Collinson Quesada empfohlen, weil ich da voriges Frühjahr ein paar Monate zugebracht habe, um *The Wall of Ashdod* zum Abschluß zu bringen. Und ich hab ihm ein paar Zeilen an einen Immobilienmakler namens Rolly mitgegeben – den Vater von dem Hilfs-Sheriff dort – und ihn darauf als Eric Carter eingeführt. Ein Ortsansässiger weiß vielleicht nicht, daß sie Gabrielle Collinson, geborene Leggett, ist. In diesem Fall würde er keinen andern Weg wissen, an ihre Leute ranzukommen, als durch mich, der ich sie und ihren Mann dort hingeschickt habe. Darum wird also der Brief an mich geschickt, aber er fängt an mit dem weitgefaßten *Wer*, soll also an die Interessierten weitergeleitet werden.«

»Das könnte ein Ortsansässiger so gemacht haben«, sagte ich langsam; »oder ein Entführer, der uns gegenüber den Eindruck erwecken will, er wäre ein Ortsansässiger, und vermeiden will, daß wir denken, er kennt die Collinsons.«

»Sehr richtig. Und soweit ich weiß, hat keiner von den Ortsansässigen meine hiesige Adresse gekannt.«

»Was ist mit Rolly?«

»Der auch nicht – es sei denn, Collinson hat sie ihm gegeben. Ich habe die Empfehlung einfach auf die Rückseite einer Karte hingehauen.«

»Hast du sonst schon mit irgendwem über den Anruf und diesen Brief gesprochen?« fragte ich.

»Den Leuten, die Freitagabend hier waren, hab ich von dem Anruf erzählt – als ich noch dachte, es wär ein Scherz oder 'ne falsche Verbindung. Das hier hab ich sonst niemandem gezeigt. Offen gestanden«, sagte er, »ich war mir ein bißchen im Zweifel, ob ich's überhaupt vorzeigen sollte – bin es immer noch. Wird mir das Scherereien machen?«

»O ja, das wird's. Aber dagegen solltest du eigentlich nichts haben. Ich dachte, es macht dir Spaß, Scherereien aus nächster Nähe zu erleben. Am besten, du gibst mir die Namen und Adressen von deinen Gästen. Wenn die und Coleman deinen Aufenthalt am Freitagabend und über das Wochenende bestätigen, wird dir nichts Ernstliches passieren. Du müßtest allerdings nach Quesada runterfahren und dir von den Kreisbeamten Löcher in den Bauch fragen lassen.«

»Fahren wir jetzt gleich?«

»Ich fahr erst heute abend zurück. Treffen wir uns doch morgen vormittag dort im Sunset-Hotel. Dann hab ich noch Zeit, die Beamten zu bearbeiten – sonst werfen sie dich womöglich gleich beim ersten Anblick in den Kerker.«

Ich fuhr zurück zur Agentur und meldete ein Gespräch nach Quesada an. Vernon oder der County-Sheriff war nicht erreichbar, aber ich kriegte Cotton an den Apparat. Ich sagte ihm durch, was ich von Fitzstephan erfahren hatte, und versprach, den Romanautor am nächsten Morgen zur Vernehmung vorzuführen.

Der Sheriff sagte, die Suche nach dem Mädchen sei immer noch ergebnislos, werde aber fortgesetzt. Es waren Meldungen eingetroffen, nach denen sie – so ziemlich zur gleichen Zeit – in Los Angeles, Eureka, Carson City, Denver, Portland, Tijuana, Odgen, San José, Vancouver, Porterville und Hawaii gesehen worden war. Man war dabei, allen Meldungen nachzugehen, abgesehen von den ganz lächerlichen.

Die Telefongesellschaft konnte mir die Auskunft geben, der Anruf bei Owen Fitzstephan am Samstagmorgen sei kein Ferngespräch gewesen, und weder am Freitag abend noch Samstag früh habe in Quesada irgendwer eine Nummer in San Francisco angerufen.

Bevor ich die Agentur verließ, besuchte ich noch einmal den Alten und fragte ihn, ob er versuchen könnte, dem Staatsanwalt zuzureden, Aaronia Haldorn und Tom Fink gegen Kaution auf freien Fuß zu setzen.

»Im Gefängnis nützen sie uns gar nichts«, erklärte ich, »aber wenn sie auf freiem Fuß sind, können sie uns vielleicht irgendwohin führen, wenn wir sie beschatten. Er dürfte eigentlich nichts dagegen haben; er weiß doch genau, so wie die Dinge sich jetzt anlassen, hat er nie im Leben eine Chance, ihnen Mordanklagen anzuhängen.«

Der Alte versprach, sein Bestes zu tun und jedem unserer Kandidaten einen von unseren Agenten an die Fersen zu setzen, wenn sie freigelassen würden.

Ich fuhr zum Büro von Madison Andrews hinüber. Als ich ihm von Fitzstephans Anruf und Brief erzählt und ihm unsere Erklärung dafür mitgeteilt hatte, nickte der Anwalt mit seinem knochigen weißen Strohdachschädel und sagte:

»Und ob das nun die richtige Erklärung ist oder nicht, auf alle Fälle müssen die Kreisbehörden jetzt ihre absurde Theorie aufgeben, Gabrielle hätte ihren Mann umgebracht.«

Ich schüttelte den Kopf.

»Was?« fragte er aufbrausend.

»Sie werden denken, der Anruf und der Brief sind Seemannsgarn, um Gabrielle zu entlasten«, sagte ich voraus.

»Denken *Sie* denn das?« Seine Kinnmuskeln spielten, und die buschigen Brauen senkten sich hinab über die Augen.

»Hoffentlich sind sie's nicht«, sagte ich, »denn wenn das ein Streich ist, dann ist es ein verdammt kindischer.«

»Aber wie soll das denn möglich sein?« wollte er wissen, und er sagte es durchaus nicht leise. »Reden Sie doch keinen Unsinn! Zu diesem Zeitpunkt hat doch keiner von uns was gewußt. Die Leiche war noch gar nicht gefunden, als . . .«

»Ja, eben«, pflichtete ich ihm bei, »und gerade deswegen wird es – falls es sich als ein Gaunerstück erweist – Gabrielle ans Messer liefern.«

»Ich verstehe Sie nicht«, sagte er gereizt. »Eben reden Sie noch davon, daß jemand das Mädchen drangsaliert, und eine Minute später reden Sie, als hielten Sie sie für die Mörderin. Was denken Sie eigentlich wirklich?«

»Zutreffen kann beides«, erwiderte ich nicht weniger gereizt. »Und was tut's zur Sache, was ich denke? Zu entscheiden haben die Geschworenen, wenn sie gefunden ist. Jetzt ist die Frage: was werden Sie wegen der Zehntausend-Dollar-Forderung machen – sofern es ernst ist damit?«

»Was ich deswegen machen werde? Ich werde die Belohnung für ihre Auffindung erhöhen und außerdem eine Belohnung für die Festnahme ihres Entführers aussetzen.«

»Das ist die falsche Methode«, sagte ich. »Es ist schon genug Geld für Belohnungen ausgesetzt. Die einzige richtige Verhaltensweise bei Kidnapping ist blechen. Mir ist das ebensowenig sympathisch wie Ihnen, aber es ist das einzige Richtige. Ungewißheit, Nervosität, Angst, Enttäuschung können selbst einen sanften Kidnapper zu einem Tobsüchtigen machen. Kaufen Sie das Mädchen frei und kämpfen Sie *dann* Ihren Kampf. Bezahlen Sie, was gefordert wird, wenn es gefordert wird!«

Er zupfte an seinem struppigen Schnurrbart, der Mund war eigensinnig verbissen, die Augen sorgenvoll. Aber der Mund obsiegte.

»Den Teufel werd ich tun und klein beigeben«, sagte er.

»Das ist Ihre Sache.« Ich stand auf und griff nach meinem Hut. »Meine Sache ist, Collinsons Mörder zu finden, und wenn sie dabei draufgeht, kann mir das eher helfen als hinderlich sein.«

Er sagte nichts.

Ich fuhr runter zu Hubert Collinsons Büro. Er war nicht da, aber ich erzählte Laurence Collinson alles und sagte schließlich:

»Würden Sie Ihren Vater drängen, das Geld bereitzustellen? Und dafür sorgen, daß es sofort übergeben werden kann, wenn die Weisungen von dem Erpresser kommen?«

»Es wird nicht nötig sein, ihn zu drängen«, sagte er sofort. »Was auch gefordert wird, wir werden bezahlen, um ihre Sicherheit zu garantieren.«

16

Die nächtliche Jagd

Ich nahm den Siebzehn-Uhr-fünfundzwanzig-Zug in Richtung Süden. Er setzte mich um neunzehn Uhr dreißig in Poston ab, einer staubigen Stadt, doppelt so groß wie Quesada, und ein Klapperkasten von Bus, in dem ich der einzige Fahrgast war, brachte mich in einer halben Stunde an mein Ziel. Als ich beim Hotel ausstieg, fing es an zu regnen.

Jack Santos, ein Reporter aus San Francisco, kam aus dem Telegraphenbüro und sagte: »'n Abend. Was Neues?«

»Vielleicht, aber erst muß ich's mal Vernon erzählen.«

»Der ist in seinem Zimmer im Hotel, jedenfalls war er da vor zehn Minuten. Sie meinen den Brief wegen Lösegeld, den irgendwer gekriegt hat?«

»Ja. Hat er das schon bekanntgegeben?«

»Cotton fing davon an, aber Vernon hat ihn zurückgepfiffen und uns gesagt, wir sollen keinen Gebrauch davon machen.«

»Warum das denn?«

»Bloß weil Cotton es war, der's uns gesagt hat – das ist der einzige Grund.« Santos zog die Winkel seines schmallippigen Mundes herunter. »Es ist ausgeartet zu einem Wettkampf zwischen Vernon, Feeney und Cotton, wer's von ihnen am häufigsten schafft, seinen Namen und sein Bild in die Presse zu kriegen.«

»Haben sie außerdem noch was anderes getan?«

»Wie sollten sie das denn schaffen?« fragte er mißmutig. »Zehn Stunden am Tag brauchen sie für ihre Bemühungen, einen Platz auf der Titelseite zu ergattern, zehn weitere, um die andern daran zu hindern, einen zu ergattern, und irgendwann müssen sie ja auch mal schlafen.«

Im Hotel verabfolgte ich einigen weiteren Reportern ein ›Nichts Neues‹, meldete mich wieder an, stellte meinen Koffer in meinem Zimmer ab und ging den Korridor entlang bis zu Zimmer 204. Auf mein Klopfen öffnete Vernon mir die Tür. Er war allein und offenbar mit dem Lesen der Zeitungen beschäftigt gewesen, die in einem rot-grün-weißen Haufen auf dem Bett lagen. Das Zimmer war blaugrau von Zigarrenrauch.

Dieser Staatsanwalt war ein dreißigjähriger Mann mit dunklen Augen, der das Kinn hoch und vorgestreckt trug, so daß es stärker hervortrat als die Natur es gewollt hatte. Beim Sprechen entblößte er sämtliche Zähne, und auf sein Draufgängertum hielt er sich viel zugute. Kernig schüttelte er mir die Hand und sagte:

»Freut mich, daß Sie wieder da sind. Kommen Sie rein. Setzen Sie sich. Irgendwas Neues aufgetaucht?«

»Hat Cotton Ihnen die Information mitgeteilt, die ich ihm durchgegeben habe?«

»Ja.« Großspurig stand Vernon vor mir, die Hände in den Taschen, die Füße weit auseinander. »Welche Bedeutung messen Sie dieser Sache bei?«

»Ich riet Andrews, das Geld bereitzustellen. Aber er will nicht. Die Collinsons wollen's tun.«

»Die tun's«, sagte er, als bestätigte er eine von mir geäußerte Vermutung. »Und?« Er ließ die Lippen zurückgezogen, so daß seine Zähne entblößt blieben.

»Hier ist der Brief.« Ich gab ihn ihm. »Fitzstephan wird morgen früh hier sein.«

Er nickte eifrig, ging mit dem Brief näher ans Licht und betrachtete ihn und den Umschlag eingehend. Als er damit fertig war, warf er ihn voller Verachtung auf den Tisch.

»Offenkundiger Schwindel«, sagte er. »Also nun erzählen Sie mir doch mal genau, was dieser Fitzstephan – heißt er so? – behauptet.«

Ich berichtete es ihm, Wort für Wort. Als das geschehen

war, schlug er die Zähne hörbar aufeinander, wandte sich zum Telefon und trug irgendwem auf, Feeney auszurichten, daß er, Staatsanwalt Vernon, ihn sofort zu sprechen wünsche. Zehn Minuten später kam der County-Sheriff, sich den Regen aus seinem großen braunen Schnauzbart wischend, herein.

Mit heftiger Daumenbewegung zeigte Vernon auf mich und kommandierte: »Erzählen Sie's ihm!«

Ich wiederholte, was Fitzstephan mir erzählt hatte. Der County-Sheriff hörte mir so gespannt zu, daß sein rötlich glänzendes Gesicht dunkelrot anlief und er ins Keuchen kam. Als das letzte Wort aus meinem Mund kam, schnippte der Staatsanwalt mit den Fingern und sagte:

»Also schön. Er behauptet, es wären Leute bei ihm in der Wohnung gewesen, als der Anruf kam. Notieren Sie sich die Namen! Er behauptet, er wär übers Wochenende in Ross gewesen bei – wie hießen die Leute? – Ralph Coleman? Also schön. Sheriff, sorgen Sie dafür, daß diese Dinge nachgeprüft werden! Wir werden hören, wieviel Wahres daran ist.«

Ich gab dem County-Sheriff die Namen und Adressen, die Fitzstephan mir gegeben hatte. Feeney schrieb sie auf die Rückseite eines Wäschezettels und dampfte ab, um die Fahndungsmaschinerie des Kreises darauf anzusetzen.

Vernon hatte mir nichts zu erzählen. Ich überließ ihn seinen Zeitungen und ging hinunter. Mit einer Kopfbewegung winkte der effeminierte Nachtportier mich zu sich an den Rezeptionstisch und sagte:

»Mr. Santos bat mich, Ihnen auszurichten, daß die Andacht heut abend bei ihm auf dem Zimmer ist.«

Ich dankte dem Portier und ging hinauf zu Santos' Zimmer. Er, drei andere Nachrichtenluchse und ein Fotoreporter waren da. Man spielte Poker. Ich hatte sechzehn Dollar Vorsprung, als ich um halb eins ans Telefon gerufen wurde, aus dem die aggressive Stimme des Staatsanwalts tönte:

»Wollen Sie sofort auf mein Zimmer kommen?«

»Ja.« Ich nahm Hut und Mantel und sagte zu Santos:

»Zahlen Sie mich aus. Wichtiger Anruf. Ich krieg immer einen, wenn ich im Spiel ein bißchen Vorsprung habe.«

»Vernon?« fragte er, als er meine Chips zählte.

»Ja.«

»Viel kann's nicht sein«, spottete er, »sonst hätte er auch Red verlangt« – er deutete mit einer Kopfbewegung auf den Fotoreporter –, »damit die Leser ihn morgen sehn können, wie er's in der Hand hält.«

Cotton, Feeney und Rolly waren beim Staatsanwalt im Zimmer. Cotton – ein mittelgroßer Mann mit einem runden, dummen Gesicht und Grübchenkinn – trug schwarze Gummistiefel, Regenhaut und Hut, alles naß und schlammbeschmiert. Er stand in der Mitte des Zimmers, und seine runden Augen verrieten erklecklichen Stolz auf ihren Besitzer. Feeney, rittlings auf einem Stuhl, spielte mit seinem Schnurrbart, und sein rötlich glänzendes Gesicht war mürrisch. Rolly, der neben ihm stand, drehte sich eine Zigarette und sah so undurchsichtig freundlich aus wie immer.

Vernon schloß hinter mir die Tür und sagte erregt:

»Cotton glaubt etwas entdeckt zu haben. Er glaubt . . .«

Cotton trat vor, die Brust geschwellt, und unterbrach:

»Glauben tu ich überhaupt nichts. Ich weiß verdammt genau . . .«

Der Staatsanwalt, zwischen mir und dem Sheriff, schnippte mit den Fingern und sagte ebenso schnippisch:

»Lassen wir das mal. Wir fahren hin und werden's sehn.«

Ich holte mir im Vorbeigehen Regenmantel, Pistole und Taschenlampe aus meinem Zimmer. Wir gingen hinunter und stiegen in einen schlammbespritzten Wagen. Cotton fuhr. Vernon saß neben ihm. Wir andern saßen hinten. Der Regen schlug aufs Dach und an die Vorhänge und rieselte durch Ritzen herein.

»Eine schöne Nacht, um Hirngespinsten nachzujagen«, knurrte der County-Sheriff und versuchte, einer lecken Stelle auszuweichen.

»Dick sollt sich weiß Gott lieber um seinen eigenen Krempel kümmern«, stimmte Rolly zu. »Was geht's ihn denn an, was in Quesada nich alles passiert?«

»Wenn er sich mehr drum kümmern würde, was da passiert, braucht er sich keine Sorgen zu machen wegen dem da unten am Kliff«, sagte Feeney, und er und der Hilfs-Sheriff kicherten miteinander.

Worin die Pointe dieses Gespräches liegen sollte, ging über meinen Horizont. Ich fragte:

»Worauf ist er denn aus?«

»Auf nichts«, belehrte mich der County-Sheriff. »Sie werden sehn, daß es nichts ist, und – bei Gott! – ich werd ihm die Meinung blasen. Ich weiß nicht, was mit Vernon los ist, daß er überhaupt auf ihn hört.«

Das sagte mir gar nichts. Ich lugte zwischen den Vorhängen hinaus. Regen und Dunkelheit verhüllten die Landschaft, aber ich hatte das Gefühl, daß wir irgendeinen Punkt auf der Oststraße ansteuerten. Es war eine scheußliche Fahrt – naß, laut und holprig. Sie endete an einer Stelle, die genauso dunkel, naß und schlammig war wie alles, was wir passiert hatten.

Cotton schaltete die Scheinwerfer ab und stieg aus; wir andern folgten, bis zu den Knöcheln durch nassen Lehm rutschend und quatschend.

»Verdammt, das ist einfach zu viel!« beschwerte sich der County-Sheriff.

Vernon wollte etwas sagen, aber der Sheriff ging davon, die Straße entlang. Wir trotteten hinter ihm her, wobei wir uns mehr mit Hilfe des Geräusches unserer im Schlamm patschenden Füße als mit Hilfe der Augen aneinander hielten. Es war stockdunkel.

Bald bogen wir von der Straße ab, quälten uns über einen hohen Drahtzaun und setzten den Weg fort, jetzt zwar mit weniger Schlamm unter den Füßen, dafür aber mit glitschigem Gras. Wir stiegen eine Anhöhe hinauf. Der Wind blies uns den Regen schräg ins Gesicht. Der County-Sheriff keuchte. Ich schwitzte. Als wir die Höhe erreicht hatten, ging es an der andern Seite hinunter, vor uns das Rauschen des gegen die Felsen klatschenden Meeres. Steinbrocken begannen das Gras auf unserem Weg zu verdrängen, als er abschüssiger wurde. Einmal rutschte Cotton aus und landete auf den Knien, so daß auch Vernon stolperte, der sich rettete, indem er nach mir griff. Das Keuchen des County-Sheriffs klang jetzt wie Stöhnen. Wir bogen nach links ein, im Gänsemarsch, die Brandung dicht neben uns. Wir bogen noch einmal nach links ein, kletterten einen Hang hoch und machten unter einem niedrigen, wandlosen Schuppen halt, einem Holzdach, das auf einem Dutzend Pfosten ruhte. Vor uns machte ein größerer Bau einen schwarzen Fleck vor dem fast schwarzen Himmel.

Cotton flüsterte: »Wartet, ich guck erst mal, ob sein Wagen da ist.«

Er ging weg. Der County-Sheriff stieß Atem aus und knurrte: »Scheißexpedition!« Rolly seufzte.

Freudestrahlend kam der Sheriff zurück.

»Die Karre ist nicht da, also ist er auch nicht da«, sagte er. »Kommt, da sind wir wenigstens im Trocknen.«

Zwischen Büschen hindurch folgten wir ihm auf einem Schlammweg hinauf zu dem schwarzen Haus bis auf dessen hintere Veranda. Dort blieben wir stehen, während er ein Fenster aufmachte, hindurchstieg und die Tür aufschloß. Im Schein unserer Taschenlampen, die wir nun zum erstenmal anmachten, sahen wir eine kleine, reinliche Küche. Den Fußboden beschmutzend, gingen wir hinein.

Cotton war der einzige in unserer Runde, der Begeisterung an den Tag legte. Sein Gesicht, von der Hutkrempe bis zu dem Grübchenkinn, war das Gesicht eines Zeremonienmeisters, der im Begriff ist, eine nach seiner festen Überzeugung erfreuliche Überraschung auszulösen. Vernon betrachtete ihn skeptisch, Feeney mißmutig, Rolly gleichgültig und ich – der ich nicht wußte, wozu wir eigentlich hier waren – ohne Zweifel neugierig.

Es stellte sich heraus, daß wir hier waren, um das Haus zu durchsuchen. Wir taten es, oder wenigstens Cotton tat es, während wir andern uns stellten, als hülfen wir ihm. Es war ein kleines Haus. Im Erdgeschoß war außer der Küche nur noch ein Zimmer und oben nur ein einziges – ein noch nicht fertiges Schlafzimmer. Eine Kaufmannsrechnung und eine Steuerquittung in einer Tischschublade verrieten mir, wem das Haus gehörte: Harvey Whidden. Das war der starkknochige, bedächtige Mann, der den Fremden zusammen mit Gabrielle Collinson in dem Chrysler gesehen hatte.

Die Durchsuchung des Erdgeschosses endete mit einer Fehlanzeige, und wir gingen nach oben. Als wir dort zehn Minuten herumgestöbert hatten, fanden wir etwas. Rolly zog es zwischen Sprungfedern und einer Matratze hervor. Es war ein kleines, flaches Bündel, eingeschlagen in ein weißes Leinenhandtuch.

Cotton ließ die Matratze fallen, die er hochgehalten hatte, damit der Hilfs-Sheriff darunter nachschauen konnte, und trat zu uns, als wir uns um Rollys Päckchen drängten. Vernon nahm es dem Hilfs-Sheriff aus der Hand und wickelte es auf dem Bett auseinander. Es lagen darin ein Päckchen Haarnadeln, ein weißes Taschentuch mit Spitzenkante, Haarbürste und Kamm aus Silber mit eingraviertem *G. D. L.*, und ein Paar schwarze Ziegenlederhandschuhe, klein und für Damenhände gemacht.

Überraschter als ich hätte wohl niemand sein können.

»G. D. L.«, sagte ich, um überhaupt etwas zu sagen, »könnte Gabrielle Dingsbums Leggett heißen – Mrs. Collinsons Name, bevor sie geheiratet hat.«

Cotton sagte triumphierend: »Na, und ob's das heißen könnt.«

Eine kräftige Stimme sagte von der Tür her:

»Haben Sie 'n Haussuchungsbefehl? Was, zum Teufel,

machen Sie hier, wenn Sie keinen haben? Das ist Einbruch, das wissen Sie ganz genau!«

Harvey Whidden war da. Seine große Gestalt, in gelber Regenhaut, füllte die Türöffnung. Sein Gesicht mit den kräftigen Zügen blickte finster und zornig.

Vernon fing an: »Whidden, ich . . .«

Der Sheriff schrie: »Er ist es!« – und zog eine Pistole unter der Regenhaut hervor.

Ich gab ihm einen Stoß gegen den Arm, als er auf den Mann im Türrahmen losfeuerte. Die Kugel schlug in die Wand.

Whiddens Gesicht war jetzt eher erstaunt als zornig. Er sprang durch die Tür zurück und lief die Treppe hinunter. Cotton, durch meinen Stoß aus den Latschen gekippt, rappelte sich wieder auf, verfluchte mich und rannte hinaus, hinter Whidden her. Vernon, Feeney und Rolly standen da und starrten ihnen nach.

Ich sagte: »Das ist ja ein ganz hübsches und sauberes Gaudi hier, aber ich kapier's nicht so ganz. Worum geht's denn eigentlich?«

Keiner verriet es mir. Ich sagte: »Der Kamm und die Bürste hier haben auf Mrs. Collinsons Tisch gelegen, als wir das Haus durchsuchten, Rolly.«

Der Hilfs-Sheriff nickte unsicher und starrte immer noch zur Tür. Von dort kam jetzt kein Lärm mehr. Ich fragte:

»Hat Cotton denn irgendeinen bestimmten Grund, Whidden was in die Schuhe zu schieben?«

Der County-Sheriff sagte: »Na, gute Freunde sind sie nicht grade.« (Das hatte ich gemerkt.) »Was meinst du, Vern?«

Der Staatsanwalt löste seinen starren Blick von der Tür, wickelte die Gegenstände wieder in das Handtuch und stopfte sich das Bündel in die Tasche. »Kommen Sie!« schnarrte er und stolzierte nach unten.

Die Vordertür stand offen. Von Cotton und Whidden sahen und hörten wir nichts. Ein Ford – Whiddens Wagen –

stand am Vordertor und sog sich mit Regen voll. Wir stiegen ein. Vernon übernahm das Steuer und fuhr zu dem Haus in der Mulde. Dort hämmerten wir an die Tür, bis sie von einem alten Mann in grauer Unterwäsche aufgemacht wurde, den der County-Sheriff als Wärter hineingesetzt hatte.

Der alte Mann berichtete uns, Cotton sei diesen Abend um acht Uhr dagewesen – nur um sich nochmal umzusehn, habe er gesagt. Er, der Wärter, habe keinen Grund gesehen, auf den Sheriff aufzupassen, und so habe er ihm auch keine Schwierigkeiten gemacht, sondern ihn tun lassen, was er wollte, und soweit er wisse, habe der Sheriff von den Sachen der Collinsons nichts weggenommen, obwohl das natürlich nicht ausgeschlossen sei.

Vernon und Feeney stauchten den Alten zusammen, und wir fuhren zurück nach Quesada.

Rolly saß neben mir auf dem Rücksitz. Ich fragte ihn:

»Wer ist dieser Whidden? Warum könnte Cotton ihm was am Zeug zu flicken haben?«

»Nun, zum einen hat Harve nicht grade den besten Namen, weil er bei dem Schnapsschmuggel mitgemischt hat, der früher hier im Gange war, und weil er immer wieder mal in Schwulitäten steckt.«

»So? Und zum andern?«

Der County-Sheriff runzelte die Brauen, zögerte, suchte nach Worten; und bevor er sie gefunden hatte, hielten wir vor einem weinumrankten Häuschen an einer dunklen Straßenecke. Der Staatsanwalt ging uns voran zur Vorderveranda und klingelte.

Nach einem Weilchen ertönte von oben eine Frauenstimme: »Wer ist da?«

Wir mußten auf die Treppe zurücktreten, um sie sehen zu können – Mrs. Cotton an einem Fenster im oberen Stock.

»Dick schon zu Hause?« fragte Vernon.

»Nein, Mr. Vernon, noch nicht. Ich mach mir schon Sorgen. Warten Sie einen Moment, ich komm mal runter.«

»Bemühn Sie sich nicht«, sagte er. »Wir wollen nicht warten. Ich seh ihn ja morgen früh.«

»Nein, warten Sie!« sagte sie dringlich und verschwand vom Fenster.

Einen Augenblick später machte sie die Haustür auf. Ihre blauen Augen blickten düster und erregt. Sie hatte einen rosa Bademantel an.

»Sie hätten sich nicht zu bemühen brauchen«, sagte der Staatsanwalt. »Es ist nichts Wichtiges. Wir sind vor einem Weilchen von ihm getrennt worden und wollten bloß wissen, ob er schon da ist. Es ist alles in Ordnung mit ihm.«

»War . . .?« Ihre Hände schoben den Bademantel über ihren kleinen Brüsten zu Falten zusammen. »War er hinter – hinter Harvey – Harvey Whidden her?«

Vernon sah sie nicht an, als er »Ja« sagte; und er sagte es, ohne seine Zähne zu zeigen. Feeney und Rolly blickten ebenso betreten drein wie Vernon.

Mrs. Cottons Gesicht lief rötlich an. Ihre Unterlippe zitterte, so daß ihre Worte undeutlich kamen:

»Glauben Sie ihm nicht, Mr. Vernon. Glauben Sie ihm kein Wort. Harve hat mit diesen Collinsons nichts zu tun gehabt, weder mit ihr noch mit ihm. Lassen Sie sich das nicht von Dick einreden. Er hat nichts mit ihnen zu tun gehabt.«

Vernon blickte auf seine Füße und schwieg. Rolly und Feeney blickten durch die offene Tür – wir standen gerade noch unter dem Verandadach – angelegentlich in den Regen hinaus. Keiner schien irgend etwas sagen zu wollen.

»Nein?« fragte ich und legte dabei mehr Zweifel in meine Stimme, als ich eigentlich empfand.

»Nein, hat er nicht!« rief sie, das Gesicht mir zuwendend. »Er konnte gar nicht. Er konnte gar nichts damit zu tun gehabt haben.« Die rötliche Färbung wich aus ihrem Gesicht, das nun weiß aussah und elend. »Er – er war hier in der Nacht – die ganze Nacht – von vor sieben bis es hell wurde.«

»Und wo war Ihr Mann?«

»In der Stadt, bei seiner Mutter.«

»Wo wohnt sie?«

Sie nannte mir die Adresse, eine Hausnummer in der Noe Street von San Francisco.

»Hat irgendwer ...?«

»Ah, nun lassen Sie's aber gut sein!« protestierte der County-Sheriff, immer noch in den Regen starrend. »Das reicht doch nun wirklich.«

Mrs. Cotton wandte sich von mir wieder dem Staatsanwalt zu, indem sie ihn am Arm faßte.

»Erzählen Sie das bitte nicht weiter über mich, Mr. Vernon!« flehte sie. »Ich weiß nicht, was ich täte, wenn das rauskäme. Aber ich mußte es Ihnen sagen. Ich konnte doch nicht zulassen, daß er's auf Harve schiebt. Bitte – Sie erzählen's keinem weiter?«

Der Staatsanwalt schwor, daß er, wie auch jeder andere von uns, unter keinen Umständen weitererzählen würde, was sie uns gesagt hatte, und der County-Sheriff und sein Hilfsbeamter bekräftigten das, indem sie mit roten Gesichtern nachdrücklich nickten.

Doch als wir uns von ihr verabschiedet hatten und wieder im Ford saßen, vergaßen sie ihre Verlegenheit und wurden wieder zu Verbrecherjägern. Innerhalb von zehn Minuten waren sie zu der Überzeugung gelangt, daß Cotton am Freitagabend, statt nach San Francisco zu seiner Mutter zu fahren, in Quesada geblieben sei, Collinson umgebracht habe, in die Stadt gefahren sei, wo er Fitzstephan angerufen und den Brief aufgegeben habe und dann noch rechtzeitig nach Quesada zurückgekehrt sei, um Mrs. Collinson zu entführen; von Anfang an habe er vorgehabt, die Indizien gegen Whidden zu manipulieren, mit dem er seit langem verfeindet war, weil er schon immer dunkel geahnt hatte, was sonst jeder längst wußte – daß Whidden der Liebhaber seiner Frau war.

Der County-Sheriff – derselbe, dessen Ritterlichkeit mich noch vor wenigen Minuten davon abgehalten hatte, die Frau eingehender auszufragen – lachte jetzt, daß ihm der Bauch wackelte.

»Das ist köstlich!« kam es glucksend aus ihm heraus. »Er ist dabei, es Harve in die Schuhe zu schieben, und Harve verschafft sich in *seinem* Bett ein Alibi. Dicks Gesicht, wenn wir ihm das eröffnen, gibt garantiert ein Bild für ein Witzblatt ab. Los, wir müssen ihn heute nacht noch finden!«

»Warten Sie damit lieber noch«, riet ich. »Es kann nichts schaden, seine Fahrt nach San Francisco erst mal nachzuprüfen, bevor wir's ihm beibringen. Alles, was wir bis jetzt gegen ihn in der Hand haben, ist, daß er versucht hat, es Whidden anzuhängen. Falls er der Mörder und Entführer ist, scheint er eine ganze Menge unnötigen Blödsinn verzapft zu haben.«

Feeney sah mich finster an und verteidigte ihre Theorie:

»Es Harve anzuhängen, war ihm vielleicht wichtiger als alles andere.«

»Vielleicht«, sagte ich, »aber es kann nichts schaden, ihm ein bißchen mehr Leine zu geben und zu sehn, was er damit macht.«

Feeney war dagegen. Er wollte den Sheriff schnappen, und zwar *pronto;* aber Vernon unterstützte mich, wenn auch widerstrebend. Wir setzten Rolly vor seinem Haus ab und fuhren zurück ins Hotel.

Wieder in meinem Zimmer, meldete ich ein Gespräch mit unserer Agentur in San Francisco an. Während ich auf die Verbindung wartete, schlugen Fingerknöchel an meine Tür. Ich machte auf und ließ Jack Santos herein; er war in Schlafanzug, Bademantel und Hausschuhen.

»Angenehme Fahrt gehabt?« fragte er gähnend.

»Ja, toll.«

»Ist was rausgekommen dabei?«

»Nichts zur Veröffentlichung. Aber unter vier Augen: der neueste Dreh ist, daß unser Sheriff die Chose dem Liebsten seiner Frau anhängen will – mit selbstgestrickten Indizien.

Die andern hohen Herren sind der Ansicht, Cotton selber hätte die Sache auf dem Kerbholz.«

»Na, dann werden sie wohl alle auf die Titelseite kommen.« Santos setzte sich aufs Fußende meines Bettes und zündete sich eine Zigarette an. »Haben Sie zufällig schon gehört, daß Feeney Cottons Nebenbuhler war bei der Werbung um die telegrafierende Hand der jetzigen Mrs. Cotton – bis sie dann den Sheriff genommen hat: Triumph von Grübchen über Schnauzbart?«

»Nein«, gestand ich. »Und was ist damit?«

»Was weiß ich! Hab's bloß zufällig eben aufgeschnappt. Einer in der Garage hat's mir erzählt.«

»Wie lange ist das her?«

»Daß sie Nebenbuhler gewesen sind? Noch keine zwei Jahre.«

Ich bekam mein Gespräch mit San Francisco und sagte Field, dem Nachtdienstmann der Agentur, jemand solle den Besuch des Sheriffs in der Noe Street nachprüfen. Santos gähnte und ging hinaus, während ich noch sprach. Als das Gespräch zu Ende war, ging ich ins Bett.

17

Unter der Stumpfen Spitze

Das Klingeln des Telefons riß mich am nächsten Morgen kurz vor zehn aus dem Schlaf. Es war Mickey Linehan in San Francisco, der mir berichtete, Cotton sei am Samstagmorgen zwischen sieben und halb acht in der Wohnung seiner Mutter angekommen. Der Sheriff habe fünf oder sechs Stunden geschlafen – seiner Mutter habe er gesagt, er sei die ganze Nacht aufgewesen und habe auf einen Einbrecher gelauert – und sei am selben Tag abends um sechs wieder nach Hause gefahren.

Als ich in die Halle kam, trat Cotton von der Straße herein. Er hatte rotgeränderte Augen und war todmüde, seiner Sache aber immer noch sicher.

»Whidden geschnappt?« fragte ich.

»Nein, verdammter Kerl der! Aber ich werd schon noch! Wissen Sie, ich bin froh, daß Sie mir gegen den Arm gehaun haben, auch wenn er dadurch entwischt ist. Ich – na ja, wie das so geht – der kühle Kopf geht eben manchmal baden vor lauter Begeisterung.«

»Ja ja. Auf dem Rückweg haben wir bei Ihnen zu Hause gehalten, um zu sehn, wie Sie zurechtgekommen sind.«

»Ich war bis jetzt noch nicht zu Hause«, sagte er. »Hab die ganze Scheißnacht drangehängt, hinter dem Kerl herzuhetzen. Und wo sind Vern und Feeney?«

»Treiben Augenpflege. Schlafen Sie lieber auch ein bißchen«, empfahl ich ihm. »Ich ruf Sie an, wenn was los ist.«

Er machte sich auf den Heimweg.

Ich ging ins Hotelcafé, um zu frühstücken. Als ich halb fertig war damit, setzte Vernon sich zu mir. Er hatte Telegramme vom Polizeipräsidium in San Francisco und vom

Büro des County-Sheriffs in Marin, die Fitzstephans Alibis bestätigten.

»Ich hab meinen Bericht über Cotton gekriegt«, sagte ich. »Er ist Samstag früh um sieben oder kurz danach bei seiner Mutter angekommen und am selben Abend um sechs wieder abgefahren.«

»Sieben oder kurz danach?« Vernon paßte das nicht. Wenn der Sheriff um diese Zeit in San Francisco gewesen war, konnte er das Mädchen schwerlich entführt haben. »Wissen Sie das bestimmt?«

»Nein, aber was Besseres haben wir bis jetzt nicht rauskriegen können. Da ist ja Fitzstephan!« Durch die Tür des Cafés schauend, hatte ich den schlaksigen Rücken des Romanautors am Rezeptionstisch erblickt. »Entschuldigen Sie mich einen Moment.«

Ich holte Fitzstephan an unseren Tisch und stellte ihn Vernon vor. Der Staatsanwalt stand auf, um ihm die Hand zu reichen, war aber mit seinen Gedanken zu sehr bei Cotton, um jetzt von irgend etwas anderem Notiz nehmen zu können. Fitzstephan sagte, gefrühstückt habe er schon in der Stadt, und bestellte nur eine Tasse Kaffee. In dem Augenblick wurde ich ans Telefon gerufen.

Es war Cotton, doch so aufgeregt, daß seine Stimme kaum zu erkennen war:

»Um Gottes willen holen Sie Vernon und Feeney und kommen Sie her!«

»Was ist denn los?« fragte ich.

»Machen Sie schnell! Was Schreckliches ist passiert. Schnell!« rief er und legte auf.

Ich ging zurück zum Tisch und erzählte Vernon davon. Er sprang auf und stieß dabei Fitzstephans Kaffee um. Fitzstephan stand ebenfalls auf, zögerte aber und sah mich an.

»Komm mit!« forderte ich ihn auf. »Das wird vielleicht sowas, wie du's gern hast.«

Fitzstephans Wagen stand vor dem Hotel. Das Haus des

Sheriffs war nur sieben Blocks weiter. Die Haustür stand offen. Vernon klopfte an den Rahmen, als wir eintraten, aber wir warteten keine Antwort ab.

Cotton kam uns im Flur entgegen. Seine Augen, rund und blutunterlaufen, lagen in einem Gesicht, das weiß war wie Marmor. Er versuchte etwas zu sagen, brachte die Worte aber nicht durch die fest zusammengebissenen Zähne. Mit einer Faust, die sich um ein Stück braunes Papier krampfte, deutete er auf die Tür hinter sich.

Durch die Türöffnung sahen wir Mrs. Cotton. Sie lag auf dem mit blauem Teppich belegten Boden. Sie hatte ein hellblaues Kleid an. Auf ihrem Hals waren dunkle Würgemale. Ihre Lippen und die Zunge – die geschwollen heraushing – waren noch dunkler als die Würgemale. Ihre Augen waren weit auf, hervorquellend, nach oben verdreht und tot. Ihre Hand, als ich sie berührte, war noch warm.

Cotton, der hinter uns ins Zimmer trat, hielt uns das braune Papier hin. Es war ein unordentlich abgerissenes Stück Packpapier, das auf beiden Seiten mit Schriftzügen bedeckt war – nervös, ungleichmäßig, hastig mit Bleistift hingekritzelt. Es war ein weicherer Bleistift benutzt worden als bei der Mitteilung an Fitzstephan, und das Papier war von dunklerem Braun.

Ich stand am nächsten bei Cotton. Ich nahm das Stück Papier und las eilig vor, die unnötigen Worte auslassend:

»Whidden gestern nacht gekommen ... sagte, mein Mann hinter ihm her ... ihm die Collinson-Sache anhängen ... Ich versteckte ihn in der Dachkammer ... Er sagte, einzige Möglichkeit, ihn zu retten, daß ich sage, er wäre Freitagnacht hier gewesen ... sagte, sonst würden sie ihn aufhängen ... Als Mr. Vernon kam, sagte Harve, er würde mich umbringen, wenn ich nicht ... Da habe ich es gesagt ... Aber er war in der Nacht gar nicht hier ... Ich wußte da noch nicht, daß er schuldig war ... mir später erzählt ... Donnerstagnacht zu entführen versucht ... ihr Mann ihn fast erwischt ... ins

Büro gekommen, nachdem Collinson das Telegramm aufgegeben hatte, und es gesehen ... ihm nachgegangen und ihn umgebracht ... nach San Francisco gefahren, Whisky getrunken ... beschlossen, das Kidnapping trotzdem durchzuführen ... den Mann angerufen, der sie kannte, um zu erfahren, von wem er Geld kriegen könnte ... zu betrunken, um vernünftig zu reden ... Brief geschrieben und zurückgekommen ... ihr auf Straße begegnet ... schaffte er sie in ein altes Schnapsschmugglerversteck irgendwo unter der Stumpfen Spitze ... fährt mit dem Boot ... Angst, daß er mich umbringt ... mich in der Bodenkammer eingeschlossen ... schreibe, während er sich unten was zu essen macht ... Mörder ... ich werde ihm nicht helfen ... Daisy Cotton.«

Der County-Sheriff und Rolly waren eingetroffen, während ich vorlas. Feeneys Gesicht war ebenso weiß und starr wie Cottons.

Vernon entblößte seine Zähne und fuhr den Sheriff an:

»Das haben *Sie* geschrieben!«

Feeney riß mir das Blatt aus den Händen, betrachtete es, schüttelte den Kopf und sagte mit belegter Stimme:

»Nein, nein, das ist schon ihre Schrift.«

Cotton stammelte:

»Nein, bei Gott, ich hab das nich geschrieben. Ich hab ihm das Zeug unter die Matratze gelegt, das geb ich ja zu; aber das war auch alles. Ich komm nach Hause und find sie so hier. Ich schwör's bei Gott!«

»Wo sind Sie Freitagnacht gewesen?« fragte Vernon.

»Hier. Ich hab auf das Haus aufgepaßt. Ich dachte – ich dachte, er würde vielleicht ... Aber in der Nacht is er nich hiergewesen. Bis zum Morgengrauen hab ich aufgepaßt, und dann bin ich in die Stadt gefahren. Ich hab ihn nich ...«

Der Rest von Cottons Worten ging unter im Bellen des County-Sheriffs. Den Brief der Toten in der Hand schwenkend, bellte er:

»Unter der Stumpfen Spitze! Worauf warten wir noch?«

Er stürzte aus dem Haus, wir andern hinter ihm her. Cotton stieg bei Rolly ein, und Vernon, der County-Sheriff und ich fuhren mit Fitzstephan zur Küste. Während der ganzen kurzen Fahrt heulte Feeney, und seine Tränen verspritzten auf der Automatic, die er im Schoß hielt.

An der Küste stiegen wir von den Wagen in ein grün-weißes Motorboot um, das von einem rotbackigen, flachsköpfigen jungen Burschen namens Tim gesteuert wurde. Tim sagte, er habe keine Ahnung von irgendwelchen Schnapsschmugglerverstecken unter der Stumpfen Spitze, aber wenn dort eins sei, so könne er's finden. Das Boot entwickelte in seinen Händen eine ganz beachtliche Geschwindigkeit, doch Feeney und Cotton ging es immer noch zu langsam. Sie standen miteinander im Bug, die Pistolen in den Fäusten, und blickten entweder angestrengt voraus oder riefen nach hinten und verlangten größeres Tempo.

Nach einer halben Stunde Fahrt kamen wir um ein abgeplattetes, in die See vorspringendes Kliff, das die andern Stumpfe Spitze nannten, und Tim verlangsamte unsere Fahrt, stärker auf die Felsen zuhaltend, die eine hohe, schroffe Steilküste bildeten. Wir waren jetzt nur noch Augen – Augen, die vom Starren unter der Mittagssonne bald schmerzten, doch immer weiter starrten. Zweimal sahen wir Einschnitte in der Felsenwand der Küste, stießen zuversichtlich in sie hinein, sahen, daß sie blind waren, nirgends hinführten, keinen Eingang zu Verstecken bildeten.

Der dritte Einschnitt sah auf den ersten Blick noch hoffnungsloser aus; da die Stumpfe Spitze aber nun schon ein gutes Stück hinter uns lag, durften wir nichts übergehen. Wir glitten in den Einschnitt hinein, so weit, daß wir zu der Überzeugung kamen, er sei wiederum blind, gaben es auf und sagten Tim, er solle abdrehen. Bevor der Flachskopf das Boot herumbringen konnte, trieben wir noch ein paar Meter weiter hinein.

Cotton, im Bug, beugte sich aus der Hüfte vor und schrie:

»Hier is es!«

Mit der Pistole deutete er auf eine Seite der Felsspalte. Tim ließ das Boot noch einen halben Meter weitertreiben. Die Hälse reckend, konnten wir sehen, daß das, was wir auf dieser Seite für die Küstenlinie gehalten hatten, in Wirklichkeit eine hohe, schmale, gezackte Felskante war, die nach uns hin durch einen gut fünf Meter breiten Wasserstreifen von dem eigentlichen Küstenkliff getrennt war.

»Rein da mit dem Kahn!« kommandierte Feeney.

Tim sah bedenklich auf das Wasser, zögerte und sagte:

»Das schafft er aber nicht.«

Das Boot bekräftigte seine Meinung, indem es plötzlich unter unseren Füßen erbebte und dabei ein unangenehmes Schurren hörbar werden ließ.

»Pfeif drauf!« polterte der County-Sheriff. »Rein da mit dem Kahn!«

Nach einem Blick auf Feeneys wildes Gesicht fuhr Tim das Boot hinein.

Das Boot erbebte noch einmal unter unseren Füßen, heftiger, und diesmal war zugleich mit dem Schurren ein Bersten zu hören, aber wir fuhren durch die Öffnung und bogen hinter der gezackten Kante einwärts.

Wir befanden uns in einer V-förmigen Tasche, die, wo wir hineingefahren waren, gut fünf Meter breit war und insgesamt vielleicht eine Länge von fünfundzwanzig Metern hatte, – umgeben von hohen Wänden, unzugänglich vom Land aus, von der See aus nur zugänglich, wie wir gekommen waren. Das Wasser, das uns trug – und rasch ins Boot drang, um uns zu versenken – reichte etwa zu einem Drittel in die Tasche hinein. Die zwei anderen Drittel bedeckte weißer Sand. Auf dem äußersten Sandstreifen lag mit dem Bug im Trockenen ein kleines Boot. Es war leer. Niemand war zu sehen. Nirgends schien es eine Stelle zu geben, wo jemand sich verstecken könnte. Im Sand waren Fußspuren – große und kleine –, leere Büchsen und die Reste eines Feuers.

»Harveys«, sagte Rolly, auf das Boot deutend.

Unser Boot schob sich daneben in den Sand. Wir sprangen hinaus und platschten an Land – Cotton voran, die andern verteilt hinter ihm her.

Auf einmal, als wäre er aus der Luft gesprungen, war Harvey am spitzen Ende des V's aufgetaucht: mit einem Gewehr in den Händen stand er im Sand. Wut und Verblüffung mischten sich in seinem kräftigen Gesicht und seiner Stimme, als er brüllte:

»Verräter, du gottverdamm ...« Der Rest seiner Worte ging unter im Krachen seines Gewehrs.

Cotton hatte sich zur Seite niedergeworfen. Die Gewehrkugel ging um Zentimeter an ihm vorbei, zischte zwischen Fitzstephan und mir hindurch, streifte seine Hutkrempe und spritzte gegen den Felsen hinter uns. Vier von unseren Pistolen gingen gleichzeitig los, einige mehr als einmal.

Whidden kippte nach hinten, die Füße flogen in die Luft. Er war tot, als wir zu ihm kamen – drei Kugeln in der Brust, eine im Kopf.

Wir fanden Gabrielle Collinson in die Ecke eines Loches in der Felswand gekauert – einer langen dreieckigen Höhle, deren enge Öffnung unserm Blick durch ihren schiefen Winkel verborgen geblieben war. Über trockenen Seetang waren ein paar Decken gebreitet, außerdem fanden wir Konserven, eine Laterne und noch ein Gewehr.

Das kleine Gesicht des Mädchens war erhitzt und fiebergerötet, und ihre Stimme war heiser – sie hatte sich erkältet und hustete. Anfangs war sie zu verängstigt, um uns irgend etwas Zusammenhängendes erzählen zu können, und erkannte Fitzstephan und mich offensichtlich nicht.

Das Boot, mit dem wir gekommen waren, war nicht mehr manövrierfähig. Whiddens Boot konnte höchstens drei Personen sicher durch die Brandung tragen. Tim und Rolly machten sich damit nach Quesada auf, um uns ein größeres Boot zu holen. Hin und zurück war es eine Fahrt von anderthalb

Stunden. Während sie weg waren, nahmen wir uns das Mädchen vor, beruhigten sie, versicherten ihr, daß sie bei Freunden sei und sich nun vor nichts mehr zu fürchten brauche. Allmählich wich die Angst aus ihren Augen, ihr Atem ging ruhiger und ihre Fingernägel gruben sich nicht mehr so krampfhaft in die Handflächen. Nach einer Stunde war sie soweit, daß sie auf unsere Fragen Antwort gab.

Sie sagte, sie wisse nichts davon, daß Whidden sie Donnerstagabend hatte entführen wollen, und auch nichts von dem Telegramm, das Eric mir geschickt hatte. Sie hatte die ganze Nacht vom Freitag zum Samstag aufgesessen und hatte auf ihn gewartet, und als es hell wurde, war sie – außer sich, weil er immer noch nicht von seinem Spaziergang zurückgekommen war – losgelaufen, um ihn zu suchen. Sie fand ihn – so wie ich ihn gefunden hatte. Dann war sie zurückgegangen in das Haus und hatte versucht, Selbstmord zu begehen – dem Fluch mit der Pistole ein Ende zu machen.

»Zweimal hab ich's versucht«, flüsterte sie, »aber ich konnte nicht. Ich konnte nicht. Ich konnte die Mündung beim Abdrücken nicht auf mich halten. Ich war zu feige. Beim erstenmal hab ich versucht, mich in die Schläfe zu schießen, und dann in die Brust, aber ich hatte nicht den Mut. Jedesmal hab ich sie kurz vor dem Abdrücken weggerissen. Und nach dem zweitenmal hab ich nicht mal mehr den Mut gehabt, noch einen Versuch zu wagen.«

Dann hatte sie sich umgezogen – das Abendkleid war von ihren Suchgängen schmutzig und zerrissen – und war mit dem Wagen vom Hause fortgefahren. Sie sagte nicht, wo sie hatte hinfahren wollen. Sie schien es nicht zu wissen. Wahrscheinlich hatte sie überhaupt kein Ziel – wollte einfach weg von dem Ort, wo der Fluch ihren Mann ereilt hatte.

Sie war noch nicht weit gefahren, als sie einen Wagen auf sich hatte zukommen sehen, an dessen Steuer der Mann saß, der sie dann hierher brachte. Er hatte seinen Wagen vor ihr auf der Straße quergedreht und die Straße blockiert. Sie hatte versucht, einen Zusammenstoß mit seinem Wagen zu vermeiden, und war dabei gegen einen Baum gefahren – und dann wußte sie nichts mehr, bis sie in der Höhle aufgewacht war. Sie war seitdem hier gewesen. Der Mann hatte sie die meiste Zeit allein gelassen. Sie hatte nicht die Kraft und den Mut gehabt, schwimmend zu entkommen, und einen anderen Fluchtweg gab es nicht.

Der Mann hatte ihr nichts erzählt, sie nichts gefragt, nicht das Wort an sie gerichtet, abgesehen von Bemerkungen wie: »Hier ist was zu essen«, oder: »Bis ich Ihnen Wasser mitbringe, werden Sie sich mit Tomaten aus der Büchse begnügen müssen, wenn Sie Durst haben.« Sie konnte sich nicht erinnern, ihn vorher schon einmal gesehen zu haben. Sie wußte nicht, wie er hieß. Er war der einzige Mensch, den sie seit dem Tode ihres Mannes gesehen hatte.

»Wie hat er Sie denn angeredet?« fragte ich. »Mrs. Carter oder Mrs. Collinson?«

Nachdenklich zog sie die Brauen zusammen, schüttelte den Kopf und sagte:

»Ich glaube, er hat mich überhaupt nicht beim Namen genannt. Er hat nur das Nötigste gesagt, und er war ja auch nicht viel hier. Meistens war ich allein.«

»Wie lange ist er denn diesmal schon hiergewesen?«

»Seit vor Morgengrauen. Das Geräusch von seinem Boot hat mich wachgemacht.«

»Bestimmt? Das ist wichtig. Wissen Sie bestimmt, daß er seit dem Morgengrauen hier gewesen ist?«

»Ja.«

Ich hockte vor ihr auf den Fersen. Links von mir, neben dem County-Sheriff, stand Cotton. Ich sah zu ihm auf und sagte:

»Damit fällt es auf Sie, Cotton. Ihre Frau ist noch warm gewesen, als wir sie gesehn haben, nach elf.«

Er glotzte mich an und stotterte: »W-was reden Sie da?«

An meiner anderen Seite hörte ich Vernons Zähne scharf aufeinanderschlagen.

Ich sagte:

»Ihre Frau hat Angst gehabt, daß Whidden sie umbringt, und hat diese Erklärung geschrieben. Aber er *hat* sie nicht umgebracht. Er ist seit dem Morgengrauen hier gewesen. Sie haben die Erklärung gefunden und daraus entnommen, daß sie tatsächlich zu intim miteinander gewesen sind. Na, und was haben Sie dann gemacht?«

»Das ist eine Lüge!« schrie er. »Kein einziges Wort ist wahr davon. Sie hat tot dagelegen, wie ich sie gefunden hab. Nie hätt ich . . .«

»Sie haben sie ermordet!« fuhr Vernon ihn über meinen Kopf hinweg an. »Sie haben sie erwürgt und haben damit gerechnet, daß diese Erklärung den Verdacht auf Whidden lenken würde.«

»Das ist eine Lüge!« schrie der Sheriff noch einmal und machte den Fehler, seine Pistole zu ziehen.

Feeney traf ihn so, daß er zu Boden ging, und hatte ihm Handschellen angelegt, bevor er wieder aufstehen konnte.

18

Die Bombe

»Das ergibt keinen Sinn«, sagte ich. »Das ist doch vollkommen verdreht. Wenn wir unsern Mann – oder unsere Frau – schnappen, wird sich zeigen, daß es ein Depp ist, und statt an den Galgen kommt der- oder diejenige dann in die Klapsmühle.«

»Das ist mal wieder typisch für dich«, sagte Owen Fitzstephan. »Du bist wie vor den Kopf geschlagen, verblüfft, entgeistert. Gibst du nun etwa zu, daß du auf einen gestoßen bist, mit dem du nicht fertig wirst, daß du an einen Verbrecher geraten bist, der dir an Schlauheit über ist? Nein, du nicht! Er hat dich überlistet, also ist er schwachsinnig oder irre. Wirklich, mein Lieber! Die Bescheidenheit einer solchen Einstellung ist nun allerdings einigermaßen überraschend.«

»Aber es muß doch ein Trottel sein«, beharrte ich. »Sieh mal: Mayenne heiratet . . .«

»Willst du den ganzen Katalog etwa nochmal herbeten?« fragte er angewidert.

»Du hast einen hochfliegenden Geist. Das taugt nichts in diesem Job. Mörder faßt man nicht, indem man sich mit interessanten Gedanken amüsiert. Man muß sich an die Fakten halten, an so viel davon, wie man kriegen kann, und die muß man drehn und wenden, immer wieder, bis es Klick macht.«

»Wenn das deine Technik ist, mußt du eben damit zurechtkommen«, sagte er. »Aber ich seh verdammt nicht ein, warum *ich* das durchmachen soll. Du hast die Mayenne-Leggett-Collinson-Geschichte gestern abend mindestens ein halbes Dutzend Mal Stück um Stück hergebetet. Du hast heute morgen seit dem Frühstück nichts anderes getan als das. Mir reicht's. Kein Mensch sollte Geheimnisse haben, die so stinklangweilig sind, wie du das hier machst.«

»Tja, so ist das nun mal«, sagte ich. »Du bist ins Bett gegangen, und ich hab noch die halbe Nacht aufgesessen und mir die Sachen selber vorgebetet. Man muß sie eben drehn und wenden, mein Lieber, bis es irgendwie Klick macht.«

»Ich bin mehr für die Nick-Carter-Schule. Tauchen denn am Horizont wenigstens ein paar von den Schlußfolgerungen auf, zu denen dieses Drehn und Wenden angeblich führt?«

»Ja, eine hab ich; und zwar diese: Vernon und Feeney irren sich, wenn sie meinen, Cotton hätte bei der Entführung mit Whidden gemeinsame Sache gemacht und wäre ihm dann in den Rücken gefallen. Nach ihrer Theorie hat Cotton sich den Plan ausgedacht und Whidden überredet, die Dreckarbeit zu machen, während der Sheriff seine Amtsstellung ausnutzte, um ihn zu decken. Collinson ist ihnen quer gekommen und umgebracht worden. Dann hat Cotton seine Frau gezwungen, diese Erklärung zu schreiben – die ist natürlich faul, ist ihr diktiert worden –, danach hat er sie umgebracht und uns zu Whidden geführt. Cotton war der erste an Land, als wir zu dem Versteck kamen – um dafür zu sorgen, daß Whidden beim Widerstand gegen die Staatsgewalt erschossen wurde, bevor er reden konnte.«

Fitzstephan fuhr sich mit seinen langen Fingern durch das rotbraune Haar und fragte:

»Meinst du nicht, Eifersucht ist für Cotton schon Motiv genug gewesen?«

»Ja, schon. Aber wo ist Whiddens Motiv, sich Cotton so auszuliefern? Außerdem, wie stimmt diese Version mit dem Tempel-Rummel zusammen?«

»Bist du denn sicher«, fragte Fitzstephan, »daß da überhaupt eine Verbindung bestehen muß?«

»O ja. Gabrielles Vater, ihre Stiefmutter, ihr Arzt und ihr Mann sind in weniger Wochen als ich Finger an der Hand habe um die Ecke gebracht worden – all die Menschen, die ihr am nächsten standen. Das genügt mir, um alles miteinander zu verknüpfen. Wenn du noch mehr Verbindungsglieder haben willst, kann ich sie dir aufzählen. Upton und Ruppert sind wahrscheinlich die Anstifter der ersten Affäre gewesen und sind umgekommen; Haldorn der zweiten, und er ist umgekommen; Whidden der dritten, und er ist umgekommen. Mrs. Leggett hat ihren Mann umgebracht; Cotton hat vermutlich seine Frau umgebracht; und Haldorn hätte seine auch umgebracht, wenn ich ihm nicht in die Quere gekommen wäre. Gabrielle ist als Kind angestiftet worden, ihre Mutter umzubringen; Gabrielles Dienstmädchen ist angestiftet worden, Riese umzubringen und beinah auch mich. Leggett hat eine Erklärung hinterlassen, die alles – wenn auch nicht völlig befriedigend – erhellte, und ist getötet worden. Dasselbe hat Mrs. Cotton getan, und ihr ist es ebenso ergangen. Du magst bei dem einen oder andern dieser Paare von zufälligem Zusammentreffen sprechen. Du magst bei mehreren dieser Paare von zufälligem Zusammentreffen sprechen. Dann bleibt dir immer noch genug übrig, was auf jemanden hindeutet, der ein System hat, das ihm behagt und bei dem er bleibt.«

Fitzstephan sah mich mit schrägem Blick nachdenklich an, als er mir beipflichtete:

»Da kann schon was dran sein. So wie du es darstellst, sieht es tatsächlich aus wie das Werk eines einzelnen Kopfes.«

»Und zwar eines übergeschnappten Kopfes.«

»Versteif dich nur drauf«, sagte er. »Aber auch dein Übergeschnappter muß ein Motiv haben.«

»Warum?«

»Hol der Teufel deine Art zu denken«, sagte er gutmütig aufbrausend. »Wenn er kein Motiv im Zusammenhang mit Gabrielle gehabt hat, warum sollten dann seine Taten mit ihr im Zusammenhang stehen?«

»Wir wissen nicht, daß sie alle mit ihr im Zusammenhang stehen«, betonte ich. »Wir wissen es nur von denen, bei denen das der Fall ist.«

Er grinste und sagte:

»Du mußt um jeden Preis Einwände vorbringen, was?«

Ich sagte:

»Außerdem, vielleicht hängen die Taten des Übergeschnappten deshalb mit Gabrielle zusammen, weil *er* mit ihr zusammenhängt.«

Fitzstephans Augen wurden beim Nachdenken darüber schläfrig. Er stülpte den Mund vor und sah auf die geschlossene Tür, die mein Zimmer von Gabrielles Zimmer trennte.

»Na schön«, sagte er und sah mich wieder an. »Wer ist denn dein Wahnsinniger, der Gabrielle so nahesteht?«

»Diejenige Person, die Gabrielle am nächsten steht und gleichzeitig am übergeschnapptesten ist, ist Gabrielle selber.«

Fitzstephan erhob sich und kam durch das Hotelzimmer – ich saß auf dem Bettrand – auf mich zu, um mir mit feierlichem Pathos die Hand zu schütteln.

»Du bist großartig«, sagte er. »Du setzt mich in Erstaunen. Hast du manchmal Nachtschweiß? Streck mal die Zunge raus und sag ›Ah‹.«

»Angenommen«, begann ich, wurde aber von einem schwachen Klopfen an der Tür zum Gang unterbrochen.

Ich ging an die Tür und öffnete sie. Ein dünner Mann meines Alters und meiner Größe stand in zerknitterter schwarzer Kleidung auf dem Gang. Er atmete schwer durch eine rotgeäderte Nase, und seine kleinen braunen Augen waren schüchtern.

»Sie kennen mich doch«, sagte er in entschuldigendem Ton.

»Ja. Kommen Sie rein.« Ich stellte ihn Fitzstephan vor: »Das ist Tom Fink. Er war einer von den Helfern der Haldorns im Tempel des Heiligen Gral.«

Fink sah mich vorwurfsvoll an, zog dann seinen verbeulten Hut vom Kopf und durchquerte das Zimmer, um Fitzstephan die Hand zu geben. Als das getan war, kam er zu mir zurück und sagte fast flüsternd:

»Ich komm her, um Ihnen was zu erzählen.«

»Ja?«

Er trat von einem Fuß auf den andern und drehte seinen Hut in den Händen. Ich zwinkerte Fitzstephan zu und ging mit Fink hinaus. Ich machte die Tür hinter mir zu, blieb auf dem Gang stehen und sagte: »Na, dann mal raus damit.«

Fink fuhr sich erst mit der Zunge über die Lippen, dann mit dem Rücken seiner dürren Hand. In seinem halb flüsternden Ton sagte er:

»Ich komm her, um Ihnen was zu erzählen, was Sie interessieren müßte, hab ich mir gedacht.«

»Ja?«

»Es ist wegen dem Whidden, der umgebracht worden ist.«

»Ja?«

»Der war . . .«

Die Tür zu meinem Zimmer barst auf. Fußböden, Wände und Decke wirbelten unter uns, über uns und um uns herum. Der Krach war so stark, daß man ihn eigentlich gar nicht hörte – eher ein Brüllen, das man körperlich spürte. Tom Fink wurde von meiner Seite fortgehoben, nach hinten. Ich war so geistesgegenwärtig, mich hinzuwerfen, als ich in die entgegengesetzte Richtung gedrückt wurde, und trug nichts Schlimmeres davon als eine geprellte Schulter, als ich gegen die Wand knallte. Fink flog an einen Türrahmen, sehr unglücklich, denn die Kante fing seinen Hinterkopf auf. Er prallte ab, knickte zusammen, blieb mit dem Gesicht auf dem Fußboden liegen, reglos bis auf das Blut, das ihm aus dem Kopf sickerte.

Ich stand auf und steuerte mein Zimmer an. Fitzstephan war ein zerfetztes Bündel Fleisch und Kleidung mitten auf dem Fußboden. Mein Bett brannte. Im Fenster war weder Glas noch Drahtgitter mehr. Ich bemerkte dies alles mechanisch, während ich auf Gabrielles Zimmer zutaumelte. Die Verbindungstür war offen – wahrscheinlich durch den Luftdruck.

Sie kauerte auf allen vieren im Bett, das Gesicht zum Fußende hin, die Füße auf den Kissen. Ihr Nachthemd war

an einer Schulter aufgerissen. Ihre grün-braunen Augen –
funkelnd unter braunen Locken, die ihre Stirn verdeckten –
waren die Augen eines Tieres, das der Gitterkoller gepackt
hat. Speichel glänzte an ihrem spitzen Kinn. Sonst war niemand im Zimmer.

»Wo ist die Pflegerin?« Meine Stimme klang erstickt.

Das Mädchen sagte nichts. Ihre Augen blieben mit irrem
Entsetzen auf mich gerichtet.

»Unter die Decke!« befahl ich. »Wollen Sie sich eine Lun-
genentzündung holen?«

Sie rührte sich nicht. Ich trat neben das Bett, hob ein Ende
der Decke mit der einen Hand hoch, streckte die andere
Hand aus, um ihr zu helfen, und sagte:

»Na kommen Sie, kriechen Sie drunter.«

Tief aus der Brust brachte sie einen seltsamen Laut herauf,
fuhr mit dem Kopf nieder und schlug ihre scharfen Zähne in
meinen Handrücken. Es tat weh. Ich steckte sie unter die
Decke, ging zurück in mein Zimmer und war gerade dabei,
meine brennende Matratze aus dem Fenster zu schieben, als
Leute angelaufen kamen.

»Holen Sie einen Arzt«, rief ich dem ersten zu, »und bleiben Sie hier raus!«

Als Mickey Linehan sich durch die Menge schob, die sich
nun schon im Gang drängte, hatte ich mir die Matratze vom
Halse geschafft. Mickey warf einen Blick auf das, was von
Fitzstephan noch übrig war, sah dann mich mit zusammenge-
kniffenen Augen an und fragte:

»Wie zum Henker –?«

Die Winkel seines großen Mundes hingen schlaff herab; es
sah aus wie ein umgedrehtes Grinsen.

Ich leckte an verbrannten Fingern und fragte barsch:

»Wie zum Henker sieht's denn *hier* aus?«

»Nach neuer Schererei bestimmt.« Das Grinsen auf seinem
roten Gesicht drehte sich in die richtige Lage. »Bestimmt – du
bist ja hier.«

Ben Rolly kam herein. »Tz-tz-tz«, machte er und sah sich um. »Was meinen Sie denn, was hier passiert ist?«

»Bombe«, sagte ich.

»Tz-tz-tz.«

Doktor George kam herein und kniete neben dem Wrack von Fitzstephan nieder. George war Gabrielles Arzt seit ihrer Rückkehr aus der Höhle am Tage zuvor. Er war ein kleiner, klobiger Mann mittleren Alters, der außer auf Lippen, Backen, Kinn und Nasenrücken überall eine Menge schwarze Haare hatte. Seine behaarten Hände glitten über Fitzstephan.

»Was hat Fink denn so gemacht?« fragte ich Mickey.

»Sozusagen gar nichts. Ich bin ihm auf den Fersen, seit sie ihn gestern mittag rausgelassen haben. Vom Knast aus ist er in ein Hotel in der Kearny Street gegangen und hat sich ein Zimmer genommen. Fast den ganzen Nachmittag war er in der Volksbücherei und hat da die ganze Schauergeschichte von dem Mädchen von Anfang bis jetzt im Zeitungsarchiv nachgelesen. Danach hat er gegessen und ist wieder ins Hotel zurückgegangen. Möglich, daß er mir durch eine Hintertür entwischt ist. Wenn nicht, dann hat er die ganze Nacht in seinem Zimmer kampiert. Es war dunkel, als ich um Mitternacht abgehaun bin, um Punkt sechs wieder auf dem Posten sein zu können. Er ist kurz nach sieben aufgetaucht, hat gefrühstückt, die Bahn nach Poston genommen, ist dort in den Bus nach hier umgestiegen und sofort hier ins Hotel gegangen und hat nach dir gefragt. Das ist die Ausbeute.«

»Hol mich der Teufel!« rief der kniende Arzt aus. »Der Mann ist ja gar nicht tot!«

Ich glaubte ihm nicht. Fitzstephans rechter Arm war ab und auch das rechte Bein zum größten Teil. Sein Körper war zu verknäuelt, als daß man hätte sehen können, was davon noch übrig war, aber von seinem Gesicht fehlte eine Seite. Ich sagte: »Draußen im Gang ist noch einer, mit eingedrücktem Schädel.«

»Ach, der kommt schon klar«, murmelte der Arzt, ohne aufzusehen. »Aber der hier – na, hol mich der Teufel!«

Er rappelte sich auf und begann diese und jene Anordnung zu erteilen. Er war aufgeregt. Zwei Männer kamen vom Gang herein. Die Frau, die Gabrielle Collinson gepflegt hatte, eine Mrs. Herman, trat zu ihnen und noch ein Mann mit einer Decke. Sie brachten Fitzstephan weg.

»Der da draußen im Gang«, fragte Rolly, »ist das Fink?«

»Ja.« Ich erzählte ihm, was Fink mir erzählt hatte, und fügte hinzu: »Er war noch nicht fertig, da krachte es.«

»Ob die Bombe für ihn gedacht war? Vielleicht sollte er nicht fertig werden.«

Mickey sagte: »Außer mir ist ihm von San Francisco niemand gefolgt.«

»Kann sein«, sagte ich. »Geh lieber mal gucken, was sie mit ihm machen, Mick.«

Mickey ging hinaus.

»Das Fenster war zu«, sagte ich zu Rolly. »Es hat kurz vor der Explosion kein Geräusch gegeben, das sich so anhörte, als käme was durch die Scheibe geflogen, und es liegt auch kein zerbrochenes Fensterglas im Zimmer. Außerdem war der Fliegendraht davor. Wir können also sagen, daß die Bombe nicht durchs Fenster reingeschmissen wurde.«

Rolly nickte undurchsichtig und sah auf die Tür zu Gabrielles Zimmer.

»Fink und ich haben uns gerade auf dem Gang unterhalten«, fuhr ich fort. »Ich bin sofort hier durch in ihr Zimmer gelaufen. Niemand kann nach der Explosion aus ihrem Zimmer gekommen sein, ohne daß ich ihn gesehen oder gehört hätte. Ich hatte ihre Tür zum Gang von außen im Auge, und im nächsten Moment habe ich sie von innen wiedergesehn. Der Draht vor ihrem Fenster ist noch ganz.«

»Mrs. Herman war nicht drin bei ihr?« fragte Rolly.

»Sie hätte eigentlich sollen, aber sie war nicht. Wir werden uns danach noch erkundigen. Ich halte es für abwegig, Mrs.

Collinson als Bombenwerferin anzusehen. Sie liegt dauernd im Bett, seit wir sie gestern von der Stumpfen Spitze zurückgebracht haben. Sie konnte sich die Bombe auch nicht da hinlegen lassen, denn wie sollte sie wissen, daß sie in diesem Zimmer wohnen würde. Niemand ist seitdem drin gewesen außer Ihnen, Feeney, Vernon, dem Arzt, der Pflegerin und mir.«

»Ich wollte ja gar nicht sagen, daß sie was damit zu tun hat«, murmelte der Hilfssheriff. »Was sagt sie denn?«

»Bis jetzt noch nichts. Wir wollen's jetzt mal mit ihr versuchen, wenn ich auch nicht glaube, daß uns das weiterbringen wird.«

Und das tat es auch nicht. Gabrielle lag in der Mitte des Bettes, die Decke unterm Kinn zusammengezogen, als wollte sie sich beim ersten Alarmzeichen darunter verkriechen, und schüttelte auf all unsere Fragen verneinend den Kopf, ob das als Antwort paßte oder nicht.

Die Pflegerin kam herein, eine vollbusige, rothaarige Frau gut über vierzig, mit einem Gesicht, das ehrlich wirkte, weil es simpel, sommersprossig und blauäugig war. Sie schwor auf die Hotelbibel, daß sie keine fünf Minuten aus dem Zimmer gewesen sei; sie sei bloß hinuntergegangen, um sich Briefpapier zu holen, weil sie ihrem Neffen in Vallejo habe schreiben wollen, solange ihre Patientin schlief, und das sei das einzige Mal am ganzen Tage gewesen, daß sie das Zimmer verlassen hätte. Auf dem Gang habe sie niemand getroffen, sagte sie.

»Sie hatten die Tür nicht abgeschlossen?« fragte ich.

»Richtig – um sie beim Zurückkommen nicht so leicht wach zu machen.«

»Wo ist denn das Briefpapier, das Sie sich geholt haben?«

»Ich hab's nicht geholt. Ich hab die Explosion gehört und bin die Treppe wieder hochgelaufen.« Angst trat in ihr Gesicht und machte die Sommersprossen zu schwarzen Punkten. »Sie denken doch nicht etwa . . .!«

»Kümmern Sie sich lieber um Mrs. Collinson«, sagte ich grob.

19

Die Degenerierte

Rolly und ich gingen zurück in mein Zimmer und machten die Verbindungstür zu. Er sagte: »Tz-tz-tz. Von Mrs. Herman hätt ich am allerletzten gedacht, daß sie . . .«

»Das müssen Sie auch«, brummte ich. »Sie haben sie ja empfohlen. Wer ist sie überhaupt?«

»Sie ist die Frau von Tod Herman. Der hat die Garage. Vor ihrer Ehe hat sie als gelernte Krankenschwester gearbeitet. Ich dachte, sie wär in Ordnung.«

»Sie hat einen Neffen in Vallejo?«

»M-hm. Das muß der kleine Schultz sein, der auf der Insel Mare arbeitet. Was meinen Sie denn, wie sie dazu kommt, sich in sowas . . .?«

»Wahrscheinlich hat sie das gar nicht, sonst hätte sie das Schreibpapier gehabt, das sie sich holen wollte. Stellen Sie hier wen hin, der keinen reinläßt, bis wir uns aus San Francisco einen Bombensachverständigen ausleihen können, der sich das mal ansieht.«

Der Hilfssheriff rief einen seiner Leute vom Gang herein, der mit wichtiger Miene im Zimmer zurückblieb, als wir hinausgingen. Mickey Linehan war in der Halle, als wir hinunterkamen.

»Fink hat einen Schädelbruch. Er ist unterwegs ins Kreiskrankenhaus, zusammen mit dem andern Wrack.«

»Fitzstephan schon tot?« fragte ich.

»Nee, und der Onkel Doktor meint, wenn sie ihn bis da hinkriegen, wo sie das richtige Werkzeug haben, können sie schon machen, daß er nicht stirbt. Weiß Gott, wozu – so wie der zugerichtet ist! Aber das sind eben so die Sachen, die einem Knochenflicker Laune machen.«

»Ist Aaronia Haldorn zusammen mit Fink freigelassen worden?« fragte ich.

»Ja. Al Mason ist ihr auf den Fersen.«

»Ruf den Alten an und hör mal, ob Al irgendwas über sie gemeldet hat. Sag dem Alten, was hier passiert ist, und frag, ob sie Andrews gefunden haben.«

»Andrews?« fragte Rolly, während Mickey zum Telefon ging. »Was ist denn mit dem los?«

»Meines Wissens nichts; nur daß wir ihn nicht finden konnten, um ihm mitzuteilen, daß Mrs. Collinson gerettet ist. Seit gestern morgen ist er nicht in seinem Büro aufgetaucht, und angeblich weiß keiner, wo er ist.«

»Tz-tz-tz. Brauchen Sie ihn denn aus einem bestimmten Grund?«

»Ich will nicht bis an mein Lebensende auf sie aufpassen«, sagte ich. »Er hat die Obhut über sie, er ist verantwortlich für sie, und ich will sie ihm übergeben.«

Rolly nickte undurchsichtig.

Wir gingen hinaus und stellten allen Leuten, die wir finden konnten, alle Fragen, die wir uns ausdenken konnten. Keine der Antworten führte zu irgendeinem Ergebnis, abgesehen von der wiederholten Versicherung, die Bombe sei nicht durchs Fenster geworfen worden. Wir fanden sechs Leute, die zum Zeitpunkt der Explosion und unmittelbar davor die betreffende Seite des Hotels im Auge gehabt hatten, und keiner hatte etwas gesehen, was sich so hätte biegen lassen, daß es zu einem Bombenwurf gepaßt hätte.

Mickey kam mit der Nachricht vom Telefon zurück, Aaronia Haldorn sei nach ihrer Entlassung aus dem Stadtgefängnis zu einer Familie Jeffries nach San Mateo gefahren und halte sich seitdem dort auf; und Dick Foley, der hinter Andrews herhetzte, habe Hoffnung, ihn in Sausalito aufzuspüren.

Staatsanwalt Vernon und County-Sheriff Feeney, eine Meute von Reportern und Photographen dicht hinter sich, trafen aus der Kreisstadt ein. Sie stellten eine Menge Untersuchungsmanöver an, die sie aber nirgends hinbrachten; nur auf die Titelseiten sämtlicher Zeitungen von San Francisco und Los Angeles – dorthin, wo sie am liebsten waren.

Ich ließ Gabrielle Collinson in ein anderes Zimmer im Hotel verlegen und postierte Mickey Linehan im Nebenzimmer, bei unverschlossener Verbindungstür. Gabrielle sprach jetzt – mit Vernon, Feeney, Rolly und mir. Was sie sagte, half uns nicht viel. Sie habe geschlafen, sagte sie, sei von einem fürchterlichen Krach und einem fürchterlichen Wackeln ihres Bettes wach geworden, und dann sei ich hereingekommen. Weiter wußte sie nichts.

Am späten Nachmittag traf McCracken ein, ein Bombensachverständiger der Polizei von San Francisco. Nachdem er alle Bruchstücke von diesem und jenem, die er zusammenkratzen konnte, untersucht hatte, gab er uns ein vorläufiges Gutachten ab, wonach es sich um eine kleine Bombe gehandelt habe, aus Aluminium, die mit minderwertigem Nitroglyzerin geladen gewesen und durch eine primitiv konstruierte Reibungsvorrichtung zur Explosion gebracht worden sei.

»Amateur- oder Fachmannsarbeit?« fragte ich.

McCracken spuckte Tabakkrümel aus – er gehörte zu den Leuten, die an ihren Zigaretten herumbeißen – und sagte:

»Ich würde sagen, sie wurde von einem Mann gemacht, der was davon verstand, aber mit dem arbeiten mußte, was er gerade zur Hand hatte. Wenn ich diesen Schrott im Labor bearbeitet habe, werd ich Ihnen mehr sagen.«

»Kein Zeitzünder dran?« fragte ich.

»Keine Anzeichen dafür.«

Dr. George kam aus der Kreisstadt mit der Nachricht zurück, daß das, was von Fitzstephan übrig war, noch atme. Der Arzt war völlig daneben. Ich mußte ihn anbrüllen, damit er meine Fragen nach Fink und Gabrielle überhaupt hörte. Da erst teilte er mir mit, Fink sei außer Lebensgefahr und der Husten des Mädchens habe sich soweit gebessert, daß sie aufstehen könne, wenn sie wolle. Ich fragte nach ihren Nerven, aber er hatte es viel zu eilig, wieder zu Fitzstephan zu kommen, als daß er auf irgend etwas anderes viel achtgab.

»Hm-m-m, ja, gewiß«, murmelte er und drückte sich an mir vorbei auf seinen Wagen zu. »Ruhe, keine Aufregung, keine seelische Belastung«, – und weg war er.

Ich aß an diesem Abend zusammen mit Vernon und Feeney im Speisesaal des Hotels. Sie glaubten, ich hätte ihnen noch nicht alles erzählt, was ich über den Bombenanschlag wußte, und so fühlte ich mich während der ganzen Mahlzeit wie im Zeugenstand, obwohl keiner von ihnen mir gerade vorwarf, ich unterschlüge etwas.

Nach dem Essen ging ich hinauf auf mein neues Zimmer. Auf dem Bett fläzte sich Mickey und las Zeitung.

»Geh was futtern«, sagte ich. »Was macht unser Baby?«

»Sie ist auf. Wie taxierst du sie – hat sie alle Tassen im Schrank?«

»Wieso?« fragte ich. »Was hat sie denn gemacht?«

»Nichts. Ich hab bloß so gedacht.«

»Das kommt davon, wenn man nichts im Magen hat. Geh lieber essen.«

»Aye-aye, Mr. Continental«, sagte er und ging hinaus.

Im Nebenzimmer war es still. Ich horchte an der Tür und klopfte dann an. Mrs. Hermans Stimme sagte: »Herein!«

Sie saß neben dem Bett und stickte knallbunte Schmetterlinge auf ein Stück gelbliches Leinen, das in einen Rahmen gespannt war. Gabrielle Collinson saß an der andern Seite des Zimmers in einem Schaukelstuhl und blickte düster auf ihre im Schoß gefalteten Hände – so fest gefalteten Hände, daß die Knöchel weiß waren und die Fingerkuppen sich plattdrückten. Sie hatte das Tweed-Kostüm an, in dem sie entführt worden war. Es war noch immer zerknittert, aber der Schmutz war herausgebürstet. Sie sah nicht auf, als ich hereinkam. Die Pflegerin tat es, wobei ihre Sommersprossen sich zu einem unsicheren Lächeln zusammenzogen.

»Guten Abend«, sagte ich, um einen möglichst fröhlichen Auftritt bemüht. »Sieht aus, als ob die Invaliden uns knapp werden.«

Das rief bei dem Mädchen keine, bei der Pflegerin eine zu starke Reaktion hervor.

»Ja, wahrhaftig!« rief Mrs. Herman übertrieben begeistert aus. »Als Invalidin können wir Mrs. Collinson jetzt nicht mehr bezeichnen – wo sie doch schon auf ist und rumläuft –, und fast find ich das schade – hihihi –, denn eine in jeder Beziehung so nette Patientin hab ich wirklich noch nie gehabt. Aber das haben wir Mädel im Krankenhaus schon immer gesagt, als wir noch in der Ausbildung waren – je netter der Patient, umso kürzer haben wir ihn; kriegt man aber eine unangenehme, dann lebt sie – ich meine, dann ist sie ewig und drei Tage da, so kommt einem das vor. Ich weiß noch, einmal, da . . .«

Ich zog ihr ein Gesicht und wies mit dem Kopf zur Tür. Der Rest ihrer Worte erstarb ihr im offenen Mund. Ihr Gesicht wurde rot, dann weiß. Sie legte ihre Stickerei hin, stand auf und sagte blöd: »Ja, ja, so ist das halt immer. Na, ich muß schnell mal nach diesem – Sie wissen ja – wie sagt man gleich? Entschuldigen Sie mich bitte einen Augenblick.« Sie ging schnell hinaus, seitwärts, als fürchtete sie, ich würde hinter ihr herschleichen und ihr einen Tritt versetzen.

Als die Tür zu war, blickte Gabrielle von ihren Händen auf und sagte:

»Owen ist tot.«

Sie fragte nicht, es war eine schlichte Aussage; aber man konnte nicht anders darauf reagieren als auf eine Frage.

»Nein.« Ich setzte mich auf den Stuhl der Pflegerin und holte Zigaretten hervor. »Er ist am Leben.«

»Wird er am Leben bleiben?« Sie war von ihrer Erkältung immer noch heiser.

»Die Ärzte glauben es«, übertrieb ich.

»Wenn er am Leben bleibt, wird er dann . . .?« Die Frage

blieb unvollendet, klang aber trotz ihrer Heiserkeit völlig unbeteiligt.

»Er wird ziemlich übel verstümmelt sein.«

Mehr zu sich als zu mir sagte sie:

»Das wäre eine noch größere Befriedigung.«

Ich grinste. Wenn ich so gut schauspielerte, wie ich glaubte, lag in dem Grinsen nichts weiter als aufgeräumte Heiterkeit.

»Lachen Sie nur«, sagte sie ernst. »Ich wünschte, Sie könnten's weglachen. Aber das können Sie nicht. Es ist da. Und wird immer da sein.« Sie sah auf ihre Hände nieder und flüsterte: »Fluchbeladen.«

In einem andern Ton gesprochen, wäre dieses letzte Wort melodramatisch, lächerlich theatralisch gewesen. Aber sie sagte es mechanisch, ohne jede Empfindung, als wäre es bei ihr Gewohnheit geworden, es zu sagen. Ich sah es geradezu vor mir, wie sie im Dunkeln im Bett lag und es Stunde um Stunde vor sich hinflüsterte, es ihrem Körper zuflüsterte, wenn sie sich anzog, den Abbildern ihres Gesichts in Spiegeln, Tag für Tag.

Abwehrend wand ich mich auf meinem Stuhl und brummte:

»Ach, hören Sie doch auf! Bloß weil eine bösartige Frau ihren Haß und ihre Wut in einer Schmierenkomödiantenrede über ...«

»Nein, nein! Meine Stiefmutter hat nur laut ausgesprochen, was ich schon immer wußte. Ich wußte zwar nicht, daß es im Dainschen Familienblut lag, aber ich wußte, daß es in meinem lag. Es war ja nicht zu übersehen. Hatte ich denn nicht die körperlichen Merkmale der Degeneration?« Sie kam durchs Zimmer, stellte sich vor mich hin, drehte den Kopf zur Seite und raffte mit beiden Händen ihre Locken zurück. »Sehn Sie sich doch meine Ohren an – ohne Ohrläppchen, oben spitz! Menschen haben solche Ohren nicht. Nur Tiere.« Sie wandte ihr Gesicht wieder mir zu, das Haar immer noch zurückhaltend. »Sehn Sie sich meine Stirn an,

wie niedrig sie ist, und die Form – tierhaft. Meine Zähne!«
Ihre Hände ließen das Haar los, strichen über die Backen
hinab und legten sich unter ihrem merkwürdig spitzen, kleinen Kinn zusammen.

»Ist das alles?« fragte ich. »Einen Bocksfuß haben Sie
nicht? Na schön. Nehmen wir mal an, diese Dinge wären
wirklich sowas Besonderes wie Sie meinen. Und was weiter?
Ihre Stiefmutter ist eine Dain gewesen, und sie war das reinste Gift, aber wo waren bei ihr die körperlichen Merkmale
der Degeneration? War sie nicht genauso normal, hat sie
nicht genauso gesund ausgesehn wie jede x-beliebige Frau?«

»Das will nichts besagen.« Unduldsam schüttelte sie den
Kopf. »Sie hat vielleicht die körperlichen Merkmale nicht
gehabt. Aber ich habe sie, und die geistigen dazu. Ich . . .« Sie
setzte sich auf den Bettrand, in meine Nähe, die Ellbogen auf
den Knien, das gequälte weiße Gesicht zwischen den Händen. »Ich bin noch nie fähig gewesen, klar zu denken wie
andere Leute, nicht mal die einfachsten Gedanken. In meinem Kopf ist immer alles so konfus. Ganz gleich, worüber ich
nachzudenken versuche, da ist immer ein Nebel, der sich zwischen mich und den Gedanken schiebt, andere Gedanken
schieben sich dazwischen, und so krieg ich kaum einen Schimmer von dem Gedanken mit, den ich fassen will, und schon
hab ich ihn wieder verloren und muß ihm nachjagen durch
den Nebel und dann find ich ihn schließlich, bloß um zu erleben, daß dasselbe immer wieder und wieder passiert. Können
Sie begreifen, wie grauenhaft das werden kann – so durchs
Leben zu gehn, Jahr für Jahr, und zu wissen, daß man
immer so sein wird – oder noch schlimmer?«

»Nein, das kann ich nicht«, sagte ich. »Mir kommt das völlig normal vor. Niemand denkt klar, ganz gleich, wie er sich
auch stellen mag. Denken ist eine schwindelerregende Angelegenheit. Es kommt dabei immer darauf an, von diesem ver-
nebelten Schimmer jedesmal so viel zu erhaschen, wie man
kann, und es dann, so gut man kann, zusammenzusetzen.

Deswegen klammern sich die Menschen so fest an ihre Überzeugungen und Ansichten; denn verglichen mit der wirren, zufälligen Art, wie sie zustande gekommen sind, erscheint auch die übergeschnappteste Meinung wunderbar klar, vernünftig und selbstverständlich. Und wenn man nicht mehr an ihr festhalten kann, dann muß man in dieses neblige Wirrwarr zurücktauchen und sich dafür eine andere zusammenklamüsern.«

Sie hob ihr Gesicht aus den Händen, und scheu mich anlächelnd sagte sie:

»Komisch, daß ich Sie nicht schon früher mochte.« Ihr Gesicht wurde wieder ernst. »Aber . . .«

»Nichts aber«, sagte ich. »Sie sind alt genug, um zu wissen, daß alle Menschen, ausgenommen ganz verrückte und ganz dumme Leute, sich ab und zu – oder immer dann, wenn sie gerade mal darüber nachdenken – im Verdacht haben, nicht ganz normal zu sein. Anzeichen von Übergeschnapptheit findet man leicht. Je tiefer man bei sich selber schürft, umso mehr fördert man zutage. Sie haben sich einer Selbstprüfung unterzogen, der wohl sonst keine Seele standgehalten hätte. Rumzulaufen und sich selber beweisen wollen, daß man plemplem ist! Kein Wunder, daß Sie sich nicht tatsächlich zum Irrsinn getrieben haben.«

»Vielleicht hab ich.«

»Nein. Auf mein Wort, Sie können's mir glauben, Sie sind normal. Oder Sie glauben's mir nicht. Sehn Sie doch mal! Sie haben einen ganz miesen Start gehabt im Leben. Gleich zu Anfang sind Sie in schlechte Hände gefallen. Ihre Stiefmutter war das reinste Gift und hat sich alle Mühe gegeben, Sie kaputtzumachen, und am Ende hat sie's geschafft, Ihnen die Überzeugung einzuimpfen, daß ein ganz besonderer Familienfluch an Ihnen klebe. In den letzten paar Monaten – solange ich Sie kenne – haben sich alle menschenmöglichen Schicksalsschläge auf Sie gehäuft, und Ihr Glaube an Ihren Fluch hat Sie dazu gebracht, daß Sie die Schuld an jeder Einzelheit in dem Haufen auf sich selber zurückführten. Na schön. Und wie hat sich das auf Sie ausgewirkt? Einen großen Teil der Zeit sind Sie umnebelt gewesen, einen andern Teil hysterisch, und als Ihr Mann ums Leben gekommen war, haben Sie versucht, sich das Leben zu nehmen, waren aber doch noch nicht so aus dem Gleichgewicht, um dem Schock der ins Fleisch dringenden Kugel entgegensehen zu können. Aber – lieber Gott, Verehrteste! – ich bin ja hier nur dienstlich tätig, nehme nur dienstlich Anteil an Ihren Konflikten, und manche davon haben mir schon übel mitgespielt. In diesem Tempel, hab ich da nicht versucht, in ein Gespenst zu beißen? Und dabei gelte ich als alt und abgehärtet gegenüber Verbrechen. Heute morgen – nach all dem, was Sie durchgemacht haben – läßt jemand sozusagen neben Ihrem Bett ein Paket Nitroglyzerin hochgehn – und heute abend sitzen Sie schon wieder da, außer Bett und angezogen, und diskutieren mit mir, ob Sie normal sind oder nicht. Wenn Sie nicht normal sind, dann nur insofern, als Sie zäher, vernünftiger, kühler sind als normal. Hören Sie auf, an Ihr Dain-Blut zu denken, und denken Sie an das Mayenne-Blut in Ihnen! Was meinen Sie denn, wo Sie Ihre Zähigkeit herhaben, wenn nicht von ihm? Das ist dieselbe Zähigkeit, die ihn über die Zeit auf der Teufelsinsel, in Mittelamerika und Mexiko hinweggebracht hat und bis zum Schluß auf den Beinen gehalten hat. Sie sind mehr ihm ähnlich als der einen aus der Dain-Familie, die ich kennengelernt habe. Körperlich schlagen Sie nach Ihrem Vater, und wenn Sie irgendwelche Merkmale der Degeneration haben – was immer das heißen mag –, dann haben Sie sie von ihm.«

Sie schien das gern zu hören. Sie blickte beinah glücklich. Doch mein Vorrat an Worten war erst einmal erschöpft, und während ich hinter dem Rauch einer Zigarette nach neuen suchte, erlosch das Leuchten in ihren Augen.

»Ich bin froh – ich bin Ihnen dankbar für das, was Sie gesagt haben, wenn Sie's ernst meinen.« In ihrem Ton lag wieder Hoffnungslosigkeit, und ihr Gesicht ruhte von neuem zwischen ihren Händen. »Aber was ich auch sein mag – sie hat schon recht gehabt. Sie können nicht behaupten, sie hätte nicht recht gehabt. Sie können nicht abstreiten, daß mein Leben verflucht und verfinstert gewesen ist, und ebenso das Leben von allen, die mit mir in Berührung gekommen sind.«

»Ein Gegenbeispiel dazu wäre schon mal ich«, sagte ich. »In letzter Zeit bin ich viel in Ihrer Nähe gewesen und habe mich wahrhaftig genug in Ihre Angelegenheiten gemischt und mir ist nichts passiert, was durch eine gute Nachtruhe nicht wieder in Ordnung zu bringen wäre.«

»Aber doch auf andere Weise«, wandte sie langsam ein und runzelte die Stirn. »Bei Ihnen ist keine persönliche Beziehung da. Bei Ihnen ist es beruflich – Ihre Arbeit. Darin liegt der Unterschied.«

Ich lachte und sagte:

»Das zieht nicht. Nehmen Sie Fitzstephan. Er war zwar mit Ihrer Familie bekannt, aber erst durch mich ist er hier gewesen, auf meine Veranlassung, und in dem entscheidenden Augenblick war er sogar einen Schritt weiter von Ihnen entfernt als ich. Also hätte ich doch erst dran sein müssen. War die Bombe vielleicht für mich gedacht? Vielleicht. Aber das bringt uns darauf, daß ein menschliches Wesen dahinter stecken muß – ein Wesen, dem etwas schiefgehn kann – und nicht Ihr unfehlbarer Fluch.«

»Sie täuschen sich«, sagte sie, auf ihre Knie starrend. »Owen hat mich geliebt.«

Ich hielt es für besser, meine Überraschung zu verbergen. Ich fragte:

»Hatten Sie . . .?«

»Nein, bitte! Bitte verlangen Sie nicht, daß ich davon spreche. Nicht jetzt – nach dem, was heute morgen passiert ist.« Sie setzte sich ruckartig gerade auf und sagte mit fester Stimme: »Sie haben da was von einem unfehlbaren Fluch gesagt. Ich weiß nicht, ob Sie mich mißverstehen oder sich nur so stellen, damit ich möglichst albern dastehe. Ich glaube ja doch gar nicht an einen unfehlbaren Fluch, einen, der vom Teufel oder von Gott kommt, etwa wie der von Hiob.« Sie sprach jetzt im Ernst, nicht mehr bloß um dem Gespräch eine andere Wendung zu geben. »Aber könnte es denn nicht – gibt es denn nicht Menschen, die so durch und durch – die so von Grund auf böse sind, daß sie jeden, den sie berühren, vergiften – das Schlechteste in ihm zum Vorschein bringen? Und kann das nicht . . .?«

»Es gibt Menschen, die das können«, stimmte ich halb zu, »wenn sie es wollen.«

»Nein, nein! Ob sie's wollen oder nicht. Auch wenn sie's aus tiefster Seele nicht wollen. Das ist so. Ich habe Eric geliebt, weil er gut und anständig war. Sie wissen, daß er das war. Sie haben ihn gut genug gekannt und kennen die Menschen gut genug, um zu wissen, daß er das war. So habe ich ihn geliebt, und anders wollte ich ihn nicht haben. Und dann, als wir verheiratet waren . . .«

Sie schauderte zusammen und reichte mir beide Hände. Die Handflächen waren trocken und heiß, die Fingerspitzen kalt. Ich mußte sie fest drücken, damit die Nägel sich mir nicht ins Fleisch bohrten. Ich fragte:

»Sie waren Jungfrau, als Sie ihn geheiratet haben?«

»Ja, das war ich. Ich bin's noch. Ich . . .«

»Da ist weiter nichts Aufregendes dabei«, sagte ich. »Sie sind's noch und haben die üblichen blödsinnigen Ideen. Und Sie nehmen Rauschgift, stimmt's?«

Sie nickte. Ich fuhr fort:

»Das setzt eben Ihr eigenes Interesse am Sex unter das normale Maß herab, so daß Ihnen ein vollkommen natürliches Interesse am Sex bei jemand anderm anormal erscheint. Eric war zu jung, zu sehr in Sie verliebt, vielleicht auch zu unerfahren, um Ungeschicklichkeiten zu vermeiden. Sie können doch daraus nichts Gräßliches machen!«

»Aber es ist ja nicht nur Eric gewesen«, erklärte sie. »Alle

Männer, die ich gekannt habe. Halten Sie mich nicht für eingebildet. Daß ich nicht schön bin, weiß ich. Aber schlecht will ich nicht sein. Ich will's nicht. Warum wollen denn die Männer . . .? Warum haben alle Männer, die ich . . .?«

»Sprechen Sie«, fragte ich, »von mir?«

»Nein, das wissen Sie doch. Bitte, machen Sie sich nicht über mich lustig!«

»Dann gibt's also Ausnahmen? Sonst noch welche? Madison Andrews zum Beispiel?«

»Wenn Sie ihn einigermaßen kennen oder einiges von ihm gehört haben, brauchen Sie nicht zu fragen.«

»Nein«, gab ich zu. »Aber bei ihm können Sie's nicht auf den Fluch schieben – es ist eine dumme Angewohnheit von ihm. War er sehr schlimm?«

»Sehr komisch war er«, sagte sie sarkastisch.

»Wie lange ist das her?«

»Ach, ungefähr anderthalb Jahre. Ich hab – ich hab mich geschämt, daß die Männer so zu mir waren und daß . . .«

»Woher wissen Sie denn«, brummte ich, »ob nicht die meisten Männer zu den meisten Frauen so sind? Wie kommen Sie auf den Gedanken, daß Ihr Fall so schrecklich einzigartig ist? Wenn Ihre Ohren scharf genug wären, könnten Sie in diesem Augenblick horchen, und von tausend Frauen in San Francisco würden Sie das gleiche Klagelied hören, und – weiß der Himmel – vielleicht würde die Hälfte von ihnen sich dabei noch einbilden, sie meinten's ehrlich.«

Sie entzog mir ihre Hände und saß plötzlich kerzengrade auf dem Bett. Ein wenig Röte trat in ihr Gesicht.

»Jetzt haben Sie's also geschafft, daß ich mir blödsinnig vorkomme«, sagte sie.

»Nicht viel blödsinniger als ich mir selber. Angeblich bin ich Detektiv. Seit dieser Auftrag angefangen hat, bin ich dauernd auf einem Karussell rumgefahren, immer im selben Abstand hinter Ihrem Fluch her, habe immer geahnt, wie er aussehen würde, wenn ich's mal schaffen könnte, von vorn an ihn ranzukommen; hab's aber nie geschafft; jetzt werd ich. Können Sie's noch ein oder zwei Wochen aushalten?«

»Sie meinen . . .?«

»Ich werde Ihnen zeigen, daß Ihr Fluch nichts weiter ist als Kokolores, aber es wird ein paar Tage dauern, vielleicht ein oder zwei Wochen.«

Sie machte große Augen und zitterte, wollte mir gern glauben und traute sich nicht. Ich sagte:

»Das ist erledigt. Was werden Sie jetzt machen?«

»Ich – ich weiß nicht. Meinen Sie das ernst, was Sie gesagt haben? Daß man das zu einem Ende bringen kann? Daß ich nicht mehr . . .? Daß Sie mir . . .?«

»Ja. Könnten Sie für eine Weile wieder in das Haus in der Mulde ziehn? Das könnte uns vielleicht weiterhelfen, und Sie wären dort ziemlich sicher. Wir könnten Mrs. Herman mitnehmen und vielleicht noch ein oder zwei Mann von unserer Agentur.«

»Ja, ist gut«, sagte sie.

Ich blickte auf meine Uhr, stand auf und sagte:

»Gehn Sie lieber wieder ins Bett. Wir ziehn also morgen da runter. Gute Nacht.«

Sie biß sich auf die Unterlippe, wollte etwas sagen, wollte es nicht sagen und platzte schließlich damit heraus:

»Ich werd da aber Morphium brauchen.«

»Richtig. Was ist Ihre Tagesration?«

»Fünf – zehn Gran.«

»Na, das geht ja noch«, sagte ich, und dann, leichthin: »Nehmen Sie das Zeug gerne?«

»Ich fürchte, es ist zu spät, daß es noch darauf ankäme, ob ich's gern nehme oder nicht.«

»Sie haben ja die Hearst-Presse gelesen«, sagte ich. »Wenn Sie davon loskommen wollen und wir da unten ein paar Tage übrig haben, werden wir sie zu einer Entziehungskur benutzen. Es ist gar nicht so schlimm.«

Sie lachte unsicher, mit seltsam zuckendem Mund.

»Gehn Sie!« rief sie. »Machen Sie mir nicht noch mehr Hoffnungen, noch mehr Versprechungen, bitte! So viel kann ich heut abend nicht mehr vertragen. Ich bin jetzt schon betrunken davon. Bitte, gehn Sie.«

»Na gut. Nacht.«

»Gute Nacht – und danke.«

Ich ging in mein Zimmer hinüber und machte die Tür zu. Mickey schraubte gerade die Kappe einer Flasche ab. Seine Knie waren staubig. Er setzte sein Halbidiotengrinsen auf und sagte:

»Du bist ja wieder 'n toller Hecht. Was hast'n vor? Dir'n trautes Heim erobern?«

»Psst! Irgendwas Neues?«

»Die grauen Eminenzen sind in die Kreisstadt zurückgefahren. Der Rotfuchs von Pflegerin hat grade am Schlüsselloch sein Herz erfrischt, als ich von der Atzung zurückkam. Ich hab sie weggescheucht.«

»Und dich an ihren Platz gehockt?« fragte ich und deutete mit dem Kopf auf seine staubigen Knie.

Mickey konnte man mit nichts aus der Fassung bringen. Er sagte:

»Nein, zum Teufel! Sie war an der andern Tür, auf dem Gang draußen.«

20

Das Haus in der Mulde

Ich holte Fitzstephans Wagen aus der Garage und fuhr Gabrielle und Mrs. Herman am späten Vormittag des folgenden Tages hinunter zu dem Haus in der Mulde. Die Stimmung des Mädchens war gedrückt. Wenn man sie ansprach, gelang ihr ein kümmerliches Lächeln, und von sich aus hatte sie nichts zu sagen. Ich dachte, es ginge ihr vielleicht nahe, in das Haus zurückzukehren, das sie mit Collinson bewohnt hatte, doch als wir ankamen, trat sie ohne Anzeichen des Widerstrebens ein, und danach schien ihre Depression sich nicht zu verschlimmern.

Nach dem Essen – Mrs. Herman entpuppte sich als eine gute Köchin – wollte Gabrielle an die frische Luft, und so gingen wir beide hinüber zu der Mexikanerin, um mit Mary Nuñez zu sprechen. Die Mexikanerin sagte zu, am nächsten Tag wieder zur Arbeit zu kommen. Sie schien Gabrielle zugetan, aber nicht mir. Zwischen Steinbrocken hindurch uns am Ufer entlang einen Weg suchend, gingen wir langsam nach Hause. Des Mädchens Augenbrauen waren gerunzelt. Keiner von uns sagte ein Wort. Erst als wir uns dem Haus bis auf fünfhundert Meter genähert hatten, machte Gabrielle den Mund auf. Sie setzte sich auf einen oben abgerundeten, von der Sonne warmen Steinblock und fragte:

»Wissen Sie noch, was Sie gestern abend zu mir gesagt haben?« Fast purzelten ihr die Worte übereinander, so drängte es sie, ihre Frage loszuwerden. Sie sah ängstlich aus.

»Ja.«

»Sagen Sie's mir noch mal«, bettelte sie und rückte auf ihrem Stein zur Seite. »Setzen Sie sich her und sagen Sie's mir noch mal – alles.«

Ich tat es. Nach meiner Darstellung war es ebenso unsinnig, den Charakter aus der Form der Ohren ablesen zu wollen, wie aus der Stellung der Gestirne oder Spucke im Sand; jeder, der einmal anfange, nach Anzeichen von Geistesgestörtheit bei sich zu suchen, würde bestimmt eine ganze Menge finden, denn alle nicht ganz dummen Gemüter seien verhedderte Angelegenheiten; sie sei, soweit ich sehen könne, ihrem Vater viel zu ähnlich, als daß sie viel Dainsches Blut in sich haben oder von dem, das sie habe, sehr in Mitleidenschaft gezogen sein könne, selbst wenn man daran glauben wolle, daß so etwas vererbbar sei; aus nichts gehe hervor, daß ihr Einfluß auf die Menschen schlechter sei als der Einfluß irgendeines andern, zumal es ohnehin zweifelhaft sei, ob sehr viele Menschen einen besonders guten Einfluß auf die des andern Geschlechts hätten, und auf jeden Fall sei sie zu jung, zu unerfahren und mit sich selbst noch zu beschäftigt, um beurteilen zu können, inwieweit sie in dieser Hinsicht vom Normalen abweiche; in ein paar Tagen würde ich ihr zeigen, daß es eine viel näherliegende, einleuchtendere und faßbarere Antwort auf ihre Schwierigkeiten gebe als irgendein Fluch; und es würde ihr nicht schwerfallen, vom Morphium loszukommen, da sie das Zeug ja in ziemlich geringen Mengen nehme und eine der Entwöhnung günstige Veranlagung habe.

Ich verbrachte eine dreiviertel Stunde damit, ihr diese Gedanken vorzukauen, und es gelang mir gar nicht so übel. Während ich sprach, schwand die Angst aus ihren Augen, und gegen Ende lächelte sie still für sich. Als ich fertig war, sprang sie auf, lachend und freudig die Hände ringend.

»Danke! Vielen Dank!« sprudelte es aus ihr hervor. »Bitte machen Sie, daß ich nie aufhöre, Ihnen zu glauben; daß ich Ihnen glaube, auch wenn – Nein. Es *ist* wahr. Machen Sie, daß ich's immer glaube. Kommen Sie, gehn wir weiter!«

Den Rest des Weges zum Haus hetzte sie mich fast im Laufschritt, und munter schnatterte sie dabei. Auf der Veranda stand Mickey Linehan. Ich blieb bei ihm stehen, das Mädchen ging ins Haus.

»Tz-tz-tz, wie Mr. Rolly immer sagt.« Kopfschüttelnd grinste er mich an. »Ich müßt ihr mal erzählen, wie's dem armen Mädchen oben in Poisonville ergangen ist, mit der es so weit gekommen ist, daß sie dachte, sie könnte dir trauen.«

»Was Neues aus'm Dorf mitgebracht?« fragte ich.

»Andrews ist aufgetaucht. Er ist bei diesen Jeffries in San Mateo gewesen, wo Aaronia Haldorn sich aufhält. Die ist da immer noch. Andrews ist von Dienstag nachmittag bis gestern abend dagewesen. Al hat das Haus bewacht und ihn reingehn sehn, aber sicher erkannt hat er ihn erst, als er wieder rauskam. Die Jeffries sind weg – in San Diego. Jetzt ist Dick Andrews auf den Fersen. Al sagt, die Haldornsche ist überhaupt nicht aus dem Haus gegangen. Rolly erzählt mir, Fink ist bei Besinnung, weiß aber nichts von der Bombe. Fitzstephan hält sich noch immer.«

»Ich glaube, heute nachmittag werd ich mal rüberflitzen und mit Fink reden«, sagte ich. »Halt du hier die Stellung. Und – ach ja – wenn Mrs. Collinson dabei ist, mußt du so tun, als hättest du riesigen Respekt vor mir. Es ist wichtig, daß sie dabei bleibt, was ganz Tolles in mir zu sehn.«

»Bring bißchen Schnaps mit«, sagte Mickey. »Nüchtern kann ich das nicht.«

Fink saß hochgestützt im Bett, als ich zu ihm hineinkam, und guckte unter Binden hervor. Er blieb dabei, von der Bombe nichts zu wissen; er sei nur deshalb ins Hotel gekommen, weil er mir habe erzählen wollen, daß Harvey Whidden sein Stiefsohn sei, der Sohn des vermißten weiblichen Dorfschmieds aus einer früheren Ehe.

»Na, und was ist damit?« fragte ich.

»Ich weiß nich, bloß eben daß er mein Stiefsohn gewesen is, und ich hab gedacht, das würde Sie interessieren.«

»Und warum soll mich das interessieren?«

»In der Zeitung hat gestanden, Sie hätten gesagt, zwischen

223

dem, was hier passiert ist, und dem, was in San Francisco passiert ist, besteht irgendein Zusammenhang, und dieser große, dicke Detektiv hat gesagt, ich würde mehr davon wissen als ich sage. Und ich will keine Scherereien mehr, und da hab ich gedacht, ich komm halt her und erzähl's Ihnen, damit Sie nicht sagen können, ich hätte nicht alles gesagt, was ich weiß.«

»So? Dann sagen Sie mir mal, was Sie von Madison Andrews wissen.«

»Nichts weiß ich von dem. Ich kenn ihn gar nicht. Ihr Vormund oder sowas ist er, nicht? Das hab ich in der Zeitung gelesen, aber kennen tu ich ihn nicht.«

»Aaronia Haldorn kennt ihn aber.«

»Kann schon sein, Mister, aber ich nicht. Ich hab bloß bei den Haldorns gearbeitet. Ein Job war das für mich, sonst nichts.«

»Und was war es für Ihre Frau?«

»Genau dasselbe, 'n Job.«

»Wo ist sie?«

»Ich weiß nicht.«

»Warum ist sie abgehaun vom Tempel?«

»Ich hab Ihnen doch schon gesagt, ich weiß nicht. Wollte keine Scherereien kriegen, ich – Wer wär denn nicht abgehaun, wenn er gekonnt hätte?«

Die Krankenschwester, die dauernd herumgeschwirrt war, ging mir jetzt so auf den Geist, daß ich das Krankenhaus verließ und zum Gerichtsgebäude fuhr, wo der Staatsanwalt sein Büro hatte. Mit einer Geste, als wollte er sagen ›Die Welt mag warten!‹ schob Vernon einen Stapel Akten beiseite und sagte: »Schön, daß Sie kommen, setzen Sie sich!« wobei er heftig nickte und mir seine sämtlichen Zähne zeigte.

Ich setzte mich und sagte:

»Hab grade mit Fink gesprochen. Es war nichts aus ihm rauszukriegen, aber wir sind an der richtigen Adresse bei ihm. Die Bombe kann nur durch ihn reingekommen sein.«

Vernon runzelte kurz die Brauen, dann stieß er sein Kinn gegen mich vor und schnarrte:

»Was für ein Motiv hat er gehabt? Und Sie sind doch dabei gewesen. Sie sagen, solange er im Zimmer war, haben Sie ihn im Auge gehabt. Sie sagen, Sie haben nichts gesehen.«

»Ja? Und was ist damit?« fragte ich. »In dem Punkt hat er mich eben überlisten können. Er ist Techniker bei einem Zauberkünstler gewesen. Der wußte schon, wie man eine Bombe macht und sie dann so hinlegt, daß keiner was sieht. Den Bogen hat er raus. Ob Fitzstephan was gesehn hat, wissen wir nicht. Man sagt mir, er kommt durch. Bis dahin wollen wir Fink mal festhalten.«

Vernons Zähne klickten zusammen, und er sagte: »Sehr gut, wir werden Haftbefehl gegen ihn erlassen.«

Ich ging den Gang hinunter zum Büro des County-Sheriffs. Feeney war nicht da, doch sein erster Stellvertreter – ein hagerer, pockennarbiger Mann namens Sweet – sagte, aus Feeneys Äußerungen über mich wisse er, daß es in seinem, Feeneys, Sinn wäre, mir alle Hilfe zu geben, um die ich bäte.

»Das ist ja schön«, sagte ich. »Im Augenblick liegt mir daran, ein paar Flaschen aufzutreiben – na ja, Gin, Scotch – was halt am besten ist hier in der Gegend.«

Sweet kratzte sich den Adamsapfel und sagte:

»Also davon versteh ich nix. Vielleicht der Fahrstuhl-Boy. Ich glaube, mit dem seinem Gin fährt man am besten. Übrigens, Dick Cotton schreit sich die Kehle wund nach Ihnen. Wollen Sie mal mit ihm reden?«

»Meinetwegen. Ich weiß allerdings nicht, wozu.«

»Na ja, dann kommen Sie mal in ein paar Minuten wieder.«

Ich ging hinaus und klingelte nach dem Fahrstuhl. Der Boy – er hatte einen vom Alter gebeugten Rücken und einen langen gelbbraunen Schnurrbart – war allein drin.

»Sweet meint, Sie wüßten vielleicht, wo ich 'ne Gallone Klaren herkriegen könnte«, sagte ich.

»Der spinnt doch wohl«, sagte der Boy, und dann, als ich dazu schwieg:

»Kommen Sie hier vorbei, wenn Sie gehn?«

»Ja – so in einem Weilchen.«

Er machte die Tür hinter mir zu. Ich ging zurück zu Sweet. Er führte mich durch einen geschlossenen Gang, der das Gerichtsgebäude mit dem Gefängnis dahinter verband, und ließ mich mit Cotton in einer kleinen Schmorzelle allein. Zwei Tage Haft hatten dem Polizeichef von Quesada nicht gerade gut getan. Er hatte ein graues Gesicht, war fahrig, und das Grübchen in seinem Kinn bebte, wenn er sprach. Er hatte mir nichts weiter zu sagen, als daß er unschuldig sei.

Alles, was mir dazu einfiel, war: »Kann schon sein, aber Sie haben sich das selber eingebrockt. Alle Indizien sprechen gegen Sie. Ich weiß nicht, ob sie ausreichen, um Sie zu überführen, oder nicht – das hängt von Ihrem Anwalt ab.«

»Was hat er denn gewollt?« fragte Sweet, als ich zu ihm zurückkam.

»Mir sagen, er wär unschuldig.«

Feeneys Stellvertreter kratzte sich wieder den Adamsapfel und fragte:

»Ändert das die Sache etwa für Sie?«

»Ja, ich werde nicht mehr schlafen können. Wiedersehn.«

Ich ging hinaus zum Fahrstuhl. Der Boy steckte mir eine in Zeitungspapier gewickelte Gallonenflasche zu und sagte: »Zehn Eier.« Ich bezahlte, verstaute die Flasche in Fitzstephans Wagen, fragte mich zum örtlichen Telefonamt durch und ließ mich mit der Drogerie von Vic Dallas im spanischen Viertel von San Francisco verbinden.

»Ich brauche«, sagte ich zu Vic, »fünfzig Gran M und acht von diesen Kalomel-Ipekak-Atropin-Strychnin-Cascara-Ampullen. Ich laß das Paket heute abend oder morgen früh durch jemand von unserer Agentur abholen. In Ordnung?«

»Wenn Sie's sagen. Aber wenn Sie wen damit umbringen, verraten Sie nicht, wo Sie das Zeug herhaben!«

226

»Ja, ja«, sagte ich, »die Leute werden sterben, bloß weil ich nicht so 'n dämliches Pillendreher-Diplom habe.«

Ich ließ mir noch ein Gespräch mit San Francisco geben, mit der Agentur, und sprach mit dem Alten.

»Haben Sie noch einen Mann übrig für mich?« fragte ich.

»MacMan ist frei, oder er kann Drake ablösen. Wen Sie lieber wollen.«

»MacMan ist schon gut. Sagen Sie ihm, er soll unterwegs bei der Drogerie von Dallas haltmachen und ein Päckchen abholen. Er weiß, wo das ist.«

Der Alte sagte, über Aaronia Haldorn und Andrews habe er keine neuen Meldungen.

Ich fuhr zurück zu dem Haus in der Mulde. Wir hatten Gesellschaft. Drei fremde Wagen standen leer in der Einfahrt, und ein halbes Dutzend Nachrichtenluchse saßen und standen auf der Veranda um Mickey herum. Sofort bombardierten sie mich mit ihren Fragen.

»Mrs. Collinson ist hier, um sich auszuruhen«, sagte ich. »Keine Interviews, kein Posieren für Fotos. Laßt sie in Ruhe! Wenn sich hier was tut, werd ich schon dafür sorgen, daß ihr's kriegt – das heißt, diejenigen von euch, die Abstand wahren. Das einzige, was ich euch jetzt sagen kann, ist, daß gegen Fink Haftbefehl wegen dem Bombenanschlag raus ist.«

»Weshalb ist Andrews hergekommen?« fragte Jack Santos.

Ich war nicht überrascht. Da er nun aus der Versenkung aufgetaucht war, hatte ich erwartet, daß er aufkreuzen würde.

»Fragt ihn doch«, empfahl ich. »Er verwaltet Mrs. Collinsons Vermögen. Ihr könnt keinen Schauerroman daraus machen, daß er sie hier aufsuchen kommt.«

»Ist es wahr, daß sie schlecht miteinander stehn?«

»Nein.«

»Warum hat er sich dann nicht schon früher hier sehn lassen – gestern oder vorgestern?«

»Fragt ihn!«

»Ist es wahr, daß er bis zum Hals in Schulden steckt –
oder jedenfalls gesteckt hat, bevor er das Leggettsche Vermögen in die Hände kriegte?«

»Fragt ihn!«

Santos lächelte mit schmalgezogenen Lippen und sagte:

»Das brauchen wir nicht – wir haben ein paar von seinen
Gläubigern gefragt. Ist was dran an dem Gerede, daß Mrs.
Collinson und ihr Mann ein paar Tage bevor er umgekommen ist, Krach gehabt hätten, weil sie sich zu sehr mit Whidden eingelassen haben soll?«

»Da ist viel dran – bloß nichts Wahres«, sagte ich. »Pech.
Das wär so 'ne Geschichte, mit der ihr was anfangen könntet.«

»Vielleicht machen wir das auch«, sagte Santos. »Ist es
wahr, daß sie mit der Familie ihres Mannes auseinander ist
und daß der alte Hubert gesagt hat, er will alles, was er hat,
dransetzen, damit sie für jeden etwaigen Anteil am Tod seines Sohnes bezahlt?«

Ich wußte es nicht. Ich sagte:

»Seien Sie doch nicht begriffsstutzig! Wir kümmern uns
doch in Huberts Auftrag um sie.«

»Ist es wahr, daß Mrs. Haldorn und Tom Fink freigelassen worden sind, weil sie gedroht hatten auszupacken, wenn
sie vor Gericht gestellt würden?«

»Jetzt machen Sie Witze, Jack«, sagte ich. »Ist Andrews
noch da?«

»Ja.«

Ich ging ins Haus, rief Mickey und fragte ihn: »Dick
gesehn?«

»Kurz nachdem Andrews eintrudelte, fuhr er vorbei.«

»Hau heimlich ab und such ihn. Sag ihm, er soll sich von
der Zeitungsbande nicht finden lassen, auch auf die Gefahr
hin, daß er Andrews eine Weile verliert. Wenn die rauskriegen, daß wir ihn beschatten, werden sie so verrückt, daß sie
ihre ganzen Titelseiten damit vollknallen; und daß sie so
verrückt werden, will ich nicht.«

Mrs. Herman kam die Treppe herunter. Ich fragte sie, wo Andrews sei.

»Oben im Vorderzimmer.«

Ich ging hinauf. Gabrielle, in einem tiefausgeschnittenen dunklen Seidenkleid, saß stocksteif auf der Kante eines lederbezogenen Schaukelstuhls. Ihr Gesicht war weiß und mürrisch. Sie sah auf ein Taschentuch nieder, das sie zwischen den Händen spannte. Als sie zu mir aufblickte, schien sie sich zu freuen, daß ich wieder da war. Andrews stand mit dem Rücken zum Kamin. Seine weißen Haare, Augenbrauen und Schnurrbart, standen nach allen Richtungen von seinem knochigen, rötlichen Gesicht ab. Er ließ seinen finsteren Blick von dem Mädchen zu mir herüberwandern und schien sich nicht zu freuen, daß ich wieder da war.

»'n Abend«, sagte ich und setzte mich halb auf eine Tischecke.

Er sagte: »Ich bin gekommen, um Mrs. Collinson nach San Francisco zurückzuholen.«

Sie schwieg. Ich sagte: »Nicht nach San Mateo?«

»Was wollen Sie damit sagen?« Das weiße Gestrüpp seiner Augenbrauen senkte sich herab und verbarg seine blauen Augen bis auf die unteren Hälften.

»Weiß der Himmel. Vielleicht ist mein Geist durch die Fragen, die die Zeitungsfritzen mir eben gestellt haben, auf Abwege geraten.«

Kaum merklich zuckte er zusammen. Langsam und bedächtig sagte er:

»Mrs. Haldorn hat mich in beruflicher Angelegenheit zu sich gebeten. Ich habe sie aufgesucht, um ihr klarzumachen, wie unmöglich es unter den gegebenen Umständen wäre, ihre Beratung oder Vertretung zu übernehmen.«

»Das soll mir recht sein«, sagte ich. »Und wenn Sie dreißig Stunden dazu brauchen, ihr das klarzumachen, geht das niemand was an.«

»So ist es.«

»Aber – ich würde genau überlegen, wie ich das den Reportern erzähle, die da unten warten. Sie wissen ja, wie argwöhnisch die sind – ganz ohne Grund.«

Er wandte sich wieder Gabrielle zu, in ruhigem Ton, doch mit einiger Ungeduld:

»Nun, Gabrielle, kommen Sie mit?«

»Soll ich?« fragte sie mich.

»Nein – es sei denn, Sie wollen unbedingt.«

»Ich – ich will nicht.«

»Dann ist das erledigt«, sagte ich.

Andrews nickte, trat vor, um ihre Hand zu ergreifen, und sagte:

»Es tut mir leid, aber ich muß jetzt zurück in die Stadt, meine Liebe. Sie sollten sich ein Telefon herlegen lassen, damit Sie mich erreichen können, falls Sie mich brauchen.«

Ihre Einladung, zum Essen dazubleiben, lehnte er ab, sagte nicht unfreundlich »Guten Abend« zu mir und ging hinaus. Durch ein Fenster konnte ich sehen, wie er gleich darauf in seinen Wagen stieg, wobei er den Zeitungsleuten, die ihn umdrängten, so wenig Beachtung schenkte wie möglich.

Als ich mich vom Fenster abwandte, sah Gabrielle mich mit gerunzelten Brauen an.

»Was war das eben mit San Mateo?« fragte sie.

»Wie intim ist er denn mit Aaronia Haldorn?« fragte ich.

»Ich hab keine Ahnung. Warum? Warum haben Sie so mit ihm geredet?«

»Detektivhandwerk. Zunächst mal, es geht das Gerücht um, daß die Übernahme der Vermögensverwaltung ihm vielleicht geholfen hat, seinen eigenen Kopf über Wasser zu halten. Vielleicht ist da nichts dran, aber es kann nicht schaden, ihm ein bißchen Angst zu machen, damit er – falls er da irgendein Ding gedreht hat – von jetzt bis zum Tag des Großreinemachens sich dranhält, die Sache gradezubiegen. Hat ja keinen Sinn, daß Sie zu all Ihrem Kummer auch noch Geld einbüßen.«

»Dann hat er ...?« begann sie.

»Er hat eine Woche – wenigstens ein paar Tage – Zeit, alles wieder zurechtzurücken. Das müßte eigentlich reichen.«

»Aber ...«

Mrs. Herman rief zum Essen und setzte dem Gespräch ein Ende.

Gabrielle aß sehr wenig. Die Unterhaltung mußten zum größten Teil sie und ich bestreiten, bis Mickey von einem Auftrag zu erzählen begann, den er einmal in Eureka gehabt hatte und bei dem er als Ausländer aufgetreten war, der kein Englisch konnte. Da Englisch die einzige Sprache war, die er tatsächlich konnte, und Eureka normalerweise mindestens ein Exemplar von jeder Nationalität beherbergt, die es gibt, hatte er seine liebe Not gehabt, die Leute im unklaren zu lassen, für was sie ihn nun halten sollten. Er machte daraus eine lange Geschichte, über die man herzlich lachen konnte. Vielleicht war einiges davon sogar wahr – es machte ihm immer viel Spaß, sich wie die andere Hälfte eines Halbidioten zu benehmen.

Nach dem Essen schlenderte ich mit ihm draußen herum, während über dem Gelände die Frühlingsnacht dunkelte.

»Morgen vormittag wird MacMan hier eintreffen«, teilte ich ihm mit. »Ihr beide müßt hier Wachhund spielen. Teilt euch das ein, wie ihr wollt, aber einer muß immer auf Posten sein.«

»Und du – überarbeite dich bloß nicht«, beschwerte er sich. »Was soll das eigentlich sein hier – eine Falle?«

»Vielleicht.«

»Vielleicht. Aha! Man weiß überhaupt nicht, was man eigentlich macht. Man drückt sich so rum und wartet darauf, daß das Hufeisen in der Tasche mal was zu tun kriegt.«

»Das Ergebnis erfolgreicher Planung sieht für Nulpen immer aus wie Glück. Hat's bei Dick was Neues gegeben?«

»Nein. Er ist Andrews von seinem Haus bis direkt hierher auf den Fersen geblieben.«

Die Haustür ging auf, und gelbes Licht fiel über die Veranda. Gabrielle, ein dunkles Cape um die Schultern, trat in das gelbe Licht, machte die Tür zu und kam den Kiesweg entlang.

»Leg dich jetzt aufs Ohr, wenn du willst«, sagte ich zu Mickey. »Ich sag dir Bescheid, wenn ich reinkomme. Du mußt bis morgen früh Wache schieben.«

»Du bist unbezahlbar, wirklich!« Er lachte im Dunkeln.

»Da im Wagen ist 'ne Gallone Gin.«

»Hm? Warum hast du das denn nicht gleich gesagt, statt meine Zeit so mit Reden zu vergeuden.« Das Wiesengras zischte um seine Schuhe, als er davonging.

Ich ging auf den Kiesweg zu, dem Mädchen entgegen.

»Ist das nicht ein wunderschöner Abend?« sagte sie.

»Ja. Aber Sie sollten trotzdem nicht allein im Dunkeln herumstrolchen, auch wenn Ihre Beschwerden praktisch überwunden sind.«

»Das hatt ich auch nicht vor«, sagte sie und henkelte sich bei mir ein. »Und was heißt ›so gut wie überwunden‹?«

»Daß noch ein paar Kleinigkeiten zu erledigen sind – beispielsweise das Morphium.«

Ein Schauder durchlief sie, und sie sagte:

»Ich hab nur noch so viel, daß es grade für heute abend reicht. Sie haben mir doch versprochen . . .«

»Morgen vormittag kommen fünfzig Gran.«

Sie schwieg, als wartete sie, daß ich noch etwas sagte. Ich sagte nichts weiter. Ihre Finger tasteten nervös auf meinem Ärmel herum.

»Sie haben gesagt, es würde nicht schwer sein, mich zu kurieren.« Sie sagte das halb fragend, als nähme sie an, ich würde leugnen, etwas Derartiges gesagt zu haben.

»Würde es auch nicht.«

»Sie haben gesagt, vielleicht . . .« Zaghaft verstummte sie.

»Daß wir es machen würden, solange wir hier sind?« fragte ich.

»Ja.«

»Wollen Sie? Wenn nicht, ist nämlich nichts zu machen.«

»Ob ich will?« Sie blieb auf dem Weg stehen und sah mich an. »Ich gäbe . . .« Der Satz erstickte in einem Aufschluchzen. Ihre Stimme kam wieder, schwach und in hoher Tonlage: »Meinen Sie's ehrlich mit mir? Wirklich? Was Sie mir gesagt haben – all das, was Sie mir gestern abend und heute nachmittag gesagt haben –, ist das so wahr, wie Sie's hingestellt haben? Glaube ich an Sie, weil Sie aufrichtig sind? Oder weil Sie es – als Berufstrick – gelernt haben, Menschen dazu zu bringen, daß sie an Sie glauben?«

Nicht ausgeschlossen, daß sie verrückt war – dumm war sie jedenfalls nicht. Ich gab ihr die Antwort, die im Augenblick am besten schien:

»Ihr Glaube an mich beruht auf meinem Glauben an Sie. Ist meiner ungerechtfertigt, dann ist es auch Ihrer. Darum will *ich* Ihnen erst mal eine Frage stellen: Haben Sie mir was vorgemacht, als Sie sagten: ›Ich will nicht schlecht sein‹?«

»Nein, ich will's wirklich nicht. Ich will's nicht.«

»Na also«, sagte ich im Ton einer endgültigen Feststellung, als wäre die Sache damit erledigt. »Wenn Sie von dem Zeug loskommen wollen, kriegen wir Sie eben los.«

»Wie – wie lange wird das dauern?«

»Sagen wir mal – sicherheitshalber – eine Woche. Vielleicht weniger.«

»Meinen Sie wirklich? Nicht länger?«

»Das reicht für den entscheidenden Teil. Sie werden danach noch eine Zeitlang aufpassen müssen, bis Ihr Organismus wieder fest auf sämtlichen Beinen steht, aber von dem Zeug sind Sie los.«

»Werd ich – viel auszustehn haben?«

»Ein paar schlimme Tage; aber sie werden nicht so schlimm sein, wie sie Ihnen vorkommen, und die Zähigkeit Ihres Vaters wird Sie drüber hinwegbringen.«

»Falls«, sagte sie langsam, »ich mittendrin merken sollte, daß ich's nicht durchhalten kann, kann ich dann . . .?«

»Da werden Sie gar nichts gegen machen können«, verhieß ich ihr in munterem Ton. »Sie werden drin bleiben, bis Sie am andern Ende wieder rauskommen.«

Wieder durchlief sie ein Schauder, und sie fragte:

»Wann wollen wir anfangen?«

»Übermorgen. Nehmen Sie morgen ruhig Ihre gewohnte Prise, aber versuchen Sie nicht, auf Vorrat zu tanken. Und machen Sie sich keine Kopfschmerzen. Für mich wird's schlimmer als für Sie – ich werde mich ja mit Ihnen rumplagen müssen.«

»Und Sie werden ein Auge zudrücken, Sie werden Verständnis haben, wenn ich nicht immer freundlich bin, während ich das durchmache? Auch wenn ich mich häßlich benehme?«

»Ich weiß nicht.« Ich wollte sie nicht noch ermuntern, mir Sperenzchen zu machen. »Ich halte nicht so viel von Freundlichkeit, die schon durch ein bißchen Kummer in häßliches Benehmen umschlagen kann.«

»Ach, aber . . .« Sie hielt inne, runzelte die Stirn und sagte dann: »Können wir Mrs. Herman nicht wegschicken? Ich möchte nicht – ich möchte nicht, daß sie mich so sieht.«

»Ich werd sie morgen früh abschieben.«

»Und wenn ich – Sie werden doch aufpassen, daß mich sonst niemand sieht – wenn ich mich nicht – wenn ich zu schrecklich bin?«

»Natürlich«, versprach ich. »Aber hören Sie mal zu: Sie fangen schon an, eine Show für mich vorzubereiten. Lassen Sie das. Denken Sie über diese Seite gar nicht nach. Sie werden schön brav sein. Ich will kein Affentheater mit Ihnen.«

Sie lachte plötzlich auf und fragte:

»Werden Sie mich hauen, wenn ich unartig bin?«

Ich sagte, eigentlich sei sie ja noch so jung, daß ihr eine Tracht Prügel ganz gut bekommen könnte.

21

Aaronia Haldorn

Mary Nuñez war am nächsten Morgen um halb acht da. Mickey Linehan fuhr Mrs. Herman nach Quesada, ließ sie dort und kam mit MacMan und einer Ladung Lebensmitteln zurück.

MacMan war ein ehemaliger Soldat, stämmig und aufrecht. Zehn Inseljahre hatten sein grimmiges Gesicht mit dem schmallippigen Mund und dem kräftigen Kinn eichenholzdunkel gebeizt. Er war ein echter, vorbildlicher Soldat: er ging hin, wo man ihn hinschickte, blieb stehen, wo man ihn hinstellte, und hatte keinerlei eigene Gedanken, die ihn etwa abgehalten hätten, genau das zu tun, was man ihm auftrug.

Er übergab mir das Päckchen vom Drogisten. Ich nahm zehn Gran Morphium mit hinauf zu Gabrielle. Sie saß im Bett und frühstückte. Ihre Augen waren wässerig, ihr Gesicht feucht und ein wenig grau. Als sie die Tütchen in meiner Hand sah, schob sie ihr Tablett beiseite und streckte gierig die Hände aus, wobei ihre Schultern nervös zuckten.

»Kommen Sie in fünf Minuten wieder?« fragte sie.

»Sie können sich Ihre Spritze ruhig vor mir geben. Ich werd schon nicht rot.«

»Aber ich«, sagte sie errötend.

Ich ging hinaus, machte die Tür zu und lehnte mich dagegen. Aus dem Zimmer hörte ich das Knistern von Papier und das Klirren eines Löffels im Wasserglas. Kurz darauf rief sie: »Fertig!«

Ich ging wieder hinein. Ein zusammengeknülltes weißes Papierkügelchen auf dem Tablett war alles, was von dem ersten Tütchen übriggeblieben war. Die andern waren nicht zu sehen. Sie lehnte sich zurück in ihre Kissen, die Augen halb geschlossen, behaglich wie eine Katze, die den Bauch voll Goldfische hat. Träge lächelte sie mich an und sagte:

»Sie sind so lieb. Wissen Sie, was ich heute machen möchte? Irgendwas zu Mittag essen und aufs Wasser rausfahren – den ganzen Tag auf dem Boot in der Sonne zubringen.«

»Das wird Ihnen auch guttun. Nehmen Sie sich Linehan mit oder MacMan. Allein dürfen Sie nicht raus.«

»Was machen *Sie* denn?«

»Ich fahre nach Quesada, dann rüber in die Kreisstadt, vielleicht sogar nach San Francisco.«

»Kann ich nicht mit Ihnen kommen?«

Ich schüttelte den Kopf und sagte: »Ich hab allerlei Arbeit vor mir, und Sie sollen sich doch ausruhen.«

»Och«, sagte sie und griff nach ihrem Kaffee. Ich wandte mich zur Tür. »Den Rest Morphium« – sie sprach über den Rand ihrer Tasse hinweg – »das haben Sie doch gut weggesteckt, wo niemand es finden kann?«

»Allerdings«, sagte ich, grinste sie an und klopfte dabei auf meine Jackentasche.

In Quesada verbrachte ich eine halbe Stunde im Gespräch mit Rolly und mit dem Lesen der San Franciscoer Zeitungen. Mit Andeutungen und Fragen, die schon fast an Beleidigung und Verleumdung grenzten, fingen sie an, auf Andrews herumzuhacken. Das war soweit ganz gut. Der Hilfssheriff hatte mir nichts Neues mitzuteilen.

Ich fuhr rüber in die Kreisstadt. Vernon war bei einer Verhandlung. Zwanzig Minuten Gespräch mit dem County-Sheriff machten mich auch nicht schlauer. Ich rief die Agentur an und sprach mit dem Alten. Er sagte, Hubert Collinson, unser Klient, habe einiges Erstaunen darüber geäußert, daß wir unsere Untersuchungen fortsetzten; er habe angenommen, durch Whiddens Tod sei der Mord an seinem Sohn aufgeklärt.

»Sagen Sie ihm, daß das nicht so ist«, sagte ich. »Der Mord an Eric hängt mit Gabrielles Geschichten zusammen, und wir können dem einen Fall nur über den andern auf den Grund kommen. Eine Woche wird das wohl noch dauern. Aber Collinson ist schon in Ordnung«, beruhigte ich den Alten, »er wird's hinnehmen, wenn man's ihm erklärt.«

»Das will ich aber auch hoffen«, sagte der Alte ziemlich kühl und gar nicht erbaut davon, fünf seiner Leute an einem Auftrag arbeiten zu lassen, für den der angebliche Klient möglicherweise nicht würde zahlen wollen.

Ich fuhr hoch nach San Francisco, aß im Saint Germain zu Abend, holte mir aus meiner Wohnung noch einen Anzug und eine Reisetasche voll sauberer Hemden und dergleichen, und kurz nach Mitternacht war ich wieder bei dem Haus in der Mulde. Als ich den Wagen – wir hatten immer noch den von Fitzstephan in Benutzung – unter das Schuppendach fuhr, trat MacMan aus dem Dunkel. Er sagte, während meiner Abwesenheit habe sich nichts ereignet. Wir gingen zusammen ins Haus. Mickey war in der Küche und mixte sich gerade gähnend einen Drink, bevor er MacMan auf Wache ablöste.

»Mrs. Collinson schon schlafen gegangen?« fragte ich.

»Das Licht bei ihr ist noch an. Sie ist den ganzen Tag in ihrem Zimmer gewesen.«

MacMan und ich tranken mit Mickey noch einen Schluck und gingen dann hinauf. Ich klopfte an die Tür des Mädchens.

»Wer ist da?« fragte sie. Ich sagte es ihr. Sie sagte: »Ja?«

»Kein Frühstück morgen.«

»Wieso denn das?« Dann, als hätte sie das fast vergessen gehabt: »Ach ja, ich hab's mir überlegt, ich möchte Ihnen nicht all die Mühe machen, mich zu kurieren.« Sie machte die Tür auf, stand in der Öffnung und lächelte mir übertrieben freundlich zu, während sie einen Finger als Lesezeichen in ihrem Buch hielt. »Haben Sie eine gute Fahrt gehabt?«

»Ach, ganz gut, danke«, sagte ich, indem ich das restliche Morphium aus meiner Tasche nahm und es ihr hinhielt.

»Dann hat es ja keinen Zweck, daß ich das mit mir rum-
schleppe.«

Sie nahm es nicht. Sie lachte mir ins Gesicht und sagte:

»Sie sind aber auch ein Scheusal, was?«

»Na, es geht ja um *Ihre* Kur, nicht um meine.« Ich steckte
das Zeug wieder in die Tasche. »Wenn Sie . . .« Ich brach ab
und horchte. Hinten im Flur hatte eine Bohle geknarrt. Jetzt
war ein leises Geräusch zu hören, als wenn ein nackter Fuß
über den Boden striche.

»Das ist Mary, die mich bewacht«, flüsterte Gabrielle heiter. »Sie hat sich auf dem Dachboden ein Bett zurechtgemacht
und sich geweigert heimzugehn. Sie meint, mit Ihnen und
Ihren Freunden wär ich nicht sicher. Sie hat mich vor euch
gewarnt, ihr wärt – was hat sie noch gesagt? – ach ja, Lust-
molche. Sind Sie einer?«

»Sozusagen. Vergessen Sie nicht – kein Frühstück morgen.«

Am folgenden Nachmittag gab ich ihr die erste Dosis von
Vic Dallas' Mixtur und in zweistündigen Abständen noch
drei weitere. Sie verbrachte den Tag in ihrem Zimmer. Das
war Samstag.

Am Sonntag bekam sie zehn Gran Morphium und war
den ganzen Tag in bester Stimmung. Sie betrachtete sich
bereits als so gut wie kuriert.

Am Montag bekam sie den Rest von Vics Gebräu, und der
Tag verlief ganz ähnlich wie der Samstag. Mickey Linehan
kam aus der Kreisstadt mit der Nachricht zurück, Fitzstephan sei bei Bewußtsein, aber noch zu schwach und zu sehr in
Verbände gewickelt, als daß er hätte reden können, selbst
wenn die Ärzte es ihm erlaubt hätten; Andrews sei wieder in
San Mateo bei Aaronia Haldorn gewesen; und sie sei im
Krankenhaus gewesen, um Fink zu besuchen, doch das Büro
des County-Sheriffs habe ihr die Genehmigung verweigert.

Der Dienstag war etwas aufregender.

Gabrielle war schon aufgestanden und angezogen, als ich
ihr Orangensaft-Frühstück zu ihr hineinbrachte. Sie hatte

muntere Augen, war aufgekratzt und gesprächig und lachte leicht und oft, bis ich – so nebenher – erwähnte, daß sie kein Morphium mehr bekommen solle.

»Überhaupt keins mehr, meinen Sie?« Panischer Schreck lag in ihrem Gesicht und ihrer Stimme. »Das meinen Sie doch nicht im Ernst!«

»Doch.«

»Aber da sterbe ich!« Ihre Augen füllten sich mit Tränen, die über ihr weißes Gesichtchen hinabbrannten, und sie rang die Hände. Es war kindlich-pathetisch. Ich mußte mir vergegenwärtigen, daß Tränen zu den Symptomen der Morphiumentziehung gehören. »Sie wissen doch, daß es so nicht geht. Ich verlange ja nicht so viel wie sonst. Ich weiß, daß ich jeden Tag weniger kriege. Aber Sie können doch nicht so mit einmal damit aufhören. Sie machen ja bloß Spaß. Das würde mich glatt umbringen.« Bei dem Gedanken ans Sterben weinte sie noch mehr.

Ich reagierte darauf mit einem Lachen, als wäre ich voll Mitgefühl für sie, dabei aber erheitert.

»Unsinn«, sagte ich in munterem Ton, »am meisten wird Ihnen zu schaffen machen, daß Sie allzu lebendig sind. Das ein paar Tage lang, und Sie sind völlig wiederhergestellt.«

Sie biß sich auf die Lippen, brachte endlich ein Lächeln zustande und streckte mir beide Hände hin.

»Ich werde Ihnen glauben«, sagte sie. »Ich glaube Ihnen schon. Ich werde Ihnen glauben, was Sie auch sagen mögen.«

Ihre Hände waren feuchtkalt. Ich drückte sie und sagte:

»Dann wäre ja alles bestens. Nun wieder ins Bett! Ich werd ab und zu mal reingucken, und wenn Sie zwischendurch was haben wollen, melden Sie sich nur.«

»Sie fahren heute nicht weg?«

»Nein«, versprach ich.

Sie hielt den ganzen Nachmittag über ganz gut durch. Zwischen den Anfällen, wenn das Niesen und Gähnen über sie kam, lachte sie über sich selbst, natürlich nicht aus

239

vollstem Herzen, aber daß sie es überhaupt versuchte, darauf kam es an.

Zwischen fünf und halb sechs kam Madison Andrews. Da ich ihn hatte hereinfahren sehen, trat ich ihm auf der Veranda entgegen. Sein Gesicht war von frischer Röte zu einem matten Orange verblaßt.

»Guten Abend«, sagte er höflich. »Ich möchte Mrs. Collinson sprechen.«

»Ich will ihr alles ausrichten, was Sie ihr mitzuteilen haben«, bot ich ihm an.

Er zog seine weißen Augenbrauen herab, und etwas von seiner gewöhnlichen frischen Röte kehrte zurück.

»Ich möchte sie sprechen.« Das war ein Befehl.

»Sie möchte Sie aber nicht sprechen. Gibt es etwas auszurichten?«

Seine ganze Röte war jetzt wieder da. Seine Augen glühten. Ich stand zwischen ihm und der Tür. Solange ich da stand, konnte er nicht hinein. Einen Augenblick lang schien er drauf und dran, mich aus dem Weg zu schieben. Das machte mir keine Sorgen – er schleppte eine Belastung von zwanzig Pfund und zwanzig Jahren mehr mit sich herum als ich.

Er zog das Kinn an den Hals und sprach mit achtunggebietender Stimme:

»Mrs. Collinson muß mit mir nach San Francisco zurück. Sie kann hier nicht bleiben. Dieser Zustand hier ist lachhaft.«

»Sie fährt nicht nach San Francisco«, sagte ich. »Wenn nötig, kann der Staatsanwalt sie hier in Schutzhaft setzen. Versuchen Sie nur, das mit irgendwelchen gerichtlichen Verfügungen umzustoßen, und wir werden Ihnen was anderes verschaffen, worüber Sie sich Kopfschmerzen machen können. Ich sage Ihnen das nur, damit Sie wissen, wie wir miteinander stehen. Wir werden nachweisen, daß sie möglicherweise durch Sie bedroht ist. Woher wissen wir denn, ob Sie mit dem Vermögen nicht Murmeln gespielt haben? Woher wissen wir denn, ob Sie nicht vorhaben, ihre jetzige Gemütsverwirrung auszunutzen, um sich selbst gegen Scherereien wegen des Vermögens abzusichern? Tja, mein Lieber, und vielleicht haben Sie sogar die Absicht, sie ins Irrenhaus zu bringen, damit das Vermögen in Ihrer Kontrolle bleibt.«

Seine Augen flackerten bestürzt, wenn er sich auch sonst ganz wacker hielt unter dieser Breitseite. Als er den Atem wiedergefunden und einmal geschluckt hatte, fragte er:

»Glaubt Gabrielle das?« Sein Gesicht war magenta-rot.

»Wer sagt denn, daß irgendwer das glaubt?« Ich schlug einen freundlicheren Ton an. »Ich sag Ihnen nur, womit wir vor Gericht erscheinen werden. Sie sind Rechtsanwalt. Sie wissen, daß zwischen dem, was wahr ist, und dem, womit man vor Gericht – oder in den Zeitungen – erscheint, nicht unbedingt ein Zusammenhang zu bestehen braucht.«

Das bestürzte Flackern seiner Augen griff um sich, trieb ihm die Farbe aus dem Gesicht, die steife Haltung aus den Knochen; doch er hielt sich aufrecht und fand eine ruhige Stimme.

»Sie können Mrs. Collinson mitteilen«, sagte er, »daß ich dem Gericht noch diese Woche meine Testamentsvollmacht zurückreichen werde, zusammen mit einer Abrechnung über das Vermögen und einem Gesuch um meine Ablösung.«

»Dann ist es ja bestens«, sagte ich, aber der alte Knabe tat mir leid, wie er da zu seinem Wagen hinunterschlurfte und langsam einstieg.

Ich sagte Gabrielle nichts von seinem Besuch.

Zwischen ihrem Gähnen und Niesen wimmerte sie jetzt ein wenig, und Wasser lief ihr aus den Augen. Gesicht, Körper und Hände waren schweißfeucht. Essen konnte sie nicht. Ich sorgte dafür, daß sie dauernd Orangensaft hatte. Geräusche und Gerüche – wie schwach, wie angenehm sie auch sein mochten – wurden qualvoll für sie, und dauernd rutschte und zuckte sie im Bett herum.

»Wird's noch viel schlimmer als jetzt?« fragte sie.

»Nicht viel. Nichts, was Sie nicht aushalten könnten.«

Als ich hinunterkam, wartete Mickey Linehan auf mich.

»Das Mexikoweib hat sich einen Dolch geschnappt«, sagte er aufgeräumt.

»So?«

»Ja; und zwar den, womit ich immer Zitronen geschnitten habe, um den Gestank aus diesem Fusel rauszukriegen, den du gekauft hast – oder hast du ihn bloß ausgeborgt, weil der Besitzer schon wußte, daß du ihn zurückbringen würdest, weil keiner das Zeug trinken kann? Es ist ein Küchenmesser – zehn bis zwölf Zentimeter rostfreie Stahlklinge, damit du keine Rostflecke ans Unterhemd kriegst, wenn sie's dir in den Rücken steckt. Ich hab's nicht finden können und hab sie danach gefragt, und als sie sagte, sie hätte keine Ahnung, hat sie mich dabei *nicht* wie einen Brunnenvergifter angesehn, und das ist das erste Mal gewesen, daß sie mich nicht so angesehn hat, und daran hab ich gemerkt, daß sie's hat.«

»Schlau von dir«, sagte ich. »Na, behalt sie mal 'n bißchen im Auge. Sie mag uns nicht besonders.«

»*Ich* soll das machen?« Mickey grinste. »Ich finde, jeder sollte auf sich selber aufpassen, wo ich doch sehe, daß du das Jungchen bist, das sie am meisten beäugt, und daß höchstwahrscheinlich du derjenige bist, aus dem sie Hackfleisch machen will. Was hast du ihr eigentlich getan? Du bist doch nicht etwa so dußlig gewesen, mit den Gefühlen einer mexikanischen Dame zu spielen, oder?«

Ich fand das gar nicht komisch, obwohl es möglicherweise komisch war.

Kurz vor Anbruch der Dunkelheit kam Aaronia Haldorn in einer Lincoln-Limousine mit einem Neger-Chauffeur, der, als er den Wagen in den Anfahrtsweg brachte, wie verrückt auf die Hupe drückte. Ich war bei Gabrielle im Zimmer, als das Ding losheulte. Sie sprang fast aus dem Bett, völlig verstört von diesem Lärm, der für ihre jetzt überempfindlichen Ohren eine wahre Höllenqual gewesen sein muß.

»Was war das? Was war das?« schrie sie immer wieder mit Zähneklappern, wobei das Bett unter ihrem Körper bebte.

»Sch-sch-sch«, beruhigte ich sie. Ich entwickelte mich bereits zu einem ganz guten Krankenpfleger. »Nur eine Autohupe. Besuch. Ich geh mal runter und schlag ihn in die Flucht.«

»Sie passen doch auf, daß keiner mich so sieht?« flehte sie.

»Aber sicher. Seien Sie ein braves Mädchen, bis ich wiederkomme!«

Als ich hinauskam, stand Aaronia Haldorn neben der Limousine und sprach mit MacMan. In dem Dämmerlicht war ihr Gesicht zwischen schwarzem Hut und schwarzem Pelzmantel eine düstere ovale Maske – doch ihre leuchtenden Augen wirkten ungemein lebendig.

»Wie geht es Ihnen?« sagte sie und streckte mir ihre Hand entgegen. Sie hatte eine Stimme, daß einem warme Wellen den Rücken hinaufliefen. »Es freut mich für Mrs. Collinson, daß Sie hier sind. Mrs. Collinson und ich, wir haben glänzende Proben Ihrer Beschützerfähigkeit erlebt, der wir ja beide unser Leben verdanken.«

Das war in Ordnung, aber es war schon einmal gesagt worden. Ich machte eine Geste, die andeuten sollte, daß meine Bescheidenheit dieses Thema verabscheute, und versetzte ihr den ersten Schlag mit dem Satz:

»Es tut mir leid, daß Sie sie nicht sprechen können. Sie fühlt sich nicht wohl.«

»Oh – aber ich würde sie wirklich sehr gern sprechen – wenn auch nur ganz kurz – meinen Sie nicht, es könnte ihr guttun?«

Ich sagte, es tue mir leid. Sie schien das als endgültig hinzunehmen, sagte jedoch: »Ich bin extra aus San Francisco hergekommen, um sie zu besuchen.«

Ich probierte es mit der Methode, die eingeleitet wird mit: »Hat Mr. Andrews Ihnen nicht erzählt . . .?« – und ließ sie abschnurren.

Sie sagte nicht, ob er es erzählt hatte. Sie drehte sich um

und begann, langsam über den Rasen zu gehen. Mir blieb nichts übrig, als an ihrer Seite zu bleiben. Nur wenige Minuten fehlten, bis es vollends dunkel sein würde. Kaum hatten wir uns zehn oder zwölf Schritte vom Wagen entfernt, sagte sie:

»Mr. Andrews meint, Sie hätten einen Verdacht gegen ihn.«

»Da hat er recht.«

»Und was für ein Verdacht ist das?«

»Daß er mit dem Vermögen irgendein Ding dreht. Wohlgemerkt, ich weiß es nicht. Es ist nur ein Verdacht.«

»Wirklich?«

»Wirklich«, sagte ich; »nicht mehr und nicht weniger.«

»Na, das ist aber auch vollauf genug, würd ich meinen.«

»Mir schon; daß es auch Ihnen genug ist, hätt ich nicht gedacht.«

»Wie bitte?«

Der Boden, auf dem ich mich bei dieser Frau bewegte, war mir nicht ganz geheuer. Ich hatte Angst vor ihr. Ich häufte aufeinander, was ich an Tatsachen wußte, legte noch ein paar Vermutungen oben drauf und sprang von dem Haufen ins Ungewisse:

»Als Sie aus dem Gefängnis kamen, haben Sie Andrews zu sich kommen lassen, haben alles, was er wußte, aus ihm rausgequetscht, und dann, als Sie rausgekriegt hatten, daß er mit der Münze des Mädchens spielt, haben Sie eine Möglichkeit gesehn, Verwirrung zu stiften, indem Sie Verdacht auf ihn lenkten. Der alte Knabe hat einen Weiberkoller – eine Frau wie Sie kann den natürlich um den Finger wickeln. Ich weiß nicht, was Sie mit ihm vorhaben, aber Sie haben ihn in Trab gebracht und die Zeitungen auf ihn gehetzt. Ich nehme an, Sie haben ihnen ein paar Andeutungen über seine Finanzmachenschaften gemacht? Das geht nicht, Mrs. Haldorn. Schlagen Sie sich das aus dem Kopf! Das funktioniert nicht. Sie können ihn natürlich aufscheuchen und dazu bringen, daß er was Kriminelles macht und sich Ihnen zuliebe in die Nesseln setzt – so verzweifelt ist er jetzt schon, wo so auf ihm rumgehackt wird. Aber was er jetzt auch anstellen mag, es kann damit nicht verschleiert werden, was jemand anders früher getan hat. Er hat versprochen, das Vermögen in Ordnung zu bringen und abzugeben. Lassen Sie ihn in Ruhe! Es funktioniert nicht.«

Sie schwieg, während wir noch mal zwölf Schritte weitergingen. Wir kamen auf einen Weg. Ich sagte:

»Das ist der Weg, der zu der Felswand hochführt; der, von dem Eric Collinson runtergestoßen worden ist. Haben Sie ihn gekannt?«

Sie holte heftig Luft, so daß es fast wie ein Schluchzen in ihrer Kehle klang, doch ihre Stimme war fest, ruhig und melodisch, als sie erwiderte:

»Das wissen Sie doch. Warum fragen Sie also?«

»Detektive stellen gern Fragen, auf die sie die Antwort schon wissen. Warum sind Sie hierher gekommen, Mrs. Haldorn?«

»Ist das auch so eine Frage, auf die Sie die Antwort schon wissen?«

»Ich weiß, daß Sie aus zwei bestimmten Gründen gekommen sind – oder aus einem von beiden.«

»Ja?«

»Erstens, um rauszukriegen, wie nahe wir der Lösung unseres Rätsels sind. Stimmt's?«

»Ich habe natürlich auch meine Portion Neugier«, bekannte sie.

»Es macht mir nichts aus, Ihnen in diesem Punkt zum Erfolg Ihres Ausflugs zu verhelfen – ich weiß die Lösung.«

Sie blieb auf dem Weg stehen, mir gegenüber, und ihre Augen phosphoreszierten in der tiefen Dämmerung. Sie legte mir eine Hand auf die Schulter – sie war größer als ich. Die andere Hand hatte sie in der Manteltasche. Sie näherte ihr Gesicht dem meinen. Sie sprach sehr langsam, als läge ihr viel daran, verstanden zu werden:

»Sagen Sie mir die Wahrheit! Verstellen Sie sich nicht! Ich möchte nicht unnötig jemandem Schaden zufügen. Halt, warten Sie – überlegen Sie, bevor Sie sprechen – und glauben Sie mir, wenn ich sage, daß jetzt nicht der Augenblick ist, sich zu verstellen, zu lügen oder zu bluffen. Und jetzt sagen Sie mir die Wahrheit – wissen Sie die Lösung?«

»Ja.«

Sie lächelte schwach, nahm die Hand von meiner Schulter und sagte:

»Dann hat's keinen Zweck, daß wir uns rumstreiten.«

Ich sprang sie an. Hätte sie aus der Tasche heraus gefeuert, so hätte sie mich vielleicht über den Haufen geknallt. Aber sie versuchte, die Pistole herauszuziehen. Da hatte ich eine Hand schon an ihrem Gelenk. Die Kugel ging zwischen unsern Füßen in den Boden. Die Nägel ihrer freien Hand zogen drei rote Furchen seitlich über mein Gesicht. Ich rammte ihr den Kopf unters Kinn, drehte ihr, bevor sie das Knie hochbrachte, die Hüfte zu, zog sie, mit einem Arm sie umschlingend, fest an mich und bog ihr dabei die Hand mit der Waffe auf den Rücken. Sie ließ die Pistole fallen, und wir stürzten hin. Ich lag oben. Und da blieb ich, bis ich die Pistole gefunden hatte. Als ich aufstand, kam MacMan angelaufen.

»Alles in Butter«, sagte ich zu ihm mit einer Stimme, die noch nicht wieder richtig funktionierte.

»Haben Sie sie übern Haufen schießen müssen?« fragte er, als er die Frau reglos am Boden sah.

»Nein, ihr ist nichts passiert. Gucken Sie mal, daß der Chauffeur keine Dummheiten macht.«

MacMan ging weg. Die Frau setzte sich auf, zog die Beine an und rieb sich das Handgelenk. Ich sagte:

»Und das war der zweite Grund, weswegen Sie gekommen sind. Ich hab allerdings gedacht, Sie hätten's auf Mrs. Collinson abgesehn.«

Sie stand auf, ohne etwas zu sagen. Ich half ihr nicht auf,

weil ich sie nicht merken lassen wollte, wie zittrig ich war. Ich sagte:

»Da wir nun schon so weit gekommen sind, kann's ja nicht schaden – vielleicht sogar nützlich sein –, wenn wir uns noch ein bißchen aussprechen.«

»Ich glaube, jetzt kann überhaupt nichts mehr nützlich sein.« Sie rückte sich den Hut zurecht. »Sie sagen, Sie wissen Bescheid. Dann sind Lügen wertlos, und nur Lügen würden helfen.« Sie zuckte mit den Achseln. »Nun, was jetzt?«

»Gar nichts – wenn Sie versprechen, daran zu denken, daß die Zeit für Verzweiflungstaten vorbei ist. Sachen wie diese eben zerfallen in drei Teile – Geschnapptwerden, Verurteiltwerden und Bestraftwerden. Sie müssen zugeben, daß es zu spät ist, gegen das erste noch was zu tun – na ja, und wie es bei den Gerichten und in den Gefängnissen von Kalifornien so zugeht, wissen Sie ja.«

Verdutzt sah sie mich an und fragte: »Warum sagen Sie mir das?«

»Weil's für mich kein Festessen ist, wenn jemand auf mich schießt, und wenn sowas passiert ist, bin ich dafür, daß es in Ordnung gebracht wird und dann erledigt ist. Mir liegt nichts daran, Ihren Anteil an dem Rummel nachzuweisen, und es ist einfach lästig, daß Sie jetzt hier reinplatzen und alles durcheinanderbringen wollen. Fahren Sie nach Hause und machen Sie keine Dummheiten!«

Wir sagten beide nichts mehr, bis wir wieder zu der Limousine zurückgegangen waren. Dann wandte sie sich um, streckte mir die Hand hin und sagte:

»Ich glaube – ich weiß noch nicht – ich glaube, ich schulde Ihnen jetzt noch mehr als vorher.«

Ich sagte nichts und nahm ihre Hand nicht. Vielleicht nur weil sie die Hand ausgestreckt hielt, fragte sie:

»Kann ich meine Pistole jetzt wiederhaben?«

»Nein.«

»Wollen Sie Mrs. Collinson meine besten Wünsche bestellen und ihr sagen, es täte mir leid, daß ich sie nicht habe sprechen können?«

»Ja.«

»Auf Wiedersehn«, sagte sie und stieg in den Wagen. Ich zog den Hut, und sie fuhr weg.

22

Beichte

Mickey Linehan machte mir die Haustür auf. Er besah sich mein zerkratztes Gesicht und lachte:

»Du führst aber auch wirklich ein tolles Leben mit deinen Weibern! Warum läßt du's dir denn nicht lieber schenken, statt es ihnen wegnehmen zu wollen? Damit könntest du dir 'ne ganze Menge Haut sparen.« Er zeigte mit dem Daumen zur Decke. »Geh mal lieber rauf und verhandle mit der da oben! Die hat schon ein Mordsspektakel gemacht.«

Ich ging hinauf in Gabrielles Zimmer. Sie saß in der Mitte des zerwühlten Bettes. Sie raufte sich die Haare. Sie hatte ein teigiges Gesicht und sah aus wie fünfunddreißig. Aus ihrer Kehle kamen Laute wie von einem verwundeten Tier.

»Ziemliche Biesterei, was?« sagte ich von der Tür aus.

Sie nahm die Hände aus dem Haar.

»Werd ich nicht sterben?« Die Frage kam wimmernd zwischen zusammengebissenen Zähnen hervor.

»Völlig ausgeschlossen.«

Sie schluchzte und legte sich hin. Ich zog ihr die Decke glatt. Sie klagte, sie habe einen Klumpen im Hals und die Kinnladen und Kniekehlen täten ihr weh.

»Normale Symptome«, beruhigte ich sie. »Die werden Ihnen nicht viel zu schaffen machen, und um die Krämpfe werden Sie rumkommen.«

Fingernägel kratzten an der Tür. Gabrielle fuhr im Bett hoch und schrie:

»Gehn Sie nicht wieder weg!«

»Nur bis zur Tür«, versprach ich und ging hin.

Draußen stand MacMan.

»Diese mexikanische Mary«, flüsterte er, »hat sich im

Gebüsch versteckt gehabt und Sie und die Frau beobachtet. Ich hab sie rauskommen sehn und bin ihr auf den Fersen geblieben bis unten an die Straße. Sie hat die Limousine angehalten und mit der Frau gesprochen – fünf bis zehn Minuten. Ich hab nicht so nah rankommen können, um was zu verstehen.«

»Wo ist sie denn jetzt?«

»In der Küche. Sie ist zurückgekommen. Die Frau in der alten Kiste ist weitergefahren. Mickey sagt, das Mexikoweib läuft mit einem Messer rum und wird uns Kummer machen. Meinen Sie, er hat recht?«

»Für so Sachen hat er einen ganz guten Riecher«, sagte ich. »Sie liebt Mrs. Collinson heiß und meint, wir haben nichts Gutes mit ihr vor. Warum, zum Teufel, kann sie sich nicht um ihren eigenen Kram kümmern? Nach allem sieht es so aus, daß sie Mäuschen gespielt hat und gesehn hat, daß Mrs. Haldorn nicht auf unserer Seite war, und da hat sie sich gedacht, sie ist auf Mrs. Collinsons Seite, und hat sie scharf gemacht. Hoffentlich ist Mrs. Haldorn so vernünftig gewesen und hat ihr gesagt, sie soll keine Dummheiten machen. Jedenfalls können wir nichts weiter tun, als auf sie aufpassen. Hat keinen Zweck, sie vor die Tür zu setzen, wir brauchen ja eine Köchin.«

Als MacMan gegangen war, fiel Gabrielle ein, daß wir Besuch gehabt hatten, und sie fragte mich danach, und auch nach dem Schuß, den sie gehört hatte, und meinem zerkratzten Gesicht.

»Es war Aaronia Haldorn«, erzählte ich ihr; »und sie hat den Kopf verloren. Nichts Schlimmes passiert. Jetzt ist sie wieder weg.«

»Sie ist hergekommen, um mich umzubringen«, sagte das Mädchen, nicht aufgeregt, aber als wüßte sie das ganz sicher.

Es war eine lange, schlimme Nacht. Ich verbrachte sie größtenteils im Zimmer des Mädchens, in einem Lederschaukelstuhl, den ich aus dem Vorderzimmer hereingeschleppt hatte. Sie schlief vielleicht anderthalb Stunden, in drei Raten. Aufschreiend fuhr sie, jedesmal aus Alpträumen gerissen, hoch. Wenn sie mich ließ, döste ich. Die ganze Nacht hindurch hörte ich hin und wieder ein leises Schleichen auf dem Flur – Mary Nuñez, die ihre Herrin bewachte, vermutete ich.

Der nächste Tag – Mittwoch – war noch länger und noch schlimmer. Um Mittag taten mir bereits die Kinnladen ebenso weh wie Gabrielle, weil ich dauernd mit zusammengebissenen Backenzähnen herumgelaufen war. Sie bekam jetzt das dicke Ende zu spüren. Licht war für ihre Augen, Geräusche für ihre Ohren, jede Art von Geruch war für ihre Nase eine direkte und wirkliche Qual. Das Gewicht ihres seidenen Nachthemds, die Berührung mit der Bettwäsche unter ihr und über ihr peinigte ihre Haut. Unablässig zerrten alle Sehnen, die sie hatte, an allen ihren Muskeln. Versprechungen, daß sie nicht sterben würde, nützten jetzt nichts mehr – das Leben war ihr einfach nicht mehr lieb genug.

»Geben Sie's auf, dagegen anzukämpfen, wenn Sie wollen«, sagte ich. »Lassen Sie sich nur gehn. Ich werd schon auf Sie aufpassen.«

Sie nahm mich beim Wort, und ich hatte es mit einer Rasenden zu tun. Einmal kam auf ihre Schreie hin Mary Nuñez herein, die mich in mexikanischem Spanisch anfauchte und anspuckte. Ich hielt Gabrielle gerade an den Schultern im Bett nieder und schwitzte dabei ebenso wie sie.

»Raus hier!« fauchte ich meinerseits die Mexikanerin an.

Sie fuhr mit einer braunen Hand in den Ausschnitt ihres Kleides und trat einen Schritt ins Zimmer. Hinter ihr tauchte Mickey Linehan auf, zog sie in den Flur zurück und machte die Tür zu.

Zwischen den Höhepunkten lag Gabrielle auf dem Rücken, keuchte und zuckte und starrte mit hoffnungslosen, leidenden Augen an die Decke. Manchmal schlossen sich ihre Augen, aber das Zucken ihres Körpers hörte nicht auf.

Am Nachmittag kam Rolly aus Quesada, mit der Nachricht, Fitzstephan sei wieder so weit lebendig, daß Vernon ihn habe vernehmen können. Fitzstephan habe dem Staatsanwalt gesagt, er habe die Bombe nicht gesehen, habe nichts gesehen, woraus sich entnehmen ließe, wann, wo und wie sie ins Zimmer gekommen sei, doch habe er eine undeutliche Erinnerung, daß er, gleich nachdem Fink und ich aus dem Zimmer gegangen waren, ein Klirren wie von fallenden Scherben und einen dumpfen Aufschlag dicht neben sich auf dem Boden gehört habe.

Ich sagte Rolly, er möge Vernon ausrichten, ich würde versuchen, morgen zu ihm zu kommen, und er solle Fink einstweilen festhalten. Der Hilfssheriff versprach, es zu bestellen, und fuhr weg. Mickey und ich standen auf der Veranda. Wir hatten einander nichts zu sagen, schon den ganzen Tag nicht. Ich zündete mir gerade eine Zigarette an, als von drinnen die Stimme des Mädchens kam. Mickey wandte sich ab und sagte dabei etwas, worin der Name Gottes vorkam.

Ich sah ihn finster an und sagte ärgerlich:

»Na, hab ich recht oder nicht?«

Zornfunkelnd erwiderte er meinen Blick. »Mir wär's verdammt lieber, ich hätte nicht recht«, sagte er und ging davon.

Ich fluchte auf ihn und trat ins Haus. Mary Nuñez, die gerade die Vordertreppe hinaufgehen wollte, zog sich in die Küche zurück, als sie mich sah, rückwärts gehend und mit wilden Augen mich beobachtend. Ich fluchte auf sie und ging nach oben, wo ich MacMan an der Tür des Mädchens hatte stehen lassen. Er würdigte mich keines Blicks, und so fluchte ich der Vollständigkeit halber auch auf ihn.

Gabrielle verbrachte den Rest des Nachmittags damit, nach Morphium zu zetern, zu betteln und zu heulen. Am Abend legte sie ein vollständiges Geständnis ab:

»Ich hab Ihnen gesagt, ich wollte nicht schlecht sein«, sagte sie, mit fiebrigen Händen das Bettzeug knautschend. »Das war gelogen. Ich hab's *doch* gewollt. Ich wollte schon immer schlecht sein und bin's auch immer gewesen. Ich wollte Ihnen dasselbe antun, was ich den andern angetan habe; aber jetzt will ich Sie nicht mehr – ich will Morphium! Aufhängen werden sie mich nicht, das weiß ich. Und was sie sonst mit mir machen, ist mir egal, wenn ich bloß Morphium kriege.«

Sie lachte tückisch und fuhr fort:

»Sie haben recht gehabt, als Sie sagten, ich brächte bei den Männern das Schlimmste zum Vorschein, weil ich es wollte; und ich hab's gewollt. Ich hab's auch getan. Bloß bei Dr. Riese und bei Eric ist mir's nicht gelungen. Ich weiß nicht, was mit denen los war. Aber bei diesen beiden ist mir's nicht gelungen, und dabei haben sie zuviel über mich erfahren können. Und deswegen sind sie umgebracht worden. Joseph hat Dr. Riese ein Betäubungsmittel gegeben, und ich habe ihn selber umgebracht, und dann haben wir Minnie dazu gebracht zu glauben, sie wär's gewesen. Und ich habe Joseph eingeredet, er soll Aaronia umbringen, und das hätte er auch getan – alles hätte er getan für mich –, wenn Sie nicht dazwischengekommen wären. Ich habe Harvey angestiftet, Eric für mich umzubringen. Ich war an Eric gebunden, gesetzlich, an einen guten Mann, der eine gute Frau aus mir machen wollte.«

Sie lachte wieder und fuhr sich mit der Zunge über die Lippen.

»Harvey und ich haben Geld gebraucht, und von Andrews konnt ich nicht genug kriegen – ich hatte Angst, mich verdächtig zu machen. Da haben wir vorgetäuscht, ich wär entführt worden, um es auf diese Weise zu kriegen. Es ist ein Jammer, daß ihr Harvey erschossen habt – er war ein großartiges Biest. Ich hab diese Bombe gehabt, schon seit Monaten. Ich hab sie aus Vaters Labor genommen, als er grade irgendwelche Experimente für eine Filmgesellschaft machte. Sie war nicht sehr groß, und ich hab sie immer bei mir gehabt – für alle Fälle. Ich hatte es damit auf Sie abgesehn in dem Hotelzimmer. Zwischen Owen und mir ist nichts gewesen – das war auch erlogen – er hat mich nicht geliebt. Ich hatte es damit auf Sie abgesehn, weil Sie – weil ich fürchtete, Sie wären der Wahrheit auf der Spur. Ich fieberte, und als ich zwei Männer rausgehen hörte, so daß also noch einer in Ihrem Zimmer zurückblieb, war ich sicher, der eine wären Sie. Daß es Owen war, hab ich erst zu spät gesehn – erst als ich die Tür einen Spalt aufgemacht und die Bombe reingeworfen hatte. So, da haben Sie, was Sie wollen. Geben Sie mir Morphium! Sie haben keinen Grund mehr, noch länger mit mir zu spielen. Geben Sie mir Morphium! Sie haben's geschafft! Lassen Sie aufschreiben, was ich Ihnen erzählt habe – ich werd's unterschreiben. Jetzt können Sie nicht mehr behaupten, ich wär's wert, daß man mich kuriert, mich rettet. Geben Sie mir Morphium!«

Jetzt war es an mir zu lachen, und ich fragte:

»Wollen Sie nicht auch gleich noch gestehen, daß Sie Charlie Ross entführt und die ›Maine‹ in die Luft gesprengt haben?«

Wir hatten noch allerlei Krach, eine ganze Stunde lang, bis sie sich wieder verausgabt hatte. Die Nacht schleppte sich dahin. Sie schlief etwas über zwei Stunden – gegenüber der vergangenen Nacht ein Fortschritt von einer halben Stunde. Ich döste im Schaukelstuhl, wenn ich konnte.

Irgendwann vor Tagesanbruch wachte ich auf, als ich eine Hand an meiner Jacke spürte. Gleichmäßig weiteratmend, hob ich die Augenlider so weit, daß ich durch die Wimpern blinzeln konnte. Wir hatten nur sehr trübes Licht im Zimmer, aber Gabrielle schien im Bett zu liegen, ob sie allerdings schlief oder wach war, konnte ich nicht sehen. Mein Kopf ruhte auf der Lehne des Schaukelstuhls. Die Hand, die meine Brusttasche durchsuchte, und den Arm, der über meine Schulter hinabgriff, konnte ich nicht sehen; aber sie rochen nach Küche, und daran erkannte ich, daß sie braun sein mußten.

Die Mexikanerin stand hinter mir. Mickey hatte mir gesagt, sie habe ein Messer. Meine Vorstellungsgabe sagte mir, daß sie es in der andern Hand halten müsse. Meine Vernunft riet mir, sie in Ruhe zu lassen. Das tat ich und machte die Augen wieder zu. Papier raschelte zwischen ihren Fingern, und ihre Hand zog sich aus meiner Tasche zurück.

Da erst bewegte ich schläfrig den Kopf und brachte einen Fuß in eine andere Lage. Als ich hinter mir leise die Tür zugehen hörte, setzte ich mich auf und blickte mich um. Gabrielle schlief. Ich zählte die Tütchen in meiner Tasche und stellte fest, daß acht davon fehlten.

Kurz darauf öffnete Gabrielle die Augen. Es war das erste Mal seit Beginn der Kur, daß sie ruhig aufwachte. Ihr Gesicht war elend, aber die Augen blickten nicht wild und verstört. Sie sah zum Fenster und fragte:

»Wird's denn noch nicht Tag?«

»Es wird schon hell.« Ich reichte ihr einen Schluck Orangensaft. »Wir werden Ihnen heute was Festes zu essen geben.«

»Ich will kein Essen. Ich will Morphium.«

»Seien Sie doch nicht albern. Sie werden was zu essen bekommen. Sie kriegen kein Morphium. Heute wird's nicht so sein wie gestern. Sie sind über den Berg, und das Stück Weg, das jetzt noch kommt, ist leichter, wenn Sie auch vielleicht noch an ein paar häßliche Stellen kommen. Es ist albern, jetzt noch Morphium zu verlangen. Was wollen Sie denn eigentlich? Etwa nichts davon haben, daß Sie sich so abgequält haben? Sie sind jetzt fertig geworden damit – nun lassen Sie's aber auch dabei!«

»Bin ich – bin ich wirklich damit fertig geworden?«

»Aber ja! Jetzt brauchen Sie nur noch gegen Nervosität anzukämpfen und gegen die Erinnerung, wie angenehm so ein Schuß gewesen ist.«

»Das kann ich«, sagte sie, »das kann ich, weil Sie sagen, daß ich's kann.«

Sie war recht gut beieinander, bis sie am späten Vormittag für ein bis zwei Stunden wild wurde. Doch es war nicht so schlimm, und es gelang mir, sie zu bändigen. Als Mary ihr das Mittagessen hochbrachte, ließ ich die beiden allein und ging hinunter, um selber zu essen.

Mickey und MacMan saßen im Eßzimmer schon bei Tisch. Sie sprachen beide kein Wort während der Mahlzeit – weder zueinander noch zu mir. Da sie schwiegen, schwieg auch ich.

Als ich wieder nach oben kam, saß Gabrielle, in einem grünen Bademantel, in dem Lederschaukelstuhl, der zwei Nächte lang mein Bett gewesen war. Sie hatte sich die Haare gebürstet und das Gesicht gepudert. In ihren Augen dominierte das Grün, und die unteren Lider waren ein wenig angehoben, als unterdrückte sie einen Scherz. Mit gespielter Feierlichkeit sagte sie:

»Setzen Sie sich. Ich möchte ein ernstes Wort mit Ihnen reden.«

Ich setzte mich.

»Warum haben Sie das alles mit mir – für mich ausgehalten?« Sie war jetzt wirklich ernst. »Das hatten Sie doch gar nicht nötig, und es war bestimmt nicht grade angenehm. Ich habe mich – ich weiß nicht, wie schlimm ich mich benommen habe.« Sie wurde rot, von der Stirn bis zur Brust. »Ich weiß, ich war widerwärtig, abscheulich. Ich weiß, was Sie jetzt von mir denken müssen. Warum – warum haben Sie das getan?«

Ich sagte:

»Ich bin doppelt so alt wie Sie, meine Beste – ein alter Mann. Der Teufel soll mich holen, wenn ich mich zum dummen August mache, indem ich Ihnen sage, warum ich das getan habe, warum es weder widerwärtig noch abscheulich war und warum ich's noch mal tun und mich darüber freuen würde.«

Sie sprang aus ihrem Stuhl, mit großen, dunklen Augen und bebenden Lippen.

»Sie meinen . . .?«

»Ich meine gar nichts und gebe gar nichts zu«, sagte ich, »und wenn Sie mir hier mit Ihrem offenen Bademantel was vorexerzieren wollen, so werden Sie sich einen ganz schönen

Husten holen. Ehemalige Süchtige müssen aufpassen, daß sie sich nicht erkälten.«

Sie setzte sich wieder hin, schlug die Hände vors Gesicht und begann zu weinen. Ich ließ sie weinen. Nicht lange, und sie kicherte zwischen den Fingern hindurch und fragte:

»Fahren Sie jetzt weg und lassen mich den ganzen Nachmittag hier allein?«

»Ja – wenn Sie sich schön warm halten.«

Ich fuhr rüber in die Kreisstadt, ging ins Kreiskrankenhaus und stritt mich mit einigen Leuten herum, bis sie mich zu Fitzstephan ins Zimmer ließen.

Zu neunzig Prozent war er mit Binden umwickelt, aus denen nur ein Auge, ein Ohr und ein Stück des Mundes hervorguckten. Das Auge und der halbe Mund lächelten mich aus dem Mull heraus an, und eine Stimme kam durch:

»Nie wieder geh ich in dein Hotelzimmer.« Die Stimme war nicht gerade klar, weil sie seitwärts herauskommen mußte und er das Kinn nicht bewegen konnte, aber es lag allerhand Vitalität darin. Es war die Stimme eines Mannes, der durchaus weiterzuleben gedachte.

Ich lächelte ihm zu und sagte:

»Von Hotelzimmern kann ja nun wohl keine Rede mehr sein, es sei denn, du hältst San Quentin für ein Hotel. Kräftig genug, ein hochnotpeinliches Verhör durchzustehn, oder sollen wir noch ein oder zwei Tage warten?«

»Ich müßte jetzt eigentlich in besonders guter Verfassung dazu sein«, sagte er. »Mein Mienenspiel kann mich nicht verraten.«

»Gut. Also hier der erste Punkt: Fink hat dir die Bombe überreicht, als er dir die Hand gab. Sie kann nur so reingekommen sein, sonst hätt ich's gesehn. Er stand in diesem Augenblick mit dem Rücken zu mir. Du hast nicht gewußt, was er dir da übergab, aber du mußtest es nehmen, genauso wie du es jetzt ableugnen mußt, weil du uns sonst mit der Nase darauf stößt, daß du mit der Bande vom Heiligen Gral unter einer Decke stecktest und daß Fink Gründe gehabt hat, dich umzubringen.«

Fitzstephan sagte: »Du sagst da höchst beachtliche Sachen. Aber es freut mich, daß er Gründe gehabt hat.«

»Du hast den Mord an Riese inszeniert. Die andern waren deine Helfershelfer. Als Joseph tot war, wurde alles auf ihn geschoben, den angeblich Wahnsinnigen. Das reicht, oder müßte wenigstens reichen, die andern zu entlasten. Aber was machst du? Du bringst Collinson um und schmiedest weiß Gott was für andere Pläne. Fink weiß, daß die Wahrheit über den Tempel-Mord rauskommen wird, wenn du so weitermachst, und daß er dann mit dir zusammen baumeln wird. In panischer Angst versucht er also, dich außer Gefecht zu setzen.«

Fitzstephan sagte: »Wird ja immer besser. Also ich habe Collinson ermordet?«

»Du hast ihn ermorden lassen – hast dir Whidden dazu angeheuert und ihn dann nicht bezahlt. Da hat er das Mädchen entführt, als Pfand für sein Geld, weil er wußte, daß sie es war, worum es dir ging. Du bist es gewesen, dem seine Kugel am nächsten kam, als wir ihn in die Enge getrieben hatten.«

Fitzstephan sagte: »Langsam find ich keine Worte mehr für meine Verwunderung. Also ich bin hinter ihr her gewesen? Ich wüßte nur gern mein Motiv.«

»Du mußt es ziemlich übel mit ihr getrieben haben. Andrews ist ihr komisch gekommen, und sogar mit Eric hat sie Schwierigkeiten gehabt, aber es hat ihr nichts ausgemacht, von den beiden zu sprechen. Als ich aber Näheres über deine Bemühungen um sie rauskriegen wollte, ist sie zusammengeschaudert und verstummt. Ich vermute, sie hat dich so kräftig zu Boden geschmettert, daß du gehopst bist wie ein Ball, und sowas kann einen Egoisten wie dich zum äußersten treiben.«

Fitzstephan sagte: »Kann schon sein. Weißt du, ich hab eigentlich schon öfter gedacht, daß du insgeheim irgendeine ungeheuer idiotische Theorie ausbrütest.«

»Na, warum auch nicht? Du hast neben Mrs. Leggett gestanden, als sie plötzlich diese Pistole in der Hand hatte. Wo hat sie sie hergehabt? Sie aus dem Labor die Treppe runterzujagen, das lag doch nicht in deiner Art. Du hast die Hand an ihrer Pistole gehabt, als die Kugel ihren Hals traf. Meinst du denn, ich wäre taub, gefühllos und blind gewesen? Hinter allen Affären um Gabrielle hat, wie du zugegeben hast, ein einziger Kopf gesteckt. Du bist der einzige, der so einen Kopf hat; dessen Beziehung zu jeder Episode sich nachweisen läßt und der das notwendige Motiv hat. Das Motiv hat mir Schwierigkeiten gemacht. Ich konnte es nicht eher mit Sicherheit wissen, als bis ich die erste richtige Gelegenheit gehabt hatte, Gabrielle auszuquetschen – nach der Explosion. Und etwas anderes, was mir Schwierigkeiten gemacht hat, war, daß ich dich nicht mit der Tempelbande in Beziehung setzen konnte, bis dann Fink und Aaronia Haldorn mir dabei geholfen haben.«

Fitzstephan sagte: »Ach, Aaronia Haldorn hat dir dabei geholfen? Was macht sie denn so?« Er sagte es geistesabwesend, und sein eines graues Auge, das man sehen konnte, war klein, als wäre er dahinter mit andern Gedanken beschäftigt.

»Sie hat ihr Bestes getan, dich zu decken, indem sie alles verhedderte, Verwirrung stiftete, uns auf Andrews hetzte und mich sogar totzuschießen versuchte. Ich habe den Namen Collinson erwähnt, als sie gerade erfahren hatte, daß das Ablenkungsmanöver mit Andrews ihr nichts nützen würde. Sie hat mir darauf mit einem halb unterdrückten Japsen und Schluchzen geantwortet, bloß auf die Vermutung hin, das könnte mich irreführen. Die läßt nichts unversucht. Ich mag sie – sie ist raffiniert.«

»Sie ist so eigensinnig«, sagte Fitzstephan leichthin. Er hatte von dem, was ich gesagt hatte, kaum die Hälfte gehört, so beschäftigt war er mit seinen eigenen Gedanken. Er drehte den Kopf auf dem Kissen, so daß sein Auge an die Decke blickte, schmal und grüblerisch.

Ich sagte: »Und damit endet die Geschichte vom Großen Fluch des Hauses Dain.«

Da lachte er, so gut er mit einem Auge und einem Stück Mund konnte, und sagte:

»Und wenn ich dir verraten würde, mein Junge, daß auch ich ein Dain bin?«

Ich sagte: »Was?«

Er sagte: »Meine Mutter und Gabrielles Großvater mütterlicherseits waren Geschwister.«

Ich sagte: »Mich laust der Affe!«

»Du mußt jetzt gehn und mich nachdenken lassen«, sagte er. »Ich weiß noch nicht, was ich machen werde. Versteh mich recht, im Augenblick geb ich gar nichts zu. Aber möglicherweise werde ich mich an den Fluch klammern, ihn benutzen, um meinen teuren Hals zu retten. In diesem Fall, mein Sohn, wirst du eine höchst beachtliche Verteidigung erleben, eine Zirkusvorstellung, über die sich die Zeitungen des ganzen Landes vor Wonne überschlagen werden. Ich werde als ein Dain dastehn, das fluchbeladene Dain-Blut in den Adern, und die Verbrechen von Kusine Alice und Kusine Lily und Nichte Gabrielle und weiß der Himmel von wievielen weiteren kriminellen Dains werden zu meinen Gunsten zeugen. Die Anzahl meiner eigenen Verbrechen wird von Vorteil für mich sein, auf Grund der Theorie nämlich, daß nur ein Irrer so viele begangen haben kann. Und es werden viele sein! Ich werde mit Verbrechen über Verbrechen aufwarten, von der Wiege angefangen. Selbst die Literatur soll mir helfen! Waren die meisten Rezensenten sich nicht darin einig, daß *The Pale Egyptian* das Werk eines Mongolen-Abkömmlings sei? Und, soweit ich mich erinnere, trugen nach allgemeinem Urteil meine *Eighteen Inches* alle gängigen Merkmale literarischer Degeneration. Indizien, mein Sohn, die mein allerliebstes Hälschen retten sollen! Und meinen verstümmelten Leib werde ich vor ihnen schwenken – ein Arm ab, ein Bein ab, Teile von Rumpf und Gesicht – eine menschliche Ruine, über die ihre eigenen Verbrechen und der gerechte Himmel wahrlich schon genug Strafe gebracht haben. Und vielleicht hat die Schockwirkung der Bombe meine geistige Gesundheit wiederhergestellt oder wenigstens meine kriminelle Geistesgestörtheit beseitigt. Vielleicht bin ich sogar fromm geworden. Es wird eine herrliche Zirkusvorstellung! Sie reizt mich wirklich. Aber ich muß darüber nachdenken, bevor ich mich festlege.«

Erschöpft von seiner Rede, keuchte er durch seine unbedeckte Mundhälfte und sah mich mit einem grauen Auge an, das voll war von frohlockendem Triumph.

»Wahrscheinlich wirst du's schaffen damit«, sagte ich, indem ich mich zum Gehen anschickte. »Und mir soll's recht sein, wenn du's schaffst. Du hast schon genug abgekriegt. Und wenn je einer den juristischen Anspruch gehabt hat, straffrei davonzukommen, dann du.«

»Den juristischen Anspruch?« wiederholte er, und das Frohlocken schwand aus seinem Auge. Er blickte verlegen weg und sah mich dann wieder an. »Sag mir die Wahrheit! Hab ich den?«

Ich nickte.

»Aber das verdirbt mir ja alles, verdammt noch mal!« jammerte er und strengte sich an, die Verlegenheit in seinem Auge nicht sichtbar werden zu lassen, sein gewohntes trägebelustigtes Benehmen beizubehalten, was ihm gar nicht so übel gelang. »Es macht doch keinen Spaß, wenn ich wirklich einen Klaps habe.«

Als ich zu dem Haus in der Mulde zurückkam, saßen Mickey und MacMan auf den Stufen zur Veranda. MacMan sagte »'n Abend«, und Mickey sagte »Na, wieder 'n paar neue Weibernarben mitgebracht? Deine kleine Spielkameradin hat schon nach dir gefragt.« Daraus – aus der Tatsache, daß ich wieder in die weiße Rasse aufgenommen war – schloß ich, daß Gabrielle einen guten Nachmittag gehabt hatte.

Mit Kissen im Rücken saß sie aufrecht im Bett. Ihr Gesicht war noch – oder wieder – gepudert, und ihre Augen leuchteten froh.

»Ich hab doch nicht gemeint, Sie sollen ewig wegbleiben«, schalt sie. »Das war gemein von Ihnen. Ich hab eine Überraschung für Sie und bin schon fast geplatzt vor Erwartung.«

»Na, hier bin ich. Was ist es denn?«

»Machen Sie die Augen zu.«

Ich machte sie zu.

»Machen Sie sie wieder auf.«

Ich machte sie wieder auf. Sie streckte mir die acht Tütchen hin, die Mary Nuñez mir aus der Tasche stiebitzt hatte.

»Ich hab sie schon seit heute mittag«, sagte sie stolz, »und sie haben Abdrücke von meinen Fingern und Flecken von meinen Tränen, aber keins davon ist aufgemacht. Ehrlich, es ist mir gar nicht so schwergefallen.«

»Ich habe gewußt, daß es *Ihnen* nicht schwerfallen würde«, sagte ich. »Deswegen hab ich sie Mary nicht weggenommen.«

»Sie haben's gewußt? Sie haben mir so sehr getraut, – daß Sie weggefahren sind, obwohl ich sie hatte?«

Nur ein Idiot hätte gestanden, daß die gefalzten Papierchen seit zwei Tagen statt des ursprünglichen Morphiums Puderzucker enthielten.

»Sie sind der netteste Mann auf der Welt.« Sie ergriff eine meiner Hände, schmiegte ihre Wange hinein, ließ sie dann rasch wieder los, runzelte die Brauen, daß ihr Gesicht fast die Form verlor, und sagte: »Nicht ganz! Sie haben heute mittag dagesessen und mir mit Vorbedacht weismachen wollen, Sie wären in mich verliebt.«

»Na und?« fragte ich und mußte mir Mühe geben, nicht zu grinsen.

»Sie Heuchler! Sie Mädchenbetrüger! Es geschäh Ihnen recht, wenn ich Sie zwingen würde, mich zu heiraten – oder Sie wegen gebrochenem Eheversprechen verklagte. Ich hab

Ihnen den ganzen Nachmittag wirklich geglaubt – und es hat mir tatsächlich geholfen. Ich hab Ihnen geglaubt, bis Sie jetzt eben reinkamen, und da hab ich gesehn . . .« Sie hielt inne.

»Was gesehn?«

»Ein Ungeheuer. Ein nettes - eins, das besonders nett ist, wenn man in Not ist – aber trotzdem ein Ungeheuer, das menschliche Torheiten wie etwa Liebe nicht kennt und – Was ist denn? Hab ich was Falsches gesagt?«

»Vielleicht hätten Sie's besser nicht gesagt«, sagte ich. »Ich weiß nicht – kann sein, daß ich jetzt mit Fitzstephan tauschen würde, wenn diese Frau mit den großen Augen und der klangvollen Stimme mit inbegriffen wäre.«

»Ach herrjeh!« sagte sie.

23

Die Zirkusvorstellung

Owen Fitzstephan hat nie wieder mit mir gesprochen. Er lehnte es ab, mich vorzulassen, und als Eingesperrter dann, als ihm das nicht mehr möglich war, machte er den Mund zu und nicht wieder auf. Dieser plötzliche Haß gegen mich – denn damit hatte ich es zu tun – war, so vermutete ich, aus seinem Wissen erwachsen, daß ich ihn für geisteskrank hielt. Die übrige Welt – oder zumindest das Dutzend Männer, die in seinem Prozeß als Geschworene die Welt repräsentierten – sollten glauben, er sei verrückt gewesen, und davon hat er sie auch vollauf überzeugt; aber daß auch ich dieser Ansicht wäre, wollte er nicht. War er ein geistig normaler Mensch, der getan hatte, was ihm beliebte, und der Strafe entgangen war, so hatte er sich über die Welt lustig gemacht – wenn man es so nennen wollte. War er aber ein Irrer, der, ohne sich seiner Verrücktheit bewußt zu sein, geglaubt hatte, er stelle sich irre, dann war er es, über den man sich lustig machen konnte – wenn man es so nennen wollte. Und daß ich mich dergestalt über ihn lustig machen konnte, war mehr als seine Eigenliebe zu schlucken vermochte, obwohl es unwahrscheinlich ist, daß er sich jemals eingestanden hat, daß er tatsächlich verrückt sei oder sein könnte. Was immer er gedacht haben mag, er hat nie wieder mit mir gesprochen, nachdem ich bei der Unterredung im Krankenhaus zu ihm gesagt hatte, er habe den juristischen Anspruch, dem Galgen zu entgehen.

Sein Prozeß – als er nach einigen Monaten so weit war, daß er vor Gericht erscheinen konnte – war voll und ganz die Zirkusvorstellung, die er versprochen hatte, und die Zeitungen überschlugen sich vor Wonne. Es wurde im Kreisgerichtsgebäude wegen Mordes an Mrs. Cotton gegen ihn verhandelt. Man hatte zwei neue Zeugen gefunden, die ihn an jenem Morgen von der Rückseite des Cottonschen Hauses hatten weggehen sehen, und einen dritten, der seinen Wagen als denjenigen wiedererkannte, der die ganze vorhergehende Nacht – oder den ganzen letzten Teil der Nacht – vier Straßen weiter geparkt hatte. Stadt- und Kreis-Staatsanwalt waren sich einig, daß anhand dieser Indizien der Fall Cotton die sicherste Anklage gegen ihn ergebe.

Fitzstephan ließ plädieren auf ›Nicht schuldig auf Grund von Unzurechnungsfähigkeit‹ oder wie die juristische Formel sonst lautete. Da der Mord an Mrs. Cotton das letzte seiner Verbrechen gewesen war, konnten seine Verteidiger alles, was er in den andern Fällen begangen hatte, als Beweis für seine Unzurechnungsfähigkeit anführen. Und das taten sie. Sie taten es in hochtönenden, breitausgesponnenen und wohlgesetzten Worten und führten damit seine ursprüngliche Idee aus, daß man seine Verrücktheit am besten beweisen könne, indem man zeigte, daß er mehr Verbrechen begangen hatte als es einem geistig normalen Menschen möglich gewesen wäre. Und daß er sie begangen hatte, war ziemlich klar.

Er hatte mit seiner Kusine Alice Dain in New York verkehrt, als sie mit Gabrielle, die damals noch ein Kind war, dort lebte. Gabrielle konnte das nicht bestätigen, wir waren darin auf Fitzstephans Aussage angewiesen, aber es mag schon so gewesen sein. Er sagte, sie hätten ihre verwandtschaftlichen Beziehungen vor den anderen verheimlicht, damit der Vater des Mädchens – nach dem Alice damals auf der Suche war – nicht erführe, daß sie irgendwelche Bindeglieder zu der gefährlichen Vergangenheit mitbringe. Fitzstephan sagte, Alice sei in New York seine Geliebte gewesen; das mochte wahr sein, tat aber nichts zur Sache. Nachdem Alice mit Gabrielle von New York nach San Francisco übergesiedelt war, hatte Fitzstephan mit ihr gelegentlich Briefe gewechselt, doch ohne bestimmte Absicht. Dann lernte Fitzstephan das Ehepaar Haldorn kennen. Der Kult war seine Idee – er organisierte ihn, finanzierte ihn und brachte ihn nach San Francisco, hielt jedoch seine Beziehung dazu geheim, da alle, die ihn kannten, auch seinen Skeptizismus kannten und weil die Tatsache seiner Beteiligung daran ans Licht gebracht hätte, daß es sich um Schwindel handelte. Für ihn, sagte er, war der Kult eine Kombination von Spielzeug und Essensbon: es reizte ihn, Einfluß auf die Leute auszuüben, besonders auf obskure Art und Weise, und seine Bücher schienen die Leute nicht sehr gern zu kaufen.

Aaronia Haldorn war seine Geliebte. Joseph war eine Marionette, in der Familie wie im Tempel.

In San Francisco hatten Fitzstephan und Alice es so eingerichtet, daß er durch andere Freunde der Familie mit ihrem Mann und Gabrielle bekannt wurde. Gabrielle war nun eine junge Frau. Ihre körperlichen Eigentümlichkeiten, die er etwa ebenso auslegte, wie sie selbst es getan hatte, faszinierten ihn, und er versuchte bei ihr sein Glück. Er hatte keins. Das verdoppelte nur sein Bestreben, bei ihr zu landen – so war er nun mal. Alice war seine Verbündete. Sie kannte ihn und sie haßte das Mädchen, und darum wollte sie, daß er bei ihr ans Ziel gelange. Alice hatte Fitzstephan die Familiengeschichte erzählt. Der Vater des Mädchens wußte zu der Zeit noch nicht, daß man ihr eingeredet hatte, sie müsse in ihm den Mörder ihrer Mutter sehen. Er wußte, daß sie eine tiefe Abneigung gegen ihn hatte, wußte aber nicht, worauf sie sich gründete. Er glaubte, was er im Gefängnis und danach durchgemacht hatte, habe ihn mit einer Härte gezeichnet, die ganz natürlicherweise auf ein junges Mädchen abstoßend wirke, zumal sie ihn ja, trotz ihrer Verwandtschaft, erst seit kurzem kannte.

Er erfuhr die Wahrheit, als er Fitzstephan bei weiteren Versuchen überrascht hatte, Gabrielle – wie Fitzstephan es ausdrückte – zur Vernunft zu bringen, und mit den beiden in einen Dreieckskrach geraten war. Leggett fing jetzt an zu begreifen, mit was für einer Frau er verheiratet war. Fitzstephan wurde seitdem nicht mehr in das Haus Leggett eingeladen, blieb aber mit Alice in Verbindung und wartete seine Zeit ab.

Seine Zeit war gekommen, als Upton mit seiner erpresserischen Forderung auftauchte. Alice suchte Rat bei Fitzstephan. Er gab ihn ihr – einen giftigen Rat. Er empfahl ihr dringend, sich mit Upton selber zu befassen und dessen Forderung – seine Kenntnis von Leggetts Vergangenheit – vor Leggett zu verbergen. Er sagte ihr, sie müsse vor allem ihre Kenntnis von Leggetts mittelamerikanischen und mexikanischen Erlebnissen vor ihm verborgen halten, denn jetzt, da er sie für das hasse, was sie dem Mädchen eingetrichtert hatte, sei das eine wertvolle Handhabe gegen ihn. Upton die Diamanten zu geben und den Einbruch vorzutäuschen, war Fitzstephans Idee. Die arme Alice bedeutete ihm dabei gar nichts. Es war ihm gleichgültig, was mit ihr geschah, solange er nur Leggett zugrunde richten und Gabrielle in die Hand bekommen konnte.

Das erste dieser Ziele erreichte er. Unter seiner Anleitung zerstörte Alice den Leggettschen Haushalt vollständig; denn bis ganz zum Schluß – als er hinter ihr herlief, nachdem er ihr im Labor die Pistole gegeben hatte – war sie in dem Glauben, er hätte einen schlauen Plan, durch den sie gerettet werden würden – das heißt, sie und er, denn ihr Mann zählte bei ihr nicht mehr als sie bei Fitzstephan. Fitzstephan hatte sie natürlich umbringen müssen, damit sie ihn nicht bloßstellte, nachdem sie erkannte hatte, daß sein schlauer Plan eine Falle für sie war.

Fitzstephan sagte, er habe Leggett selbst getötet. Als Gabrielle Rupperts Ermordung mit angesehen hatte und daraufhin das Haus verließ, hatte sie auf einem Zettel hinterlassen, daß sie auf immer gehe. Damit war für Leggett die Familienordnung zerbrochen. Er sagte zu Alice, er sei es leid, er verlasse das Haus, und bot von sich aus an, eine schriftliche

Erklärung abzugeben, in der er die Schuld für das, was sie getan hatte, auf sich nehmen würde. Fitzstephan versuchte Alice zu überreden, ihn umzubringen, aber sie wollte nicht. Er tat es. Er begehrte Gabrielle und war überzeugt, daß Leggett, solange er lebte, sei er auch auf der Flucht vor dem Gesetz, nicht zulassen würde, daß sie ihm gehörte.

Daß es Fitzstephan gelungen war, sich Leggett vom Halse zu schaffen und dann der Entdeckung zu entgehen, indem er Alice tötete, machte ihm Mut. Er verfolgte seinen Plan, das Mädchen in die Hand zu bekommen, munter weiter. Einige Monate zuvor waren die Haldorns der Familie Leggett bekannt gemacht worden, und Gabrielle hatte bereits an ihrem Köder geknabbert. Zu ihnen war sie gegangen, als sie von zu Hause fortlief. Jetzt überredeten sie sie, wieder in den Tempel zu kommen. Die Haldorns wußten nicht, was Fitzstephan vorhatte, was er mit dem Ehepaar Leggett gemacht hatte. Sie sahen in dem Mädchen nichts weiter als eine der Kandidatinnen, die er ihnen zuführte. Doch als Dr. Riese an dem Tag, als ich hinkam, in Josephs Teil des Tempels nach Joseph suchte, öffnete er eine Tür, die eigentlich hätte verschlossen sein sollen, und sah Fitzstephan mit den beiden Haldorns bei einer Besprechung sitzen.

Das war gefährlich: Riese konnte man den Mund nicht stopfen, und wenn Fitzstephans Verbindung mit dem Tempel einmal bekannt war, lag es nur zu nahe, daß auch sein Anteil an den turbulenten Vorfällen im Hause Leggett herauskommen würde. Er hatte zwei Werkzeuge, mit denen leicht umzugehen war – Joseph und Minnie. Er ließ Riese töten. Doch damit wurde Aaronia klar, daß er sich in Wahrheit für Gabrielle interessierte. Aaronia, eifersüchtig, war in der Lage und gewillt, ihn entweder zu zwingen, von dem Mädchen abzulassen, oder ihn zugrunde zu richten. Er redete Joseph ein, sie alle miteinander seien nicht vorm Galgen sicher, solange Aaronia lebte. Als ich Aaronia rettete, indem ich ihren Mann tötete, rettete ich für den Augenblick auch

Fitzstephan, denn Aaronia und Fink mußten über Rieses Tod den Mund halten, wenn sie sich vor der Anklage der Mittäterschaft bewahren wollten.

Inzwischen sah Fitzstephan das Ziel schon dicht vor sich. Er betrachtete Gabrielle nun als sein Eigentum, erkauft mit Menschenleben, die er auf dem Gewissen hatte. Jedes ausgelöschte Menschenleben hatte ihren Preis, ihren Wert für ihn erhöht. Als Eric sie ihm entführte und sie heiratete, gab es für Fitzstephan kein Zögern. Eric mußte umgebracht werden.

Fast ein Jahr zuvor hatte Fitzstephan einen ruhigen Ort gesucht, wo er einen Roman vollenden könnte. Mrs. Fink, mein Dorfschmied, hatte Quesada empfohlen. Sie stammte aus dem Dorf, und dort lebte ihr Sohn aus einer früheren Ehe, Harvey Whidden. Fitzstephan ging für ein paar Monate nach Quesada und lernte Whidden recht gut kennen. Als nun wieder ein Mord fällig war, erinnerte Fitzstephan sich Whiddens als eines Mannes, der das für einen gewissen Preis wohl tun würde.

Als Fitzstephan hörte, daß Collinson einen ruhigen Ort suchte, wo seine Frau sich ausruhen und erholen könnte, derweil sie auf den Haldorn-Prozeß warteten, schlug er Quesada vor. Nun, es war ein ruhiger Ort, wahrscheinlich der ruhigste in Kalifornien. Dann ging Fitzstephan zu Whidden und bot ihm tausend Dollar für Erics Ermordung. Whidden lehnte zunächst ab, doch er war geistig nicht sehr rege, und Fitzstephan besaß genügend Überredungskünste, und so war der Handel geschlossen worden.

Whiddens erster Versuch am Donnerstag abend ging schief. Collinson bekam es mit der Angst und schickte mir das Telegramm. Whidden sah die Depesche im Telegrafenbüro und dachte, er müsse den Vorsatz nun durchführen, um sich zu retten. Er trank sich also mit Whisky Mut an, schlich Collinson am Freitag abend nach und stieß ihn vom Klippenweg. Dann trank er noch mehr Whisky und fuhr nach San Fran-

cisco. Er betrachtete sich nun als wer weiß was für einen
Desperado. Er rief seinen Auftraggeber an und sagte: »Also,
ich hab ihn kurz und schmerzlos umgebracht. Jetzt will ich
mein Geld.«

Fitzstephan bekam den Anruf durch die Hausvermittlung.
Er wußte nicht, wer Whiddens Worte möglicherweise mitge-
hört hatte. Er entschloß sich, kein Risiko einzugehen. Er stellte sich, als wüßte er nicht, wer da sprach und wovon. Whidden dachte nun, Fitzstephan wollte ihn sitzenlassen. Und da
er wußte, worauf der Schriftsteller es abgesehen hatte,
beschloß er, sich das Mädchen zu schnappen und es als Pfand
nicht für die abgemachten tausend, sondern für zehntausend
Dollar festzuhalten. In seiner Betrunkenheit war er pfiffig
genug, seine Handschrift zu verstellen, als er den Zettel an
Fitzstephan schrieb, ihn nicht zu unterzeichnen und ihn so zu
formulieren, daß Fitzstephan der Polizei nicht sagen konnte,
wer der Absender war, ohne zugleich auch erklären zu müssen, woher er wisse, wer der Absender war.

Fitzstephans Lage war nicht sehr rosig. Als er Whiddens
Zettel bekam, beschloß er, seine Hand mutig auszuspielen im
Vertrauen auf das Glück, das ihm bisher hold gewesen war.
Er erzählte mir von dem Anruf und übergab mir den Brief.
Das verschaffte ihm die Möglichkeit, sich in Quesada mit
einem ausgezeichneten Grund für seine Anwesenheit sehen zu
lassen. Doch er kam schon vor der verabredeten Zeit, am
Abend vor unserem Zusammentreffen, und ging zum Haus
des Sheriffs, um Mrs. Cotton – von deren Beziehungen zu
Whidden er wußte - zu fragen, wo er den Mann finden könne. Whidden war da und hielt sich des Sheriffs wegen versteckt. Whidden war geistig nicht sehr rege, und Fitzstephan
erklärte, wie Whiddens Unvorsichtigkeit ihn gezwungen
habe, so zu tun, als verstünde er den Anruf nicht. Er habe
einen Plan, wie Whidden nun seine zehntausend Dollar
ungefährdet in Empfang nehmen könne – das jedenfalls
machte er Whidden weis.

Whidden ging wieder in sein Versteck. Fitzstephan blieb bei Mrs. Cotton. Die Arme wußte jetzt zuviel, und was sie wußte, war ihr gar nicht lieb. Ihr Schicksal war besiegelt. Einen Menschen umzubringen, war der einzige zuverlässige und sichere Weg, ihm den Mund zu stopfen – das bewiesen all seine Erfahrungen in der letzten Zeit. Von seiner Erfahrung mit Leggett wußte er, daß es seine Situation noch weiter verbessern würde, wenn er sie dazu bringen könnte, eine schriftliche Erklärung zu hinterlassen, in der verschiedene rätselhafte Punkte befriedigend – und nicht allzu wahrheitsgemäß – erklärt würden. Sie ahnte seine Absichten und hatte keine Lust, ihm bei der Ausführung zu helfen. Schließlich schrieb sie die Erklärung nieder, die er ihr diktierte, aber erst spät am Morgen. Seine Beschreibung, wie er das endlich von ihr erreicht hatte, war keineswegs erfreulich. Aber er erreichte es und erwürgte sie dann und war kaum damit fertig, als ihr Mann von seiner nächtlichen Jagd heimkehrte.

Fitzstephan entkam durch die Hintertür – die Zeugen, die ihn von dem Haus hatten weggehen sehen, meldeten sich erst, als seine Fotografie in den Zeitungen ihrem Gedächtnis auf die Sprünge geholfen hatte – und begab sich ins Hotel zu Vernon und mir. Er fuhr mit uns zu Whiddens Versteck unter der Stumpfen Spitze. Er kannte Whidden, wußte, wie dieser stumpfsinnige Mensch auf diesen zweiten Betrug wahrscheinlich reagieren würde. Er wußte, daß es weder Cotton noch Feeney leid tun würde, Whidden niederschießen zu müssen. Fitzstephan glaubte, auf sein Glück und auf das, was Spieler das Risiko nennen, vertrauen zu können. Sollte dies ihn im Stich lassen, hatte er vor zu stolpern, wenn er aus dem Boot stiege, und dabei Whidden mit der Pistole, die er in der Hand hatte, versehentlich zu erschießen. (Er dachte daran, wie sauber er mit Mrs. Leggett fertig geworden war.) Man hätte ihm das vorwerfen, vielleicht sogar Verdacht gegen ihn schöpfen, ihm aber kaum etwas beweisen können.

Wieder einmal bewährte sich sein Glück. Als Whidden

Fitzstephan mit uns kommen sah, war er aufgebraust und hatte ihn niederschießen wollen, und so hatten wir Whidden getötet.

Das war die Darstellung, mit der dieser Verrückte, der sich für geistig normal hielt, seine Unzurechnungsfähigkeit zu erweisen suchte. Und es gelang ihm. Die anderen Anklagepunkte gegen ihn wurden fallengelassen. Er wurde in die Landesheilanstalt Napa überführt. Ein Jahr später wurde er entlassen. Ich nehme nicht an, daß die Anstaltsärzte ihn für geheilt hielten; sie meinten wohl, er sei zu verkrüppelt, um noch einmal gefährlich zu werden.

Aaronia Haldorn hat ihn dann auf eine Insel im Puget-Sund gebracht, hörte ich.

Sie sagte in seinem Prozeß als Zeugin aus, aber gegen sie selbst wurde keinerlei Anklage erhoben. Durch den Versuch ihres Mannes und Fitzstephans, sie zu ermorden, schied sie praktisch aus dem Kreis der Schuldigen aus.

Mrs. Fink haben wir nie gefunden.

Tom Fink bezog fünf bis fünfzehn Jahre Haft in San Quentin für das, was er Fitzstephan angetan hatte. Keiner der beiden schien jetzt dem andern Schuld geben zu wollen, und im Zeugenstand war jeder bemüht, den andern zu decken. Das Motiv, das Fink für den Bombenanschlag vorbrachte, war, daß er den Tod seines Stiefsohnes habe rächen wollen; aber das schluckte niemand. Er hatte Fitzstephans Machenschaften schon behindern wollen, bevor Fitzstephan das alles über sie brachte.

Als Fink, aus dem Gefängnis entlassen, gemerkt hatte, daß er beschattet wurde, hatte er in dieser Beschattung sowohl Grund zur Furcht als auch ein Mittel zu seiner Sicherheit gesehen. Er war Mickey an jenem Abend tatsächlich durch die Hintertür entwischt, hatte sich, um das Material für seine Bombe zu besorgen, hinaus- und wieder hineingeschlichen und die ganze Nacht an der Bombe gearbeitet. Die Mitteilung, die er mir überbracht hatte, sollte seine Anwesenheit in

Quesada motivieren. Die Bombe war nicht groß – die äußere Hülle war ein Seifenbehälter aus Aluminium, in weißes Papier eingeschlagen – und es war weder ihm noch Fitzstephan schwergefallen, sie vor mir zu verbergen, als sie bei der Begrüßung von der Hand des einen in die des andern überging. Fitzstephen hatte geglaubt, es handelte sich um etwas, was Aaronia ihm schickte und was so wichtig sei, daß es das Risiko des Schickens rechtfertigte. Er hätte sich nicht weigern können, es anzunehmen, ohne meine Aufmerksamkeit zu erregen und die Beziehung zwischen sich und Fink zu offenbaren. Er hatte das Päckchen verborgen, bis wir das Zimmer verlassen hatten, und es dann geöffnet – und war im Krankenhaus aufgewacht. Tom Fink hatte sich sicher gewähnt, da Mickey bezeugen konnte, daß er ihn beschattet hatte, seit er aus dem Gefängnis gekommen war, und ich über sein Verhalten am Schauplatz des Bombenanschlags Auskunft geben konnte.

Fitzstephan sagte, er glaube nicht, daß Alice Leggetts Angaben über die Ermordung ihrer Schwester Lily der Wahrheit entsprächen; er glaube, sie – Alice – habe den Mord selbst ausgeführt und habe nur gelogen, um Gabrielle zu verletzen. Alle, Gabrielle eingeschlossen, hielten es für selbstverständlich, daß er damit recht habe, obwohl er seine Annahme – denn mehr war es schließlich nicht – durch keinerlei Beweis untermauern konnte. Ich war versucht, durch unsern Mann in Paris feststellen zu lassen, was sich über diese alte Affäre ausgraben ließe, nahm aber Abstand davon. Das ging niemanden als Gabrielle etwas an, und sie schien mit dem, was bereits ausgegraben war, schon recht glücklich zu sein.

Sie war jetzt in den Händen der Familie Collinson. Vater und Bruder ihres Mannes hatten sie aus Quesada abgeholt, sobald die Zeitungen die ersten Extrablätter herausbrachten, in denen Fitzstephan der Mord an Eric zur Last gelegt wurde. Die Collinsons waren dabei der Peinlichkeit enthoben gewesen einzugestehen, daß sie je einen Verdacht gegen sie gehabt

hatten; denn als Andrews seine Testamentsvollmacht nieder-
gelegt hatte und ein anderer Verwalter, Walter Fielding,
bestellt worden war, hatte es einfach so ausgesehen, als über-
nähmen die Collinsons, wie es ihnen als ihren nächsten Verwandten zukam, das Mädchen an der Stelle, wo Andrews sie
verlassen hatte.

Zwei Monate im Gebirge rundeten ihre Kur ab, und als sie
in die Stadt zurückkam, sah sie aus wie nie zuvor. Es war
nicht nur eine äußerliche Veränderung.

»Ich kann mir einfach nicht vorstellen, daß ich das alles
erlebt habe«, sagte sie eines Mittags zu mir, als sie zwischen
der Vor- und Nachmittagsverhandlung mit Laurence Collinson und mir beim Essen saß. »Glauben Sie, es liegt daran,
daß ich gefühllos geworden bin, weil es so viel gewesen ist?«

»Nein. Vergessen Sie nicht, daß Sie die meiste Zeit bekokst
rumgelaufen sind. Das hat Ihnen die volle Schärfe erspart.
Ein Glück für Sie, daß es so war. Lassen Sie jetzt die Finger
vom Morphium, und es wird für Sie immer sowas wie ein
nebelhafter Traum sein. Jedesmal, wenn Sie sich's wieder
klar und deutlich vor Augen führen wollen, brauchen Sie sich
nur einen Schuß von dem Zeug zu verpassen.«

»Das tu ich nicht, nein, niemals!« sagte sie. »Nicht mal, um
Ihnen den – den Spaß zu machen, mich noch mal durch eine
Kur durchzupiesacken. Ihm hat das nämlich schrecklich
behagt«, erzählte sie Laurence Collinson. »Dauernd hat er
mich verflucht, lächerlich gemacht, mir mit den schlimmsten
Sachen gedroht, und dann zum Schluß hat er mich, glaub ich,
auch noch verführen wollen. Und wenn ich mich manchmal
danebenbenehme, Laurence, dann mußt du die Schuld bei
ihm suchen – er hat bestimmt keinen kultivierenden Einfluß
auf mich gehabt.«

Sie schien sich wieder ganz gut zurückgefunden zu haben.

Laurence Collinson lachte mit uns, aber nicht aus vollem
Herzen. Ich hatte das Gefühl, er dachte, mein Einfluß sei
nicht sehr kultivierend.

»Alles was Rang und Namen hat in der kriminalistischen Schreiberzunft, ist bei Diogenes versammelt.«
Süddeutscher Rundfunk

Bitte beachten Sie auch
die folgenden Seiten

Dashiell Hammett
im Diogenes Verlag

»Hammett brachte Menschen aufs Papier, wie sie waren, und ließ sie in der Sprache reden und denken, für die ihnen unter solchen Umständen der Schnabel gewachsen war.

Er brachte immer und immer wieder fertig, was überhaupt nur die allerbesten Schriftsteller schaffen. Er schrieb Szenen, bei denen man das Gefühl hat, sie seien noch niemals je beschrieben worden.«
Raymond Chandler

Fliegenpapier
und andere Detektivstories. Aus dem Amerikanischen von Harry Rowohlt, Helmut Kossodo, Helmut Degner, Peter Naujack und Elizabeth Gilbert. Mit einem Vorwort von Lillian Hellman

Der Malteser Falke
Roman. Deutsch von Peter Naujack

Das große Umlegen
und andere Detektivstories. Deutsch von Hellmuth Karasek, Walter E. Richartz und Wulf Teichmann

Rote Ernte
Roman. Deutsch von Gunar Ortlepp

Der Fluch des Hauses Dain
Roman. Deutsch von Wulf Teichmann

Der gläserne Schlüssel
Roman. Deutsch von Hans Wollschläger

Der dünne Mann
Roman. Deutsch von Tom Knoth

Fracht für China
und andere Detektivstories. Deutsch von Antje Friedrichs, Elizabeth Gilbert und Walter E. Richartz

Das Haus in der Turk Street
und andere Detektivstories. Deutsch von Wulf Teichmann

Das Dingsbums Küken
und andere Detektivstories. Deutsch von Wulf Teichmann. Mit einem Nachwort von Steven Marcus

Meistererzählungen
Ausgewählt von William Matheson. Deutsch von Wulf Teichmann, Walter E. Richartz Hellmuth Karasek und Elizabeth Gilbert

Diane Johnson
Dashiell Hammett
Eine Biographie. Deutsch von Nikolaus Stingl. Mit zahlreichen Abbildungen

Raymond Chandler
im Diogenes Verlag

»Mit Philip Marlowe schuf Chandler eine Gestalt, die noch heute weltweit als der Prototyp des Privatdetektivs gilt. Humphrey Bogart in der Rolle des Philip Marlowe hat diesen Typus auch optisch bis heute unverdrängbar festgeschrieben.«
Kindlers Literatur Lexikon

»Ich halte es für möglich, daß der Ruhm des Autors Raymond Chandler den des Autors Ernest Hemingway überdauert.« *Helmut Heißenbüttel*

Gefahr ist mein Geschäft
und andere Detektivstories
Aus dem Amerikanischen von Hans Wollschläger

Der große Schlaf
Roman. Deutsch von Gunar Ortlepp

Die kleine Schwester
Roman. Deutsch von Walter E. Richartz

Der lange Abschied
Roman. Deutsch von Hans Wollschläger

Das hohe Fenster
Roman. Deutsch von Urs Widmer

Die simple Kunst des Mordes
Briefe, Essays, Notizen, eine Geschichte und ein Romanfragment. Herausgegeben von Dorothy Gardiner und Kathrine Sorley Walker. Deutsch von Hans Wollschläger

Die Tote im See
Roman. Deutsch von Hellmuth Karasek

Lebwohl, mein Liebling
Roman. Deutsch von Wulf Teichmann

Playback
Roman. Deutsch von Wulf Teichmann

Mord im Regen
Frühe Stories. Deutsch von Hans Wollschläger. Vorwort von Philip Durham

Erpresser schießen nicht
und andere Detektivstories. Deutsch von Hans Wollschläger. Mit einem Vorwort des Verfassers

Der König in Gelb
und andere Detektivstories. Deutsch von Hans Wollschläger

Englischer Sommer
Drei Geschichten und Parodien, Aufsätze, Skizzen und Notizen aus dem Nachlaß. Mit Zeichnungen von Edward Gorey, einer Erinnerung von John Houseman und einem Vorwort von Patricia Highsmith. Deutsch von Wulf Teichmann, Hans Wollschläger u.a.

Meistererzählungen
Deutsch von Hans Wollschläger

Frank MacShane
Raymond Chandler
Eine Biographie. Deutsch von Christa Hotz, Alfred Probst und Wulf Teichmann. Zweite, ergänzte Auflage 1988

Eric Ambler
im Diogenes Verlag

»Es hat keinen Autor von einer derartig genauen politischen Urteilsfähigkeit wie Ambler gegeben. Es hat keinen Autor gegeben, der ähnlich fähig gewesen wäre, seine politische Urteilsfähigkeit in Story, in Geschichte, in erzählten Fortgang zu verwandeln. Ich halte Ambler für einen der bedeutendsten lebenden Autoren überhaupt.« *Helmut Heißenbüttel*

Schmutzige Geschichte
Roman. Aus dem Englischen von Günter Eichel

Topkapi
Roman. Deutsch von Elsbeth Herlin

Waffenschmuggel
Roman. Deutsch von Tom Knoth

Das Intercom-Komplott
Roman. Deutsch von Dietrich Stössel

Der Levantiner
Roman. Deutsch von Tom Knoth

Die Maske des Dimitrios
Roman. Deutsch von Mary Brand und Walter Hertenstein

Doktor Frigo
Roman. Deutsch von Tom Knoth und Judith Claassen

Der Fall Deltschev
Roman. Deutsch von Mary Brand und Walter Hertenstein

Eine Art von Zorn
Roman. Deutsch von Susanne Feigl und Walter Hertenstein

Schirmers Erbschaft
Roman. Deutsch von Harry Reuß-Löwenstein, Th. A. Knust und Rudolf Barmettler

Die Angst reist mit
Roman. Deutsch von Walter Hertenstein

Bitte keine Rosen mehr
Roman. Deutsch von Tom Knoth

Besuch bei Nacht
Roman. Deutsch von Wulf Teichmann

Der dunkle Grenzbezirk
Roman. Deutsch von Walter Hertenstein und Ute Haffmans

Ungewöhnliche Gefahr
Roman. Deutsch von Walter Hertenstein und Werner Morlang

Anlaß zur Unruhe
Roman. Deutsch von Franz Cavigelli

Nachruf auf einen Spion
Roman. Deutsch von Peter Fischer

Mit der Zeit
Roman. Deutsch von Hans Hermann

Ambler by Ambler
Eric Ambler's Autobiographie
Deutsch von Matthias Fienbork

Die Begabung zu töten
Deutsch von Matthias Fienbork

Über Eric Ambler
Zeugnisse von Alfred Hitchcock bis Helmut Heißenbüttel. Herausgegeben von Gerd Haffmans unter Mitarbeit von Franz Cavigelli. Mit Chronik und Bibliographie. Erweiterte Neuausgabe 1989

Jonathan Latimer
im Diogenes Verlag

»Auf die Frage, was er denn von Beruf sei, antwortet der Hallodri: ›Für die Welt bin ich ein einfacher Geschäftsmann. Tatsächlich aber bin ich ein großer Detektiv.‹ Stimmt, auch wenn er natürlich das schwarze Schaf aus der illustren Familie der Spürnasen ist. Aber sind sie nicht alle ein bißchen meschugge, diese Sherlock Holmes, Hercule Poirots, Miss Marples, Nero Wolfes, Perry Masons, bis hin zu Sam Spade und Philip Marlowe? Diese Eierköpfe und einsamen Wölfe, die die kranke bürgerliche Gesellschaft von ihren Geschwüren zu befreien versuchen?

Latimers Romane, die mit rasantem Tempo ablaufen und voll leichtfüßiger Pingpong-Dialoge sind, mehr mit Ben Hecht und Frank Capra zu tun haben, waren nie so recht akzeptiert im Krimi-Kanon. Hoffentlich werden bald alle ins Deutsche übersetzt. Sie haben es verdient, denn sie sind von zeitlosem Witz.«
Wolfram Knorr/Die Weltwoche, Zürich

Leiche auf Abwegen
Roman. Aus dem Amerikanischen von
Ulrike Wasel und Klaus Timmermann

Wettlauf mit der Zeit
Roman. Deutsch von Nikolaus Stingl

Mord bei Vollmond
Roman. Deutsch von Kurt Bracharz

Rote Gardenien
Roman. Deutsch von Walter Kolbenhoff

Salomons Weinberg
Roman. Deutsch von Kurt Bracharz

Den Toten ist's egal
Deutsch von Helmut Gerstberger

Verbotener Dschungel
Roman. Deutsch von Ulrike Wasel und
Klaus Timmermann

Cornell Woolrich
im Diogenes Verlag

Der schwarze Vorhang

Roman. Aus dem Amerikanischen von
Signe Rüttgers

Nach einem leichten Unfall im Vergnügungsviertel geht Frank Townsend nach Hause – um festzustellen, daß er seit Jahren nicht mehr dort gewesen war. An Gedächtnisschwund leidend, des Mordes angeklagt und Opfer mörderischer Verfolgungen, muß er die ›Strafe‹ überstehen, die die Zeit über ihn verhängt hat.

»Unmöglich, das Buch vor dem Ende aus der Hand zu legen.« *The New York Times*

Verfilmt von Jack Hively mit Burgess Meredith, Claire Trevor, Louise Platt und Sheldon Leonard in den Hauptrollen.

Der schwarze Engel

Roman. Deutsch von
Harald Beck und Claus Melchior

Ihr Mann nennt sie Engel, und als er wegen Mordes an seiner Geliebten verhaftet wird, wird sie es tatsächlich: ein schwarzer Todesengel. Um die Unschuld ihres Gefährten zu beweisen, steigt sie in die schwarze Welt der Spielhöllen, der Drogen und Prostituierten und bringt allen, die mit ihr in Berührung kommen, Unglück und Verderben.

»Woolrich gewinnt mehr Entsetzen, mehr Spannung und zitterndes Nägelkauen aus den allergewöhnlichsten Ereignissen als fast alle seiner Kollegen und Zeitgenossen.« *Ellery Queen*

Verfilmt von Roy William Neill mit Peter Lorre, June Vincent und Dan Duryea in den Hauptrollen.

Der schwarze Pfad
Roman. Deutsch von Daisy Remus

Scotty und Eve konnten zwar vor Eves verbrecherischem Ehemann flüchten, nicht aber vor seiner Rache. In einer überfüllten Bar in Havanna wird die schöne Frau ermordet, und Scotty sitzt in einer mörderischen Falle.

»Ein satanisches, scharfsinniges Plot.«
The New York Times

Verfilmt von Arthur Pripley mit Michèle Morgan und Robert Cummings in den Hauptrollen.

Das Fenster zum Hof
und vier weiter Kriminalstories
Deutsch von Jürgen Bauer und Edith Nerke

»Rein technisch betrachtet sind viele von Woolrichs Werken schrecklich; man vermißt in ihnen jeglichen Sinn. Und genau das ist es: wie im Leben. Dennoch finden einige seiner Geschichten, gewöhnlich infolge merkwürdiger Zufälle, ein glückliches Ende. Aber da er niemals einen Serien-Helden eingeführt hat, weiß der Leser auch nie im voraus, ob die Woolrich-Geschichte, vor der er gerade sitzt, hell oder dunkel, ob sie *allègre* oder *noire* ist – einer von vielen Gründen dafür, daß seine Geschichten so packend und spannungsgeladen sind. Wie die fünf in diesem Band vereinten.« *Francis M. Nevins jr.*

Die Titelgeschichte wurde verfilmt von Alfred Hitchcock mit Grace Kelly und James Stewart in den Hauptrollen.

Walzer in die Dunkelheit
Roman. Deutsch von Jobst-Christian Rojahn

Die Geschichte beginnt – wie so viele von Woolrichs Geschichten – mit einem einsamen Mann. Louis Durand, 37 Jahre alt, wohlhabender Kaufmann, hat nur noch einen Gedanken: seiner Einsamkeit zu entfliehen. Die Frau, die er heiraten will, kennt er nur aus Briefen. Doch dann taucht sie persönlich auf, die namenlose *femme fatale,* die für Durand zum Schicksal wird...

Verfilmt von François Truffaut unter dem Titel *La Sirène du Mississippi;* in den Hauptrollen Jean-Paul Belmondo und Catherine Deneuve.

Die Nacht hat tausend Augen
Roman
Deutsch von Irene Holicki

Er war ein merkwürdiger alter Mann, der am liebsten schwieg, denn was er sagte, traf mit erschreckender Gewißheit ein. Harlan Reid, Witwer und erfolgreicher Geschäftsmann, war ganz versessen auf seine Worte, und auch seine einzige Tochter Jean hörte auf seine Ratschläge. Bis eine letzte entsetzliche Prophezeiung alle zu Tode erschreckte: Reids unmittelbar bevorstehenden Tod im Rachen eines Löwen.

»Lassen Sie das Licht an, falls Sie beabsichtigen, dieses Buch im Bett zu Ende zu lesen!« *The New York Times*

Verfilmt von John Farrow, mit Edward G. Robinson, Gail Russell und Virginia Bruce in den Hauptrollen.

Ich heiratete einen Toten
Roman
Deutsch von Matthias Müller

»Ein verschollener Klassiker des amerikanischen Kriminalromans kommt im Diogenes Verlag in neuen deutschen Übersetzungen ans Licht: Cornell Woolrich, der ›dritte Mann‹ neben *Dashiell Hammett* und *Raymond Chandler.« Der Spiegel, Hamburg*

Verfilmt mit Barbara Stanwyck in der Hauptrolle.

Im Dunkel der Nacht
Kriminalstories
Deutsch von Signe Rüttgers

»Woolrich schreibt Psychotope, Etüden der Angst und der Einsamkeit, voll cooler Bildentwürfe und grandioser Stimmungsmalerei.« *Die Weltwoche, Zürich*

Titelgeschichte verfilmt mit Edward G. Robinson in der Hauptrolle.

Rendezvous in Schwarz
Roman
Deutsch von Matthias Müller
Mit einem Nachwort von Wolfram Knorr

Jeden Abend um acht, am Platz vor dem Drugstore, treffen sie sich – Johnny und seine große Liebe Dorothy. Doch schon bald wird Schluß sein mit den allabendlichen Rendezvous, der Tag der Hochzeit naht – das große Rendezvous fürs Leben.
Doch dann geschieht etwas, was diese Idylle ein für allemal zerstört... Johnny, der freundliche, harmlose junge Mann, wird zum gnadenlosen Racheengel: er schwört bei seiner getöteten Liebe, daß diejenigen, die schuld sind an seinem Schmerz, genauso Schmerz erfahren sollen wie er...

»In Woolrichs Geschichten spielt die Liebe eine große Rolle, eine totale und ausschließliche Liebe, die, wenn sie zerstört ist, unersetzlich bleibt.« *François Truffaut*

Verfilmt mit Boris Karloff, Larraine Day und Franchot Tone in den Hauptrollen.

Die wilde Braut
Roman
Deutsch von Jürgen Bürger

Wer war sie, die dunkle, exotische Schönheit, die in einem Haus in Baltimore von der Schlafkrankheit geheilt und dann gefangen gehalten wurde, bis ein energischer junger Mann sie entführte und heiratete? Und was faszinierte sie so an dem einsamen, verschlafenen, brütend heißen und von Urwald umgebenen Kaff am Pazifik, in dem sie auf ihrer Schiffsreise nach Acapulco steckenblieben? Woolrich – wer zweifelt noch daran – lehrt einem ein Gruseln, das nicht von dieser Welt ist...

CORNELL WOOLRICH, neben Hammett[1] und Chandler[2] einer der größten der ›Schwarzen Ära‹, wurde 1903 in New York geboren, wohin er nach einem Aufenthalt in Hollywood, einer kurzen Ehe und ein paar homosexuellen Episoden wieder zurückkehrte, um fortan mit seiner Mutter in billigen Hotels zu wohnen. Viele seiner Romane und Stories wurden verfilmt, u.a. von Alfred Hitchcock, Sidney Pollack, François Truffaut. Trotz dieser Erfolge starb er 1968 verbittert und einsam in einem heruntergekommenen New Yorker Hotel.

[1] *Dashiell Hammett,* Sämtliche Werke in 10 Bänden. Vollständig und neu übersetzt von Hellmuth Karasek, Gunar Ortlepp, Walter E. Richartz, Harry Rowohlt, Wulf Teichmann, Hans Wollschläger u. a.

[2] *Raymond Chandler,* Werkausgabe in 13 Bänden. Vollständig und neu übersetzt von Hellmuth Karasek, Gunar Ortlepp, Walter E. Richartz, Wulf Teichmann, Urs Widmer und Hans Wollschläger.

Jakob Arjouni
im Diogenes Verlag

Happy birthday, Türke!
Ein Kayankaya-Roman

»Privatdetektiv Kemal Kayankaya ist der deutsch-türkische Doppelgänger von Phil Marlowe, dem großen, traurigen Kollegen von der Westcoast. Nur weniger elegisch und immerhin so genial abgemalt, daß man kaum aufhören kann zu lesen, bis man endlich weiß, wer nun wen erstochen hat und warum und überhaupt.

Kayankaya haut und schnüffelt sich durch die häßliche Stadt am Main, daß es nur so eine schwarze Freude ist. Als in Frankfurt aufgewachsener Türke mit deutschem Paß lotst er seine Leserschaft zwei Tage und Nächte durch das Frankfurter Bahnhofsmilieu, von den Postpackern zu den Loddels und ihren Damen bis zur korrupten Polizei und einer türkischen Familie.

Daß *Happy birthday, Türke!* trotzdem mehr ist als ein Remake, liegt nicht nur am eindeutig hessischen Großstadtmilieu, sondern auch an den bunteren Bildern, den ganz eigenen Gedankensaltos und der Besonderheit der Geschichte. Wer nur nachschreibt, kann nicht so spannend und prall erzählen.«
Hamburger Rundschau

»Er ist noch keine fünfundzwanzig Jahre alt und hat bereits zwei Kriminalromane geschrieben, die mit zu dem Besten gehören, was in den letzten Jahren in deutscher Sprache in diesem Genre geleistet wurde. Er ist ein Unterhaltungsschriftsteller und dennoch ein Stilist. Die Rede ist von einem außerordentlichen Début eines ungewöhnlich begabten Krimiautors: Jakob Arjouni. Verglichen wurde er bereits mit Raymond Chandler und Dashiell Hammett, den verehrungswürdigsten Autoren dieses Genres. Zu Recht. Arjouni hat Geschichten von Mord und Totschlag zu erzählen, aber auch von deren Ursachen, der Korruption durch Macht und Geld, und er tut dies knapp, amüsant und mit bösem Witz. Seine auf das Nötigste abgemagerten Sätze fassen viel von dieser schmutzigen Wirklichkeit.« *Klaus Siblewski/Neue Zürcher Zeitung*

Verfilmt von Doris Dörrie, mit Hansa Czypionka, Özay Fecht, Doris Kunstmann, Lambert Hamel, Ömer Simsek und Emine Sevgi Özdamar in den Hauptrollen.

Mehr Bier
Ein Kayankaya-Roman

Vier Mitglieder der ›Ökologischen Front‹ sind wegen Mordes an dem Vorstandsvorsitzenden der ›Rheinmainfarben-Werke‹ angeklagt. Zwar geben die vier zu, in der fraglichen Nacht einen Sprengstoffanschlag verübt zu haben, sie bestreiten aber jegliche Verbindung mit dem Mord. Nach Zeugenaussagen waren an dem Anschlag fünf Personen beteiligt, aber von dem fünften Mann fehlt jede Spur. Der Verteidiger der Angeklagten beauftragt den Privatdetektiv Kemal Kayankaya mit der Suche nach dem fünften Mann...

»Kemal Kayankaya, der zerknitterte, ständig verkaterte Held in Arjounis Romanen *Happy birthday, Türke!* und *Mehr Bier* ist ein würdiger Enkel der übermächtigen Großväter Philip Marlowe und Sam Spade. Jakob Arjouni strebt mit Vehemenz nach dem deutschen Meistertitel im Krimi-Schwergewicht, der durch Jörg Fausers Tod auf der Autobahn vakant geworden ist.« *stern, Hamburg*

»Jakob Arjouni: mit 23 der jüngste und schärfste Krimischreiber Deutschlands!«
Wiener Deutschland, München

Ein Mann, ein Mord

Ein Kayankaya-Roman

Ein neuer Fall für Kayankaya. Schauplatz: die (noch immer) einzige deutsche Großstadt: Frankfurt. Genauer: Der Kiez mit seinen eigenen Gesetzen, die feinen Wohngegenden im Taunus, der Frankfurter Flughafen.

Kayankaya sucht Sri Dao, ein Mädchen aus Thailand: sie ist in jenem gesetzlosen Raum verschwunden, in dem Flüchtlinge, die in Deutschland um Asyl nachsuchen, unbemerkt und ohne Spuren zu hinterlassen, ganz leicht verschwinden können – wen interessiert ihr Verschwinden schon.

Was Kayankaya – Türke von Geburt und Aussehen, Deutscher gemäß Sozialisation und Paß – dabei über den Weg und in die Quere läuft, von den heimlichen Herren Frankfurts über die korrupten Bullen und die fremdenfeindlichen Beamten auf den Ausländerbehörden bis zu den Parteigängern der Republikaner mit ihrer alltäglichen Hetze gegen alles Fremde und Andere, erzählt Arjouni klar, ohne Sentimentalität, witzig, souverän.

»Jakob Arjouni ist von den jungen Kriminalschriftstellern deutscher Zunge mit Abstand der beste. Er hat eine Schreibe, die nicht krampfig vom deutschen Gemüt, sondern von der deutschen Realität her bestimmt ist, das finde ich einmal schon sehr wohltuend; auch will er nicht à tout prix schmallippig sozialkritisch auftreten.« *Wolfram Knorr/Die Weltwoche, Zürich*